徐志摩散文集

徐志摩 著

北方文艺出版社

图书在版编目（CIP）数据

徐志摩散文集 / 徐志摩著. -- 哈尔滨：北方文艺
出版社, 2018.1（2020.8 重印）
ISBN 978-7-5317-4094-0

Ⅰ.①徐… Ⅱ.①徐… Ⅲ.①散文集 - 中国 - 现代
Ⅳ.① I266

中国版本图书馆 CIP 数据核字（2017）第 281308 号

徐志摩散文集
Xuzhimo Sanwenji

作　者 / 徐志摩

责任编辑 / 赵　平	封面设计 / 锦色书装
出版发行 / 北方文艺出版社	网　址 / www.bfwy.com
邮　编 / 150008	经　销 / 新华书店
地　址 / 哈尔滨市南岗区宣庆小区 1 号楼	
印　刷 / 三河市嵩川印刷有限公司	开　本 / 880×1230　1/32
字　数 / 217 千	印　张 / 9
版　次 / 2018 年 1 月第 1 版	印　次 / 2020 年 8 月第 3 次印刷
书　号 / ISBN 978-7-5317-4094-0	定　价 / 39.00 元

目录 | Contents

第一辑 印度洋上的秋思

翡冷翠山居闲话 / 003

天目山中笔记 / 006

泰山日出 / 011

印度洋上的秋思 / 014

巴黎的鳞爪 / 020

我所知道的康桥 / 035

第二辑 自剖

自　剖 / 047

再　剖 / 053

求　医　/　058

想　飞　/　063

迎上前去　/　067

北戴河海滨的幻想　/　073

雨后虹　/　076

第三辑　一个行乞的诗人

济慈的夜莺歌　/　085

泰戈尔　/　096

罗曼·罗兰　/　102

一个行乞的诗人　/　109

读雪莱诗后　/　124

罗素又来说话了　/　126

谒见哈代的一个下午　/　135

曼殊斐儿　/　141

第四辑　落叶

秋　/　157

落　叶　/　169

我们病了怎么办　/　185

海滩上种花　/　190

一封信 / 197

就使打破了头,也还要保持我灵魂的自由 / 200

我过的端阳节 / 202

第五辑 伤逝

悼沈叔薇 / 207

我的彼得 / 210

我的祖母之死 / 215

伤双栝老人 / 229

吊刘叔和 / 233

第六辑 一束情书

爱眉小札 / 239

致陆小曼 / 272

第一辑　印度洋上的秋思

又是一番秋意！那雨声在急骤之中，有零落萧疏的况味，连着阴沈的气氲，只是在我灵魂的耳畔私语道："秋！"我原来无欢的心境，抵御不住那样温婉的浸润，也就开放了春夏间所积受的秋思，和此时外来的怨艾构合，产出一个弱的婴儿——"愁"。

翡冷翠山居闲话

在这里出门散步去，上山或是下山，在一个晴好的五月的向晚，正像是去赴一个美的宴会，比如去一果子园，那边每株树上都是满挂着诗情最秀逸的果实，假如你单是站着看还不满意时，只要你一伸手就可以采取，可以恣尝鲜味，足够你性灵的迷醉。阳光正好暖和，决不过暖；风息是温驯的，而且往往因为他是从繁花的山林里吹度过来，他带来一股幽远的淡香，连着一息滋润的水气，摩挲着你的颜面，轻绕着你的肩腰，就这单纯的呼吸已是无穷的愉快；空气总是明净的，近谷内不生烟，远山上不起霭，那美秀风景的全部正像画片似的展露在你的眼前，供你闲暇的鉴赏。

作客山中的妙处，尤在你永不须踌躇你的服色与体态；你不妨摇曳着一头的蓬草，不妨纵容你满腮的苔藓；你爱穿什么就穿什么；扮一个牧童，扮一个渔翁，装一个农夫，装一个走江湖的桀卜闪，装一个猎户；你再不必提心整理你的领结，你尽可以不用领结，给你的颈根与胸膛一半日的自由，你可以拿一条这边艳色的长巾包在你的头上，学一个太平军的头目，或是拜伦那埃及装的姿态；但最要紧的是穿上你最旧的旧鞋，别管他模样不佳，他们是顶可爱的好友，他们承着你的体重却不叫你记起你还有一双脚在你的底下。

这样的玩顶好是不要约伴，我竟想严格的取缔，只许你独身；因为有了伴多少总得叫你分心，尤其是年轻的女伴，那是最危险最专制不过的旅伴，你应得躲避她像你躲避青草里一条美丽的花蛇！平常我们从自己家里走到朋友的家里，或是我们执事的地方，那无非是在同一个大牢里从一间狱室移到另一间狱室去，拘束永远跟着我们，自由永远寻不到我们；但在这春夏间美秀的山中或乡间你要是有机会独身闲逛时，那才是你福星高照的时候，那才是你实际领受，亲口尝味，自由与自在的时候，那才是你肉体与灵魂行动一致的时候；朋友们，我们多长一岁年纪往往只是加重我们头上的枷，加紧我们脚胫上的链，我们见小孩子在草里在沙堆里在浅水里打滚作乐，或是看见小猫追他自己的尾巴，何尝没有羡慕的时候，但我们的枷，我们的链永远是制定我们行动的上司！所以只有你单身奔赴大自然的怀抱时，像一个裸体的小孩扑入他母亲的怀抱时，你才知道灵魂的愉快是怎样的，单是活着的快乐是怎样的，单就呼吸单就走道单就张眼看耸耳听的幸福是怎样的。因此你得严格的为己，极端的自私，只许你，体魄与性灵，与自然同在一个脉搏里跳动，同在一个音波里起伏，同在一个神奇的宇宙里自得。

我们浑朴的天真是像含羞草似的娇柔，一经同伴的抵触，他就卷了起来，但在澄静的日光下，和风中，他的姿态是自然的，他的生活是无阻碍的。

你一个人漫游的时候，你就会在青草里坐地仰卧，甚至有时打滚，因为草的和暖的颜色自然的唤起你童稚的活泼；在静僻的道上你就会不自主的狂舞，看着你自己的身影幻出种种诡异的变相，因为道旁树木的阴影在他们纡徐的婆娑里暗示你舞蹈的快乐；你也会得信口的歌唱，偶尔记起断片的音调，与你自己随口的小曲，因为树林中的莺燕告诉你春光是应得赞美的；更不必说你的胸襟自然会跟着曼长的山径开拓，你的心地会看着澄蓝的天空静定，你的思想和着山壑间的水声，山罅里的泉响，有时一澄到底的清澈，有时激起成章的波动，流，流，流入凉爽的橄榄林中，流入妩媚的阿诺河去……

并且你不但不须应伴，每逢这样的游行，你也不必带书。书是理想的伴侣，但你应得带书，是在火车上，在你住处的客室里，不是在你独身漫步的时候。什么伟大的深沈的鼓舞的清明的优美的思想的根源不是可以在风籁中，云彩里，山势与地形的起伏里，花草的颜色与香息里寻得？自然是最伟大的一部书，葛德说，在他每一页的字句里我们读得最深奥的消息。并且这书上的文字是人人懂得的；阿尔帕斯与五老峰，雪西里与普陀山，来因河与扬子江，梨梦湖与西子湖，建兰与琼花，杭州西溪的芦雪与威尼市夕照的红潮，百灵与夜莺，更不提一般黄的黄麦，一般紫的紫藤，一般青的青草同在大地上生长，同在和风中波动——他们应用的符号是永远一致的，他们的意义是永远明显的，只要你自己性灵上不长疮瘢，眼不盲，耳不塞，这无形迹的最高等教育便永远是你的名分，这不取费的最珍贵的补剂便永远供你的受用；只要你认识了这一部书，你在这世界上寂寞时便不寂寞，穷困时不穷困，苦恼时有安慰，挫折时有鼓励，软弱时有督责，迷失时有南针。

十四年七月

天目山中笔记

佛于大众中,说我当作佛。
闻如是法音,疑悔悉已除。
初闻佛所说,心中大惊疑。
将非魔作佛,恼乱我心耶!

——莲花经譬喻品

山中不定是清静。庙宇在参天的大木中间藏着,早晚间有的是风,松有松声,竹有竹韵,鸣的禽,叫的虫子,阁上的大钟,殿上的木鱼,庙身的左边右边都安着接泉水的粗毛竹管,这就是天然的笙箫,时缓时急的参和着天空地上种种的鸣籁,静是不静的;但山中的声响,不论是泥土里的蚯蚓叫或是轿夫们深夜里"唱宝"的异调,自有一种个别处:它来得纯粹,来得清亮,来得透澈,冰水似的沁入你的脾肺;正如你在泉水里洗濯过后觉得清白些,这些山籁,虽则一样是音响,也分明有洗净的功能。

夜间这些清籁摇着你入梦,清早上你也从这些清籁的怀抱中苏醒。

山居是福,山上有楼住更是修得来的。我们的楼窗开处是一片蓊葱的林海;林海外更有云海!日的光,月的光,星的光:全是你的。

从这三尺方的窗户你接受自然的变幻;从这三尺方的窗户你散放你情感的变幻。自在;满足。

今早梦回时睁眼见满帐的霞光。鸟雀们在赞美;我也加入一份。它们的是清越的歌唱,我的是潜深一度的沈默。

钟楼中飞下一声洪钟,空山在音波的磅礴中震荡。这一声钟激起了我的思潮。不,潮字太夸;说思流罢。耶教人说阿门,印度教人说"欧姆"(O—m),与这钟声的嗡嗡,同是从撮口外摄到阖口内包的一个无限的波动;分明是外扩,却又是内潜;一切在它的周缘,却又在它的中心;同时是皮又是核,是轴亦复是廓。这伟大奥妙的"om"使人感到动,又感到静;从静中见动,又从动中见静。从安住到飞翔,又从飞翔回复安住;从实在境界超入妙空,又从妙空化生实在:

"闻佛柔软音,深远甚微妙。"

多奇异的力量!多奥妙的启示!包容一切冲突性的现象,扩大刹那间的视域,这单纯的音响,于我是一种智灵的洗净。花开,花落,天外的流星与田畦间的飞萤,上绾云天的青松,下临绝海的巉岩,男女的爱,珠宝的光,火山的熔液:一如婴儿在他的摇篮中安眠。

这山上的钟声是昼夜不间歇的,平均五分钟时一次。打钟的和尚独自在钟头上住着,据说他已经不间歇的打了十一年钟,他的愿心是打到他不能动弹的那天,钟楼上供着菩萨,打钟人在大钟的一边安着他的"座",他每晚是坐着安神的,一只手挽着钟槌的一头,从长期的习惯,不叫睡眠耽误他的职司。"这和尚",我自忖,"一定是有道理的!和尚是没道理的多:方才那知客僧想把七窍蒙充六根,怎么算总多了一个鼻孔或是耳孔;那方丈师的谈吐里不少某督军与某省长的点缀;那管半山亭的和尚更是贪嗔的化身,无端摔破了两个无辜的茶碗。但这打钟和尚,他一定不是庸流不能不去看看!"他的年岁在五十开外,出家有二十几年,这钟楼,不错,是他管的,这钟是他打的(说着他就过去撞了一下),他每晚,也不错,是坐着安神的,但此外,可怜,我的俗眼竟看不出什么异样。他拂拭着神龛,神座,拜垫,换上香烛,拨一盂水,洗一把青菜,捻一把米,擦干了手接受香客的布施,又转身去撞一声钟。他脸上看不出修行的清癯,却没有失眠的倦态,倒是满满的不时有笑容的展露;念什么经;不,就念阿弥陀佛,他竟许是不认识字的。"那一带是什么山,叫什么,和尚?""这里是天目山,"他说。"我知道,我说的是那一带的,"我手点着问。"我不知道。"他回答。

　　山上另有一个和尚,他住在更上去昭明太子读书台的旧址,盖有几间屋,供着佛像,也归庙管的,叫作茅棚,但这不比得普陀山上的真茅棚,那看了怕人的,坐着或是偎着修行的和尚没一个不是鹄形鸠面,鬼似的东西。他们不开口的多,你爱布施什么就放在他跟前的篓子或是盘子里,他们怎么也不睁眼,不出声,随你给的是金条或是铁条。人说得更奇了,有的半年没有吃过东西,不曾挪过窝,可还是没有死,就这冥冥的坐着。他们大约离成佛不远了,单看他们的脸色,就比石片泥土不差什么,一样这黑剌剌,死僵僵的。"内中有几个,"香客们说,"已经成了活佛,我们的祖母早三十年来就看见他们这样坐着的!"

　　但天目山的茅棚以及茅棚里的和尚,却没有那样的浪漫出奇。茅棚是尽够蔽风雨的屋子,修道的也是活鲜鲜的人,虽则他并不因此减却他给我们的趣味。他是一个高身材,黑面目,行动迟缓的中年人;他出家将近十年,三年前坐过禅关,现在这山上茅棚里来修行;他在俗家时是个商人,家中有父母兄弟姊妹,也许还有自身的妻子;他不曾明说他中年出家的缘由,他只说"俗业太重了,还是出家从佛的好",

但从他沈着的语音与持重的神态中可以觉出他不仅是曾经在人事上受过磨折，并且是在思想上能分清黑白的人。他的口，他的眼，都泄漏着他内里强自抑制，魔与佛交斗的痕迹；说他是放过火杀过人的忏悔者，可信；说他是个回头的浪子，也可信。他不比那钟楼上人的不着颜色，不露曲折：他分明是色的世界里逃来的一个囚犯。三年的禅关，三年的草棚，还不曾压倒，不曾灭净，他肉身的烈火。"俗业太重了，不如出家从佛的好"；这话里岂不颤栗着一往忏悔的深心？我觉着好奇；我怎么能得知他深夜趺坐时意念的究竟？

　　佛于大众中，说我当作佛。
　　闻如是法音，疑悔悉已除。
　　初闻佛所说，心中大惊疑。
　　将非魔作佛，恼乱我心耶。

但这也许看太奥了。我们承受西洋人生观洗礼的，容易把做人看太积极，入世的要求太猛烈，太不肯退让，把住这热虎虎的一个身子一个心放进生活的轧床去，不叫他留存半点汁水回去；非到山穷水尽的时候，决不肯认输，退后，收下旗帜；并且即使承认了绝望的表示，他往往直接向生存本体作取决，不来半不阑珊的收回了步子向后退：宁可自杀，干脆的生命的断绝，不来出家，那是生命的否认。不错，西洋人也有出家做和尚做尼姑的，例如亚佩腊与爱洛绮丝，但在他们是情感方面的转变，原来对人的爱移作对上帝的爱，这知感的自体与它的活动依旧不含糊的在着；在东方人，这出家是求情感的消灭，皈依佛法或道法，目的在自我一切痕迹的解脱。再说，这出家或出世的观念的老家，是印度不是中国，是跟着佛教来的；印度可以会发生这类思想，学者们自有种种哲理上乃至物理上的解释，也尽有趣味的。

中国何以能容留这类思想,并且在实际上出家做尼僧的今天不比以前少。(我新近一个朋友差一点做了小和尚!)这问题正值得研究,因为这分明不仅仅是个知识乃至意识的浅深问题,也许这情形尽有极有趣味的解释的可能,我见闻浅,不知道我们的学者怎样想法,我愿意领教。

十五年九月

泰山日出

振铎来信要我在《小说月报》的泰戈尔号上说几句话。我也曾答应了,但这一时游济南游泰山游孔陵,太乐了,一时竟拉不拢心思来做整篇的文字,一直挨到现在期限快到,只得勉强坐下来,把我想得到的话不整齐的写出。

我们在泰山顶上看出太阳。在航过海的人,看太阳从地平线下爬上来,本不是奇事;而且我个人是曾饱饫过红海与印度洋无比的日彩的。但在高山顶上看日出,尤其在泰山顶上,我们无餍的好奇心,当然盼望一种特异的境界,与平原或海上不同的。果然,我们初起时,天还暗沈沈的,西方是一片的铁青,东方些微有些白意,宇宙只是——如用旧词形容——一体莽莽苍苍的。但这是我一面感觉劲烈的晓寒,一面睡眼不曾十分醒豁时约略的印象。等到留心回览时,我不由得大声的狂叫——因为眼前只是一个见所未见的境界。原来昨夜整夜暴风的工程,却砌成一座普遍的云海。除了日观峰与我们所在的玉皇顶以外,东西南北只是平铺着弥漫的云气,在朝旭未露前,宛似无量数厚毳长绒的绵羊,交颈接背的眠着,卷耳与弯角都依稀辨认得出。那时候在这茫茫的云海中,我独自站在雾霭溟濛的小岛上,发生了奇异的幻想——

我躯体无限的长大,脚下的山峦比例我的身量,只是一块拳石;这巨人披着散发,长发在风里像一面墨色的大旗,飒飒的在飘荡。这巨人竖立在大地的顶尖上,仰面向着东方,平拓着一双长臂,在盼望,在迎接,在催促,在默默的叫唤;在崇拜,在祈祷,在流泪——在流久慕未见而将见悲喜交互的热泪……

这泪不是空流的,这默祷不是不生显应的。

巨人的手,指向着东方——

东方有的,在展露的,是什么?

东方有的是瑰丽荣华的色彩,东方有的是伟大普照的光明——出现了,到了,在这里了……

玫瑰汁,葡萄浆,紫荆液,玛瑙精,霜枫叶——大量的染工,在层累的云底工作;无数蜿蜒的鱼龙,爬进了苍白色的云堆。

一方的异彩,揭去了满天的睡意,唤醒了四隅的明霞——光明的神驹,在热奋地驰骋……

云海也活了;眠熟了兽形的涛澜,又回复了伟大的呼啸,昂头摇尾的向着我们朝露染青馒形的小岛冲洗,激起了四岸的水沫浪花,震荡着这生命的浮礁,似在报告光明与欢欣之临莅……

再看东方——海句力士已经扫荡了他的阻碍,雀屏似的金霞,从无垠的肩上产生,展开在大地的边沿。起……起……用力,用力。纯焰的圆颅,一探再探的跃出了地平,翻登了云背,临照在天空……

歌唱呀,赞美呀,这是东方之复活,这是光明的胜利……

散发祷祝的巨人,他的身彩横亘在无边的云海上,已经渐渐的消翳在普遍的欢欣里;现在他雄浑的颂美的歌声,也已在霞彩变幻中,普彻了四方八隅……

听呀,这普彻的欢声;看呀,这普照的光明!

这是我此时回忆泰山日出时的幻想,亦是我想望泰戈尔来华的颂词。

印度洋上的秋思

昨夜中秋。黄昏时西天挂下一大帘的云母屏，掩住了落日的光潮，将海天一体化成暗蓝色，寂静得如黑衣尼在圣座前默祷。过了一刻，即听得船梢布篷上悉悉索索啜泣起来，低压的云夹着迷濛的雨色，将海线逼得像湖一般窄，沿边的黑影，也辨认不出是山是云，但涕泪的痕迹，却满布在空中水上。

又是一番秋意！那雨声在急骤之中，有零落萧疏的况味，连着阴沈的气氲，只是在我灵魂的耳畔私语道："秋！"我原来无欢的心境，抵御不住那样温婉的浸润，也就开放了春夏间所积受的秋思，和此时外来的怨艾构合，产出一个弱的婴儿——"愁"。

天色早已沈黑，雨也已休止。但方才啜泣的云，还疏松地幕在天空，只露着些惨白的微光，预告明月已经装束齐整，专等开幕。同时船烟正在莽莽苍苍的吞吐，筑成一座蟒鳞的长桥，直联及西天尽处，和船轮泛出的一流翠波白沫，上下对照，留恋西来的踪迹。

北天云幕豁处，一颗鲜翠的明星，喜孜孜的先来问探消息，像新嫁媳的侍婢，也穿扮得遍体光艳。但新娘依然姗姗未出。

我小的时候，每于中秋夜，呆坐在楼窗外等看"月华"。若然天上有云雾缭绕，我就替"亮晶晶的月亮"担忧。若然见了鱼鳞似的云彩，我的小心就欣欣怡悦，默祷着月儿快些开花，因为我常听人说只要有"瓦楞"云，就有月华；但在月光放彩以前，我母亲早已逼我去上床，所以月华只是我脑筋里一个不曾实现的想象，直到如今。

现在天上砌满了瓦楞云彩，霎时间引起了我早年许多有趣的记忆——但我的纯洁的童心，如今那里去了！

月光有一种神秘的引力。她能使海波咆哮，她能使悲绪生潮。月下的喟息可以结聚成山，月下的情泪可以培时百亩的畹兰，千茎的紫琳畎。我疑悲哀是人类先天的遗传，否则，何以我们儿年不知悲感的时期，有时对着一泻的清辉，也往往凄心滴泪呢？

但我今夜却不曾流泪。不是无泪可滴，也不是文明教育将我最纯洁的本能锄净，却为是感觉了神圣的悲哀，将我理解的好奇心激动，想学契古特白登来解剖这神秘的"眸冷骨累"。冷的智永远是热的情的死仇。他们不能相容的。

但在这样浪漫的月夜，要来练习冷酷的分析，似乎不近人情！所以我的心机一转，重复将锋快的智刃剧起，让沈醉的情泪自然流转，听他产生什么音乐，让绻缱的诗魂漫自低回，看他寻出什么梦境。

明月正在云岩中间，周围有一圈黄色的彩晕，一阵阵的轻霭，在她面前扯过。海上几百道起伏的银沟，一齐在微叱凄其的音节，此外不受清辉的波域，在暗中愤愤涨落，不知是怨是慕。

我一面将自己一部分的情感，看入自然界的现象，一面拿着纸笔，痴望着月彩，想从她明洁的辉光里，看出今夜地面上秋思的痕迹，希冀她们在我心里，凝成高洁情绪的菁华。因为她光明的捷足，今夜遍走天涯，人间的恩怨，那一件不经过她的慧眼呢？

印度的 Ganges（埂奇）河边有一座小村落，村外一个榕绒密绣的湖边，坐着一对情醉的男女，他们中间草地上放着一尊古铜香炉，烧着上品的水息，那温柔婉恋的烟篆，沈馥香浓的热气，便是他们爱感的象征——月光从云端里轻俯下来,在那女子胸前的珠串上,水息的烟尾上,印下一个慈吻,微哂,重复登上她的云艇,上前驶去。

一家别院的楼上,窗帘不曾放下,几枝肥满的桐叶正在玻璃上摇曳斗趣。月光窥见了窗内一张小蚊床上紫纱帐里,安眠着一个安琪儿似的小孩,她轻轻挨进身去,在他温软的眼睫上,嫩桃似的腮上,抚摩了一会。又将她银色的纤指,理齐了他脐圆的额发,蔼然微哂着,又回她的云海去了。

一个失望的诗人,坐在河边一块石头上,满面写着幽郁的神情,他爱人的倩影,在他胸中像河水似的流动,他又不能在失望的渣滓里榨出些微甘液,他张开两手,仰着头,让大慈大悲的月光,那时正在过路,洗沐他泪腺湿肿的眼眶,他似乎感觉到清心的安慰,立即摸出一管笔,在白衣襟上写道:

> 月光,
> 　你是失望儿的乳娘

面海一座柴屋的窗棂里,望得见屋里的内容:一张小桌上放着半块面包和几条冷肉,晚餐的剩余。窗前几上开着一本家用的圣经,炉架上两座点着的烛台,不住的在流泪,旁边坐着一个皱面驼腰的老妇人,两眼半闭不闭的落在伏在她膝上悲泣的一个少妇,她的长裙散在地板上像一只大花蝶。老妇人掉头向窗外望,只见远远海涛起伏,和慈祥的月光在拥抱密吻,她叹了声气向着斜照在圣经上的月彩唼道:"真绝望了!真绝望了!"

她独自在她精雅的书室里,把灯火一齐熄了,倚在窗口一架藤椅上,月光从东墙肩上斜泻下去,笼住她的全身,在花瓶上幻出一个窈窕的倩影,她两根垂辫的发梢,她微澹的媚唇,和庭前几茎高峙的玉兰花,都在静秘的月色中微颤,她加她的呼吸,吐出一股幽香,不但邻近的花草,连月儿闻了,也禁不住迷醉,她腮边天然的妙涡,已有好几日不圆满:她瘦损了。但她在想什么呢?月光,你能否将我的梦魂带去,放在离她三五尺的玉兰花枝上。

威尔斯西境一座矿床附近,有三个工人,口衔着笨重的烟斗,在月光中闲坐。他们所能想到的话都已讲完,但这异样的月彩,在他们对面的松林,左首的溪水上,平添了不可言语比说的妩媚,惟有他们工余倦极的眼珠不阖,彼此不约而同今晚较往常多抽了两斗的烟,但他们矿火薰黑,煤块擦黑的面容,表示他们心灵的薄弱,在享乐烟斗以外,虽然秋月溪声的戟刺,也不能有精美情绪之反感。等月影移西一些,他们默默的扑出了一斗灰,起身进屋,各自登床睡去。月光从屋背飘眼望进去,只见他们都已睡熟;他们即使有梦,也无非矿内矿外的景色!

月光渡过了爱尔兰海峡,爬上海尔佛林的高峰,正对着静默的红潭。潭水凝定得像一大块冰,铁青色。四周斜坦的小峰,全都满铺着蟹青和蛋白色的岩片碎石,一株矮树都没有。沿潭间有些丛草,那全体形势,正像一大青碗,现在满盛了清洁的月辉,静极了,草里不闻虫吟,水里不闻鱼跃;只有石缝里潜涧沥淅之声,断续地作响,仿佛一座大教堂里点着一星小火,益发对照出静穆宁寂的境界,月儿在铁色的潭面上,倦倚了半晌,重复扳起她的银泻,过山去了。

昨天船离了新加坡以后,方向从正东改为东北,所以前几天的船梢正对落日,此后"晚霞的工厂"渐渐移到我们船向的左手来了。

昨夜吃过晚饭上甲板的时候,船右一海银波,在犀利之中涵有幽秘的彩色,凄清的表情,引起了我的凝视。那放银光的圆球正挂在你头上,如其起靠着船头仰望。她今夜并不十分鲜艳:她精圆的芳容上似乎轻笼着一层藕灰色的薄纱；轻漾着一种悲喟的音调；轻染着几痕泪化的雾霭。她并不十分鲜艳，然而她素洁温柔的光线中，犹之少女浅蓝妙眼的斜瞟；犹之春阳融解在山巅白云反映的嫩色，含有不可解的迷力，媚态，世间凡具有感觉性的人，只要承沐着她的清辉，就发生也是不可理解的反应，引起隐复的内心境界的紧张，——像琴弦一样，——人生最微妙的情绪，载震生命所蕴藏高洁名贵创现的冲动。有时在心理状态之前，或于同时，撼动躯体的组织，使感觉血液中突起冰流之冰流；嗅神经难禁之酸辛，内藏汹涌之跳动，泪腺之骤热与润湿。那就是秋月兴起的秋思——愁。

昨晚的月色就是秋思的泉源，岂止，直是悲哀幽骚悱怨沈郁的象征，是季候运转的伟剧中最神秘亦最自然的一幕，诗艺界最凄凉亦最微妙的一个消息。

今夜月明人尽望，不知秋思在谁家。

中国字形具有一种独一的妩媚，有几个字的结构，我看来纯是艺术家的匠心：这也是我们国粹之尤粹者之一。譬如"秋"字，已经是一个极美的字形；"愁"字更是文字史上有数的杰作；有石开湖晕，风扫松针的妙处，这一群点画的配置，简直经过柯罗的画篆，米亿朗其罗的雕圭，Chopin的神感；像——用一个科学的比喻——原子的结构，将旋转宇宙的大力收缩成一个无形无踪的电核；这十三笔造成的象征，似乎是宇宙和人生悲惨的现象和经验，叱喟和涕泪，所凝成最纯粹精密的结晶，满充了催迷的秘力。你若然有高蒂闲(Gautier)异超的知感性，定然可以梦到，愁字变形为秋霞黯绿色的通明宝玉，若用银槌轻击之，当吐银色的幽咽电蛇似腾入云天。

我并不是为寻秋意而看月，更不是为觅新愁而访秋月；蓄意沈浸于悲哀的生活，是丹德所不许的。我盖见月而感秋色，因秋窗而拈新愁：人是一簇脆弱而富于反射性的神经！

我重复回到现实的景色,轻裹在云锦之中的秋月,像一个遍体蒙纱的女郎,她那团圆清朗的外貌像新娘,但同时她幂弦的颜色,那是藕灰,她踟蹰的行踵,掩泣的痕迹,又使人疑是送丧的丽姝。所以我曾说:

秋月呀!
我不盼望你团圆。

这是秋月的特色,不论她是悬在落日残照边的新镰,与"黄昏晓"竞艳的眉钩,中宵斗没西陲的金碗,星云参差间的银床,以至一轮腴满的中秋,不论盈昃高下,总在原来澄爽明秋之中,遍洒着一种我只能称之为"悲哀的轻霭",和"传愁的以太"。即使你原来无愁,见此也禁不得沾染那"灰色的音调",渐渐兴感起来!

秋月呀!
谁禁得起银指尖儿
浪漫的搔爬呵!
不信但看那一海的轻涛,可不是禁不住她玉指的抚摩,
在那里低徊饮泣呢!就是那:
无聊的云烟,
秋月的美满,
薰暖了飘心冷眼,
也清冷地穿上了轻绡的衣裳,
来参与这
美满的婚姻和丧礼。

十月六日志摩

巴黎的鳞爪

咳巴黎！到过巴黎的一定不会再希罕天堂，尝过巴黎的，老实说，连地狱都不想去了。整个的巴黎就像是一床野鸭绒的垫褥，衬得你通体舒泰，硬骨头都给薰酥了的——有时许太热一些。那也不碍事，只要你受得住。赞美是多余的，正如赞美天堂是多余的；咒诅也是多余的，正如咒诅地狱是多余的。巴黎，软绵绵的巴黎，只在你临别的时候轻轻的嘱咐一声："别忘了，再来！"其实连这都是多余的。谁不想再去？谁忘得了？

香草在你的脚下，春风在你的脸上，微笑在你的周遭。不拘束你，不责备你，不督饬你，不窘你，不恼你，不揉你。它搂着你，可不缚住你：是一条温存的臂膀，不是根绳子。它不是不让你跑，但它那招逗的指尖却永远在你的记忆里晃着。多轻盈的步履，罗袜的丝光随时可以沾上你记忆的颜色！

但巴黎却不是单调的喜剧。赛因河的柔波里掩映着罗浮宫的倩影，它也收藏着不少失意人最后的呼吸。流着，温驯的水波；流着，缠绵的恩怨。咖啡馆：和着交颈的软语，开怀的笑响，有踞坐在屋隅里蓬头少年计较自毁的哀思。跳舞场：和着翻飞的乐调，迷醇的酒香，有独自支颐的少妇思量着往迹的怆心。浮动在上一层的许是光明，是欢畅，是快乐，是甜蜜，是和谐；但沈淀在底里阳光照不到的才是人事经验的本质：说重一点是悲哀，说轻一点是惆怅：谁不愿意永远在轻快的流波里漾着，可得留神了你往深处去时的发见！

一天，一个从巴黎来的朋友找我闲谈，谈起了劲，茶也没喝，烟也没吸，一直从黄昏谈到天亮，才各自上床去躺了一歇，我一合眼就回到了巴黎，方才朋友讲的情境惝恍的把我自己也缠了进去；这巴黎的梦真醇人，醇你的心，醇你的意志，醇你的四肢百体，那味儿除是亲尝过的谁能想象！——我醒过来时还是迷糊的忘了我在那儿，刚巧一个小朋友进房来站在我的床前笑吟吟喊我："你做什么梦来了，朋友，为什么两眼潮潮的像哭似的？"我伸手一摸，果然眼里有水，不觉也失笑了——可是朝来的梦，一个诗人说的，同是这悲凉滋味，正不知这泪是为那一个梦流的呢！

下面写下的不成文章，不是小说，不是写实，也不是写梦，——在我写的人只当是随口曲，南边人说的"出门不认货"，随你们宽容的读者们怎样看罢。

出门人也不能太小心了，走道总得带些探险的意味。生活的趣味大半就在不预期的发见，要是所有的明天全是今天刻板的化身，那我们活什么来了？正如小孩子上山就得采花，到海边就得捡贝壳，书呆子进图书馆想捞新智慧——出门人到了巴黎就想……

你的批评也不能过分严正不是？少年老成——什么话！老成是老年人的特权，也是他们的本分；说来也不是他们甘愿，他们是到了年纪不得不。少年人如何能老成？老成了才是怪哪！

放宽一点说，人生只是个机缘巧合；别瞧日常生活河水似的流得平顺，它那里面多的是潜流，多的是漩涡——轮着的时候谁躲得了给卷了进去？那就是你发愁的时候，是你登仙的时候，是你辨着酸的时候，是你尝着甜的时候。

巴黎也不定比别的地方怎样不同：不同就在那边生活流波里的潜流更猛，漩涡更急，因此你叫给卷进去的机会也就更多。

我赶快得声明我是没有叫巴黎的漩涡给淹了去——虽则也就够险。多半的时候我只是站在赛因河岸边看热闹，下水去的时候也不能说没有，但至多也不过在靠岸清浅处溜着，从没敢往深处跑——这来漩涡的纹螺，势道，力量，可比远在岸上时认清楚多了。

九小时的萍水缘

我忘不了她。她是在人生的急流里转着的一张萍叶，我见着了它，掬在手里把玩了一晌，依旧交还给它的命运，任它飘流去——它以前的飘泊我不曾见来，它以后的飘泊，我也见不着，但就这曾经相识匆匆的恩缘——实际上我与她相处不过九小时——已在我的心泥上印下踪迹，我如何能忘，在忆起时如何能不感须臾的惆怅？

那天我坐在那热闹的饭店里瞥眼看着她，她独坐在灯光最暗漆的屋角里，这屋内那一个男子不带媚态，那一个女子的胭脂口上不沾笑容，就只她：穿一身淡素衣裳，戴一顶宽边的黑帽，在鬌密的睫毛上隐隐闪亮着深思的目光——我几乎疑心她是修道院的女僧偶尔到红尘里随喜来了。我不能不接着注意她，她的别样的支颐的倦态，她的曼长的手指，她的落漠的神情，有意无意间的叹息，在在都激发我的好奇——虽则我那时左边已经坐下了一个瘦的，右边来了肥的，四条光滑的手臂不住的在我面前晃着酒杯。但更使我奇异的是她不等跳舞开始就匆匆的出去了，好像害怕或是厌恶似的。第一晚这样，第二晚又是这样：独自默默的坐着，到时候又匆匆的离去。到了第三晚她再来的时候我再也忍不住不想法接近她。第一次得着的回音，虽则是"多谢好意，我再不愿交友"的一个拒绝，只是加深了我的同情的好奇。我再不能放过她。

巴黎的好处就在处处近人情；爱慕的自由是永远容许的。你见谁爱慕谁想接近谁，决不是犯罪，除非你在经程中泄漏了你的尘气暴气，陋相或是贫相，那不是文明的巴黎人所能容忍的。只要你"识相"，上海人说的，什么可能的机会你都可以利用。对方人理你不理你，当然又是一回事；但只要你的步骤对，文明的巴黎人决不让你难堪。

我不能放过她。第二次我大胆写了个字条付中间人——店主人——交去。我心里直怔怔的怕讨没趣。可是回话来了——她就走了，你跟着去吧。

她果然在饭店门口等着我。

你为什么一定要找我说话，先生，像我这再不愿意有朋友的人？

她张着大眼看我，口唇微微的颤着。

我的冒昧是不望恕的，但是我看了你忧郁的神情我足足难受了三天，也不知怎的我就想接近你，和你谈一次话，如其你许我，那就是我的想望，再没有别的意思。

真有她那眼内绽出了泪来，我话还没说完。

想不到我的心事又叫一个异邦人看透了……她声音都哑了。

我们在路灯的灯光下默默的互注了一晌，并着肩沿马路走去，走不到多远她说不能走，我就问了她的允许雇车坐上，直望波龙尼大林园清凉的暑夜里兜去。

原来如此，难怪你听了跳舞的音乐像是厌恶似的，但既然不愿意何以每晚还去？

那是我的感情作用；我有些舍不得不去，我在巴黎一天，那是我最初遇见——他的地方，但那时候的我……可是你真的同情我的际遇吗，先生？我快有两个月不开口了，不瞒你说，今晚见了你我再也不能制止，我爽性说给你我的生平的始末吧，只要你不嫌。我们还是回那饭庄去罢。

你不是厌烦跳舞的音乐吗?

她初次笑了。多齐整洁白的牙齿,在道上的幽光里亮着!有了你我的生气就回复了不少,我还怕什么音乐?

我们俩重进饭庄去选一个犄角坐下,喝完了两瓶香槟,从十一时舞影最凌乱时谈起,直到早三时客人散尽侍役打扫屋子时才起身走,我在她的可怜身世的演述中遗忘了一切,当前的歌舞再不能分我丝毫的注意。

下面是她的自述。

我是在巴黎生长的。我从小就爱读天方夜谭的故事,以及当代描写东方的文学;啊东方,我的童真的梦魂那一刻不在它的玫瑰园中留恋?十四岁那年我的姊姊带我上比京去住,她在那边开一个时式的帽铺,有一天我看见一个小身材的中国人来买帽子,我就觉着奇怪,一来他长得异样的清秀,二来他为什么要来买那样时式的女帽;到了下午一个女太太拿了方才买去的帽子来换了,我姊姊就问她那中国人是谁,她说是她的丈夫,说开了头她就讲她当初怎样为爱他触怒了自己的父母,结果断绝了家庭和他结婚,但她一点也不追悔,因为她的中国丈夫待她怎样好法,她不信西方人会得像他那样体贴,那样温存。我再也忘不了她说话时满心怡悦的笑容。从此我仰慕东方的私衷又添深了一层颜色。

我再回巴黎的时候已经长成了,我父亲是最宠爱我的,我要什么他就给我什么。我那时就爱跳舞,啊,那些迷醉轻易的时光,巴黎那一处舞场上不见我的舞影。我的妙龄,我的颜色,我的体态,我的聪慧,尤其是我那媚人的大眼——啊,如今你见的只是悲惨的余生再不留当时的丰韵——制定了我初期的堕落。我说堕落不是?是的,堕落,人生那处不是堕落,这社会那里容得一个有姿色的女人保全她的清洁?我正快走入险路的时候,我那慈爱的老父早已看出我的倾向,私下安排了一个机会,叫我与一个有爵位的英国人接近。一个十七岁的女子那有什么主意,在两个月内我就做了新娘。

说起那四年结婚的生活,我也不应得过分的抱怨,但我们欧洲的势利的社会实在是树心里生了蠹,我怕再没有回复健康的希望。我到伦敦去做贵妇人时我还是个天真的孩子,那有什么机心,那懂得虚伪的卑鄙的人间的底里,我又是个外国人,到处遭受嫉忌与批评。还有我那担名的丈夫。他娶我究竟为什么动机我始终不明白,许贪我年轻贪我貌美带回家去广告他自己的手段,因为真的我不曾感着他一息的真情;新婚不到几时他就对我冷淡了,其实他就没有热过,碰巧我是个傻孩子,一天不听着一半句软语,不受些温柔的怜惜,到晚上我就不自制的悲伤。他有的是钱,有的是趋奉谄媚,成天在外打猎作乐,我愁了不来慰我,我病了不来问我,连着三年抑郁的生涯完全消灭了我原来活泼快乐的天机,到第四年实在耽不住了,我与他吵一场回巴黎再见我父亲的时候,他几乎不认识我了。我自此就永别了我的英国丈夫。因为虽则实际的离婚手续在他方面到前年方始办理,他从我走了后也就不再来顾问我——这算是欧洲人夫妻的情分!

我从伦敦回到巴黎,就比久困的雀儿重复飞回了林中,眼内又有了笑,脸上又添了春色,不但身体好多,就连童年时的种种想望又在我心头活了回来。三四年结婚的经验更叫我厌恶西欧,更叫我神往东方。东方,啊,浪漫的多情的东方!我心里常常的怀念着。有一晚,那一个运定的晚上,我就在这屋子内见着了他,与今晚一样的歌声,一样的舞影,想起还不就是昨天,多飞快的光阴,就可怜我一个单薄的女子,无端叫运神摆布,在情网里颠连,在经验的苦海里沈沦,朋友,我自分是已经埋葬了的活人,你何苦又来逼着我把往事掘起,我的话是简短的,但我身受的苦恼,朋友,你信我,是不可量的;你望我的眼里看,凭着你的同情你可以在刹那间领会我灵魂的真际!

他是菲利滨人，也不知怎的我初次见面就迷了他。他肤色是深黄的，但他的性情是不可信的温柔；他身材是短的，但他的私语有多叫人魂销的魔力？啊，我到如今还不能怨他；我爱他太深，我爱他太真，我如何能一刻忘他，虽则他到后来也是一样的薄情，一样的冷酷。你不倦吗，朋友，等我讲给你听？

　　我自从认识了他我便倾注给他我满怀的柔情，我想他，那负心的他，也够他的享受，那三个月神仙似的生活！我们差不多每晚在此聚会的。秘谈是他与我，欢舞是他与我，人间再有更甜美的经验吗？朋友你知道痴心人赤心爱恋的疯狂吗？因为不仅满足了我私心的想望，我十多年梦魂缭绕的东方理想的实现。有他我什么都有了，此外我更有什么沾恋？因此等到我家里为这事情与我开始交涉的时候，我更不踌躇的与我生身的父母根本决绝。我此时又想起了我垂髫时在比京见着的那个嫁中国人的女子，她与我一样也为了痴情牺牲一切，我只希冀她这时还能保持着她那纯爱的生活，不比我这失运人成天在幻灭的辛辣中回味。

　　我爱定了他。他是在巴黎求学的，不是贵族，也不是富人，那更使我放心，因为我早年的经验使我迷信真爱情是穷人才能供给的。谁知他骗了我——他家里也是有钱的，那时我在热恋中抛弃了家，牺牲了名誉，跟了这黄脸人离却巴黎，辞别欧洲，经过一个月的海程，我就到了我理想的灿烂的东方。啊，我那时的希望与快乐！但才出了红海，他就上了心事，经我再三的逼，他才告诉他家里的实情，他父亲是菲利滨最有钱的土著，性情是极严厉的，他怕轻易不能收受我进他们的家庭。我真不愿意把此后可怜的身世烦你的听，朋友，但那才是我痴心人的结果，你耐心听着吧！

　　东方，东方才是我的烦恼！我这回投进了一个更陌生的社会，呼吸更沈闷的空气；他们自己中间也许有他们温软的人情，但轮着我的却一样还只是猜忌与讥刻,更不容情的刺袭我的孤独的性灵。果然他的家庭不容我进门,把我看作一个"巴黎淌来的可疑的妇人"。我为爱他也不知忍受了多少不可忍的侮辱,吞了多少悲泪,但我自慰的是他对我不变的恩情。因为在初到的一时他还是不时来慰我——我独自赁屋住着。但慢慢的也不知是人言浸润还是他原来爱我不深,他竟然表示割绝我的意思。

朋友,试想我这孤身女子牺牲了一切为的还不是他的爱,如今连他都离了我,那我更有什么生机?我怎的始终不曾自毁,我至今还不信,因为我那时真的是没路走了。我又没有钱,他狠心丢了我,我如何能再去缠他,这也许是我们白种人的倔强,我不久便揩干了眼泪,出门去自寻活路。我在一个菲美合种人的家里寻得了一个保姆的职务;天幸我生性是耐烦领小孩的——我在伦敦的日子没孩子管,我就养猫弄狗——救活我的是那三五个活灵的孩子,黑头发短手指的乖乖。在那炎热的岛上我是过了两年没颜色的生活,得了一次凶险的热病,从此我面上再不存青年期的光彩。我的心境正稍稍回复平衡的时候两件不幸的事情又临着了我:一件是我那他与另一女子的结婚,这消息使我昏厥了过去,一件是被我弃绝的慈父也不知怎的问得了我的踪迹,来电说他老病快死要我回去。啊,天罚我!等我赶回巴黎的时候正好赶着与老人诀别,忏悔我先前的造孽!

从此我在人间还有什么意趣?我只是个实体的鬼影,活动的尸体;我的心也早就死了,再也不起波澜;在初次失望的时候我想象中还有个辽远的东方,但如今东方只在我的心上留下一个鲜明的新伤,我更有什么希冀,更有什么心情?但我每晚还是不自主的到这饭店里来小坐,正如死去的鬼魂忘不了他的老家!我这一生的经验本不想再向人前吐露的,谁知又碰着了你,苦苦的追着我,逼我再一度撩拨死尽的火灰,这来你够明白了,为什么我老是这落漠的神情,我猜你也是过路的客人,我深深自幸又接近一次人情的温慰,但我不敢希望什么。我的心是死定了的,时候也不早了,你看方才舞影凌乱的地板上现在只剩一片冷淡的灯光,侍役们已经收拾干净,我们也该走了,再会吧,多情的朋友!

"先生,你见过艳丽的肉没有?"

我在巴黎时常去看一个朋友,他是一个画家,住在一条老闻着鱼腥的小街底头一所老屋子的顶上一个A字式的尖阁里,光线暗惨得怕人,白天就靠两块日光胰子大小的玻璃窗给装装幌,反正住的人不嫌就得,他是照例不过正午不起身,不近天亮不上床的一位先生,下午他也不居家,起码总得上灯的时候他才脱下了他的开褂露出两条破烂的臂膀埋身在他那艳丽的垃圾窝里开始他的工作。

艳丽的垃圾窝——它本身就是一幅妙画!我说给你听听。

贴墙有精窄的一条上面盖着黑毛毡的算是他的床,在这上面就准你规规矩矩的躺着,不说起坐一定扎脑袋,就连翻身也不免冒犯斜着下来永远不退让的屋顶先生的身份!承着顶尖全屋子顶宽舒的部分放着他的书桌——我捏着一把汗叫它书桌,其实还用提吗,上边什么法宝都有,画册子,稿本,黑炭,颜色盘子,烂袜子,领结,软领子,热水瓶子压瘪了的,烧干了的酒精灯,电筒,各色的药瓶,彩油瓶,脏手绢,断头的笔杆,没有盖的墨水瓶子。一柄手枪,那是瞒不过我花七法郎在密歇耳大街路旁旧货摊上换来的。照相镜子,小手镜,断齿的梳子,蜜膏,晚上喝不完的咖啡杯,详梦的小书,还有——还有可疑的小纸盒儿,凡士林一类的油膏,……一只破木板箱一头漆着名字上面蒙着一块灰色布的是他的梳妆台兼书架,一个洋瓷面盆半盆的胰子水似乎都叫一部旧版的卢骚集子给饕了去,一顶便帽套在洋瓷长提壶的耳柄上,从袋底里倒出来的小铜钱错落的散着像是土耳其人的符咒，几只稀小的烂苹果围着一条破香蕉像是一群大学教授们围着一个教育次长索薪……

壁上看得更斑斓了：这是我顶得意的一张庞那的底稿当废纸买来的，这是我临蒙内的裸体，不十分行，我来撩起灯罩你可以看清楚一点，草色太浓了，那膝部画坏了，这一小幅更名贵，你认是谁，罗丹的！那是我前年最大的运气，也算是错来的，老巴黎就是这点子便宜，挨了半年八个月的饿不要紧，只要有机会捞着真东西，这还不值得！那边一张挤在两幅油画缝里的，你见了没有，也是有来历的，那是我前年趁马克倒楣路过佛兰克福德时夹手抢来的，是真的孟察尔都难说，就差糊了一点，现在你给三千法郎我都不卖，加倍再加倍都值，你信不信？再看那一长条……在他那手指东点西的卖弄他的家珍的时候，你竟会忘了你站着的地方是不够六尺阔的一间阁楼，倒像跨在你头顶那两爿斜着下来的屋顶也顺着他那艺术谈法术似的隐了去，露出一个爽恺的高天，壁上的疙瘩，壁嬉窠，霉块，钉疤，全化成了哥罗画帧中"飘飘欲化烟"的最美丽林树与轻快的流涧；桌上的破领带及手绢烂香蕉臭袜子等等也全变形成戴大阔边稻草帽的牧童们，偎着树打盹的，牵着牛在涧里喝水的，手反衬着脑袋放平在青草地上瞪眼看天的，斜眼溜着那边走进来的娘们手按着音腔吹横笛的——可不是那边来了一群娘们，全是年岁轻轻的，露着胸膛，散着头发，还有光着白腿的在青草地上跳着来了？……唵！小心扎脑袋，这屋子真别扭，你出什么神来了？想着你的 Bel Ami 对不对？你到巴黎快半个月，该早有落儿了，这年头收成真容易——呃，太容易了！谁说巴黎不是理想的地狱？你吸烟斗吗？这儿有自来火。对不起，屋子里除了床，就是那张弹簧早经追悼过了的沙发，你坐坐吧，给你一个垫子，这是全屋子顶温柔的一样东西。

不错，那沙发，这阁楼上要没有那张沙发，主人的风格就落了一个极重要的原素。说它肚子里的弹簧完全没了劲,在主人说是太谦,在我说是简直污蔑了它。因为分明有一部分内簧是不曾死透的,那在正中间,看来倒像是一座分水岭,左右都是往下倾的,我初坐下时不提防它还有弹力,倒叫我骇了一下;靠手的套布可真是全霉了,露着黑黑黄黄不知是什么货色,活像主人衬衫的袖子。我正落了坐,他咬了咬嘴唇翻一翻眼珠微微的笑了。笑什么了你?我笑——你坐上沙发那样儿叫我想起爱菱。爱菱是谁?她呀——她是我第一个模特儿。模特儿?你的?你的破房子还有模特儿,你这穷鬼花得起……别急,究竟是中国初来的,听了模特儿就这样的起劲,看你那脖子都上了红印了!本来不算事,当然,可是我说像你这样的破鸡棚……破鸡棚便怎么样,耶稣生在马号里的,安琪儿们都在马矢里跪着礼拜哪!别忙,好朋友,我讲你听。如其巴黎人有一个好处,他就是不势利!中国人顶糟了,这一点;穷人有穷人的势利,阔人有阔人的势利,半不阑珊的有半不阑珊的势利——那才是半开化,才是野蛮!你看像我这样子,头发像刺猬,八九天不刮的破胡子,半年不收拾的脏衣服,鞋带扣不上的皮鞋——要在中国,谁不叫我外国叫化子,那配进北京饭店一类的势利场;可是在巴黎,我就这样儿随便问那一个衣服顶漂亮脖子搽得顶香的娘们跳舞,十回就有九回成,你信不信?至于模特儿,那更不成话,那有在巴黎学美术的,不论多穷,一年里不换十来个眼珠亮亮的来坐样儿?屋子破更算什么?波希民的生活就是这样,按你说模特儿就不该坐坏沙发,你得准备杏黄贡缎绣丹凤朝阳坐垫的太师椅请她坐你才安心对不对?再说……

别再说了!算我少见世面,算我是乡下老戆,得了;可是说起模特儿,我倒有点好奇,你何妨讲些经验给我长长见识?有真好的没有?我们在美术院里见着的什么维纳丝得米罗,维纳丝梅第妻,还有铁青的,鲁班师的,鲍第千里的,丁稻来笃的,箕奥其安内的裸体实在是太美,太理想，太不可能，太不可思议；反面说，新派的比如雪尼约克的，玛提斯的，塞尚的，高耿的，弗朗刺马克的，又是太丑，太损，太不像人，一样的太不可能，太不可思议。人体美，究竟怎么一回事？我们不幸生长在中国，女人衣服一直穿到下巴底下，腰身与后部看不出多大分别的世界里，实在是太蒙昧无知，太不开眼。可是再说呢，东方人也许根本就不该叫人开眼的，你看过约翰巴里士那本《沙扬娜拉》没有，他那一段形容一个日本裸体舞女——就是一张脸子粉搽得像棺材里爬起来的颜色，此外耳朵以后下巴以下就比如一节蒸不透的珍珠米！——看了真叫人恶心。你们学美术的才有第一手的经验，我倒是……

你倒是真有点羡慕，对不对？不怪你，人总是人。不瞒你说，我学画画原来的动机也就是这点子对人体秘密的好奇。你说我穷相，不错，我真是穷，饭都吃不出，衣都穿不全，可是模特儿——我怎么也省不了。这对人体美的欣赏在我已经成了一种生理的要求，必要的奢侈，不可摆脱的嗜好；我宁可少吃俭穿，省下几个法郎来多雇几个模特儿。你简直可以说我是着了迷，成了病，发了疯，爱说什么就什么，我都承认——我就不能一天没有一个精光的女人耽在我的面前供养，安慰，喂饱我的"眼淫"。当初罗丹我猜也一定与我一样的狼狈，据说他那房子里老是有剥光了的女人，也不为坐样儿，单看她们日常生活"实际的"多变化的姿态——他是一个牧羊人，成天看着一群剥了毛皮的驯羊！鲁班师那位穷凶极恶的大手笔，说是常难为他太太做模特儿，结果因为他成天不断的画他太太竟许连穿裤子的空儿都难得有！但如果这话是真的鲁班师还是太傻，难怪他那画里的女人都是这剥白猪似的单调，少变化；美的分配在人体上是极神秘的一个现象，我不信有理想的全材，不论男女我想几乎是不可能的；上帝拿着一把颜色望地面上撒，玫瑰，罗兰，石榴，玉簪，剪秋罗，各样都沾到了一种或几种的彩泽，但决没有一种花包涵所有可能的色调的，那如其有，按理论讲，岂不是又得回复了没颜色的本相？人体美也是这样的，有的美在胸部，有的腰部，有的下部，有的头发，有的手，有的脚踝，那不可理解的骨骼，筋肉，肌理的会合，形成各各不同的线条，色调的变化，皮面的涨度，毛管的分配，天然的姿态，不可制止的表情——也得你不怕麻烦细心体会发见去，上帝没有这样便宜你的事情，他决不给你一个具体的绝对美，如果有我们所有艺术的努力就没了意义；巧妙就在你明知这山里有金子，可是在那一点你得自己下工夫去找。啊！说起这艺术家审美的本能，我真要闭着眼感谢上帝——要不是它，岂不是所有人体的美，说窄一点，都变了古长安道上历代帝王的墓窟，全叫一层或几层薄薄的衣服给埋没了！回头我给你看我那张破床底下有一本宝贝，我这十年血汗辛苦的成绩——千把张的人体临摹，而且十分之九是在这间破鸡棚里勾下的，别看低我这张弹簧早经追悼了的沙发，这上面落坐过至少一二百当得起美字的女人！别提专门做模特儿的，巴黎那一个不知道俺家黄脸什么，那不算希奇，我自负的是我独到的发见：一半因为看多了缘故，女人肉的引诱在我差不多完全消灭在美的欣赏里面，结果在我这双"淫眼"看来，一丝不挂的女人就同紫霞宫里翻出来的尸首穿得重重密密的摇不动我的性欲，反面说当真穿着得极整齐的女人，不论她在人堆里站着，在路上走着，只要我的眼到，她的衣服的障碍就无形的消灭，正如老练的矿师一瞥就认出矿苗，我这美术本能也是一瞥就认出"美苗"，一百次里错不了一次；每回发见了可能的时候，我就非想法找到她剥光了她叫我看个满意不成，上帝保佑这文明的巴黎，我失望的时候真难得有！我记得有一次在戏院子看了一个贵妇人，实在没法想（我当然试来）我那难受就不用提了，比发疟疾还难受——她那特长分明是在小腹与……

够了够了！我倒叫你说得心痒痒的。人体美！这门学问，这门福气，我们不幸生长在东方谁有机会研究享受过来？可是我既然到了巴黎，又幸气碰着你,我倒真想叨你的光开开我的眼,你得替我想法,要找在你这宏富的经验中比较最贴近理想的一个看看……

你又错了!什么,你意思花就许巴黎的花香,人体就许巴黎的美吗?太灭自己的威风了!别信那巴理士什么《沙扬娜拉》的胡说;听我说,正如东方的玫瑰不比西方的玫瑰差什么香味,东方的人体在得到相当的栽培以后,也同样不能比西方的人体差什么美——除了天然的限度,比如骨骼的大小,皮肤的色彩。同时顶要紧的当然要你自己性灵里有审美的活动,你得有眼睛,要不然这宇宙不论它本身多美多神奇在你还是白来的。我在巴黎苦过这十年,就为前途有一个宏愿:我要张大了我这经过训练的"淫眼"到东方去发现人体美——谁说我没有大文章做出来?至于你要借我的光开开眼,那是最容易不过的事情,可是我想想——可惜了!有个马达姆朗洒,原先在巴黎大学当物理讲师的,你看了准忘不了,现在可不在了,到伦敦去了;还有一个马达姆薛托漾,她是远在南边乡下开面包铺子的,她就够打倒你所有的丁稻来笃,所有的铁青,所有的箕奥其安内——尤其是给你这未入流看,长得太美了,她通体就看不出一根骨头的影子,全叫匀匀的肉给隐住的,圆的,润的,有一致节奏的,那妙是一百个哥蒂蔼也形容不全的,尤其是她那腰以下的结构,真是奇迹!你从义大利来该见过西龙尼维纳丝的残像,就那也只能仿佛,你不知道那活的气息的神奇,什么大艺术天才都没法移植到画布上或是石塑上去的(因此我常常自己心里辩论究竟是艺术高出自然还是自然高出艺术,我怕上帝僭先的机会毕竟比凡人多些);不提别的单就她站在那里你看,从小腹接桠上股那两条交荟的弧线起直往下贯到脚着地处止,那肉的浪纹就比是——实在是无可比——你梦里听着的音乐:不可信的轻柔,不可信的匀净,不可信的韵味——说粗一点,那两股相并处的一条线直贯到底,不漏一屑的破绽,你想通过一根发丝或是吹度一丝风息都是绝对不可能的——但同时又决不是肥肉的粘着，那就呆了。真是梦！唉，就可惜多美一个天才偏叫一个身高六尺三寸长红胡子的面包师给糟蹋了；真的这世上的因缘说来真怪，我很少看见美妇人不嫁给猴子类牛类水马类的丑男人！但这是支话。眼前我招得到的，够资格的也就不少——有了，方才你坐上这沙发的时候叫我想起了爱菱，也许你与她有缘分，我就为你招她去吧，我想应该可以容易招到的。可是上那儿呢？这屋子终究不是欣赏美妇人的理想背景，第一不够开展，第二光线不够——至少为外行人像你一类着想……我有了一个顶好的主意，你远来客我也该独出心裁招待你一次，好在爱菱与我特别的熟，我要她怎么她就怎么；暂且约定后天吧，你上午十二点到我这里来，我们一同到芳丹薄罗的大森林里去，那是我常游的地方，尤其是阿房奇石相近一带，那边有的是天然的地毯，这一时是自然最妖艳的日子，草青得滴得出翠来，树绿得涨得出油来，松鼠满地满树都是，也不很怕人，顶好玩的，我们决计到那一带去秘密野餐吧——至于"开眼"的话，我包你一个百二十分的满足，将来一定是你从欧洲带回家最不易磨灭的一个印象！一切有我布置去，你要是愿意贡献的话，也不用别的，就要你多买大杨梅，再带一瓶橘子酒，一瓶绿酒，我们享半天闲福去。现在我讲得也累了，我得躺一会儿，我拿我床底下那本秘本给你先揣摹揣摹……

隔一天我们从芳丹薄罗林子里回巴黎的时候，我仿佛刚做了一个最荒唐，最艳丽，最秘密的梦。

十四年十二月二十一日

我所知道的康桥

一

我这一生的周折，大都寻得出感情的线索。不论别的，单说求学。我到英国是为要从罗素。罗素来中国时，我已经在美国。他那不确的死耗传到的时候，我真的出眼泪不够，还做悼诗来了。他没有死，我自然高兴。我摆脱了哥伦比亚大博士衔的引诱，买船漂过大西洋，想跟这位二十世纪的福禄泰尔认真念一点书去。谁知一到英国才知道事情变样了：一为他在战时主张和平，二为他离婚，罗素叫康桥给除名了，他原来是 Trinity College 的 Fellow，这来他的 Fellow-ship 也给取销了。他回英国后就在伦敦住下，夫妻两人卖文章过日子。因此我也不曾遂我从学的始愿。我在伦敦政治经济学院里混了半年，正感着闷想换路走的时候，我认识了狄更生先生。狄更生——Galsworthy Lowes Dickinson——是一个有名的作者，他的《一个中国人通信》（Letters from John Chinaman）与《一个现代聚餐谈话》（A Modern Symposium）两本小册子早得了我的景仰。我第一次会着他是在伦敦国际联盟协会席上，那天林宗孟先生演说，他做主席；第二次是宗孟寓里吃茶，有他。以后我常到他家里去。他看出我的烦闷，劝我到康桥去，他自己是王家学院（King's College）的 fellow。我就写信去问两个学院，回信都说学额早满了，随后还是狄更生先生替我去在他的学院里说好了，给我一个特别生的资格，随意选科听讲。从此黑方巾、黑披袍的风光也被我占着了。初起我在离康桥六英里的乡下叫沙士顿地方租了几间小屋住下，同居的有我从前的夫人张幼仪女士与郭虞裳君。每天一早我坐街车（有时自行车）上学，到晚回家。这样的生活过了一个春，但我在康桥还只是个陌生人，谁都不认识，康桥的生活，可以说完全不曾尝着，我知道的只是一个图书馆，几个课室，和三两个吃便宜饭的茶食铺子。狄更生常在伦敦或是大陆上，所以也不常见他。那年的秋季我一个人回到康桥，整整有一学年，那时我才有机会接近真正的康桥生活，同时我也慢慢的"发现"了康桥。我不曾知道过更大的愉快。

二

"单独"是一个耐寻味的现象。我有时想它是任何发现的第一个条件。你要发现你的朋友的"真"，你得有与他单独的机会。你要发现你自己的真，你得给你自己一个单独的机会。你要发现一个地方（地方一样有灵性），你也得有单独玩的机会。我们这一辈子，认真说，能认识几个人？能认识几个地方？我们都是太匆忙，太没有单独的机会。说实话，我连我的本乡都没有什么了解。康桥我要算是有相当交情的，再次许只有新认识的翡冷翠了。啊，那些清晨，那些黄昏，我一个人发痴似的在康桥！绝对的单独。

但一个人要写他最心爱的物件，不论是人是地，是多么使他为难的一个工作？你怕，你怕描坏了它，你怕说过分了恼了它，你怕说太谨慎了辜负了它。我现在想写康桥，也正是这样的心理，我不曾写，我就知道这回是写不好的——况且又是临时逼出来的事情。但我却不能不写，上期预告已经出去了。我想勉强分两节写：一是我所知道的康桥的天然景色；一是我所知道的康桥的学生生活。我今晚只能极简的写些，等以后有兴会时再补。

<h2 style="text-align:center">三</h2>

康桥的灵性全在一条河上；康河，我敢说是全世界最秀丽的一条水。河的名字是葛兰大（Granta），也有叫康河（River Cam）的，许有上下流的区别，我不甚清楚。河身多的是曲折，上游是有名的拜伦潭——"Byron's Pool"——当年拜伦常在那里玩的；有一个老村子叫格兰骞斯德，有一个果子园，你可以躺在累累的桃李树荫下吃茶，花果会掉入你的茶杯，小雀子会到你桌上来啄食，那真是别有一番天地。这是上游；下游是从骞斯德顿下去，河面展开，那是春夏间竞舟的场所。上下河分界处有一个坝筑，水流急得很，在星光下听水声，听近村晚钟声，听河畔倦牛刍草声，是我康桥经验中最神秘的一种：大自然的优美宁静，调谐在这星光与波光的默契中不期然的淹入了你的性灵。

但康河的精华是在它的中流，著名的"Backs"，这两岸是几个最蜚声的学院的建筑。从上面下来是 Pembroke, St.Kat-harine's, King's, Clare, Trinity, St.John's。最令人留连的一节是克莱亚与王家学院的毗连处，克莱亚的秀丽紧邻着王家教堂（King's Chapel）的宏伟。别的地方尽有更美更庄严的建筑，例如巴黎赛因河的罗浮宫一带，威尼士的利阿尔多大桥的两岸，翡冷翠维基乌大桥的周遭；但康桥的"Backs"自有它的特长，这不容易用一二个状词来概括，它那脱尽尘埃气的一种清澈秀逸的意境可说是超出了画图而化生了音乐的神味。再没有比这一群建筑更调谐更匀称的了！论画，可比的许只有柯罗（Corot）的田野；论音乐，可比的许只有肖班（Chopin）的夜曲。就这，也不能给你依稀的印象，它给你的美感简直是神灵性的一种。

假如你站在王家学院桥边的那棵大椈树荫下眺望，右侧面，隔着一大方浅草坪,是我们的校友居(fellows building),那年代并不早,但它的妩媚也是不可掩的,它那苍白的石壁上春夏间满缀着艳色的蔷薇在和风中摇头,更移左是那教堂,森林似的尖阁不可浼的永远直指着天空;更左是克莱亚,啊!那不可信的玲珑的方庭,谁说这不是圣克莱亚(St.Clare)的化身,那一块石上不闪耀着她当年圣洁的精神?在克莱亚后背隐约可辨的是康桥最潇贵最骄纵的三一学院(Trinity),它那临河的图书楼上坐镇着拜伦神采惊人的雕像。

但这时你的注意早已叫克莱亚的三环洞桥魔术似的摄住。你见过西湖白堤上的西泠断桥不是(可怜它们早已叫代表近代丑恶精神的汽车公司给铲平了,现在它们跟着苍凉的雷峰永远辞别了人间)?你忘不了那桥上斑驳的苍苔,木栅的古色,与那桥拱下泄露的湖光与山色不是?克莱亚并没有那样体面的衬托,它也不比庐山栖贤寺旁的观音桥,上瞰五老的奇峰,下临深潭与飞瀑;它只是怯怜怜的一座三环洞的小桥,它那桥洞间也只掩映着细纹的波粼与婆娑的树影,它那桥上栉比的小穿阑与阑节顶上双双的白石球,也只是村姑子头上不夸张的香草与野花一类的装饰;但你凝神的看着,更凝神的看着,你再反省你的心境,看还有一丝屑的俗念沾滞不?只要你审美的本能不曾汩灭时,这是你的机会实现纯粹美感的神奇!

但你还得选你赏鉴的时辰。英国的天时与气候是走极端的。冬天是荒谬的坏,逢着连绵的雾盲天你一定不迟疑的甘愿进地狱本身去试试;春天(英国是几乎没有夏天的)是更荒谬的可爱,尤其是它那四五月间最渐缓最艳丽的黄昏,那才真是寸寸黄金。在康河边上过一个黄昏是一服灵魂的补剂。啊!我那时蜜甜的单独,那时蜜甜的闲暇。一晚又一晚的,只见我出神似的倚在桥阑上向西天凝望:

——看一回凝静的桥影,

数一数螺钿的波纹；

我倚暖了石阑的青苔，

青苔凉透了我的心坎；……

还有几句更笨重的怎能仿佛那游丝似轻妙的情景：

难忘七月的黄昏，远树凝寂，

像墨泼的山形，衬出轻柔暝色，

密稠稠，七分鹅黄，三分橘绿，

那妙意只可去秋梦边缘捕捉；……

四

这河身的两岸都是四季常青最葱翠的草坪。从校友居的楼上望去，对岸草场上，不论早晚，永远有十数匹黄牛与白马，胫蹄没在恣蔓的草丛中，从容的在咬嚼，星星的黄花在风中动荡，应和着它们尾鬃的扫拂。桥的两端有斜倚的垂柳与椈荫护住；水是澈底的清澄，深不足四尺，匀匀的长着长条的水草。这岸边的草坪又是我的爱宠，在清朝，在傍晚，我常去这天然的织锦上坐地，有时读书，有时看水；有时仰卧着看天空的行云，有时反扑着搂抱大地的温软。

但河上的风流还不止两岸的秀丽。你得买船去玩。船不止一种：有普通的双桨划船，有轻快的薄皮舟（canoe），有最别致的长形撑篙船（punt）。最末的一种是别处不常有的：约莫有二丈长，三尺宽，你站直在船梢上用长竿撑着走的。这撑是一种技术。我手脚太蠢，始终不曾学会。你初起手尝试时，容易把船身横住在河中，东颠西撞的狼狈。英国人是不轻易开口笑人的，但是小心他们不出声的皱眉！也不知有多少次河中本来优闲的秩序叫我这莽撞的外行给搞乱了。我真的始终不曾学会；每回我不服输跑去租船再试的时候，有一个白胡子的船家往往带讥讽的对我说："先生，这撑船费劲，天热累人，还是拿个薄皮舟溜溜吧！"我那里肯听话，长篙子一点就把船撑了开去，结果还是把河身一段段的腰斩了去。

你站在桥上去看人家撑，那多不费劲，多美！尤其在礼拜天有几个专家的女郎，穿一身缟素衣服，裙裾在风前悠悠的飘着，戴一顶宽边的薄纱帽，帽影在水草间颤动，你看她们出桥洞时的姿态，捻起一根竟像没有分量的长竿，只轻轻的，不经心的往波心里一点，身子微微的一蹲，这船身便波的转出了桥影，翠条鱼似的向前滑了去。她们那敏捷，那闲暇，那轻盈，真是值得歌咏的。

在初夏阳光渐暖时你去买一只小船，划去桥边荫下躺着念你的书或是做你的梦，槐花香在水面上飘浮，鱼群的喋喋声在你的耳边挑逗。或是在初秋的黄昏，近着新月的寒光，望上流僻静处远去。爱热闹的少年们携着他们的女友，在船沿上支着双双的东洋彩纸灯，带着话匣子，船心里用软垫铺着，也开向无人迹处去享他们的野福——谁不爱听那水底翻的音乐在静定的河上描写梦意与春光！

住惯城市的人不易知道季候的变迁。看见叶子掉知道是秋，看见叶子绿知道是春；天冷了装炉子，天热了拆炉子；脱下棉袍，换上夹袍，脱下夹袍，穿上单袍；不过如此罢了。天上星斗的消息，地下泥上里的消息，空中风吹的消息，都不关我们的事。忙着哪，这样那样事情多着，谁耐烦管星星的移转，花草的消长，风云的变幻？同时我们抱怨我们的生活，苦痛，烦闷，拘束，枯燥，谁肯承认做人是快乐？谁不多少间咒诅人生？

但不满意的生活大都是由于自取的。我是一个生命的信仰者，我信生活决不是我们大多数人仅仅从自身经验推得的那样暗惨。我们的病根是在"忘本"。人是自然的产儿，就比枝头的花与鸟是自然的产儿；

但我们不幸是文明人,入世深似一天,离自然远似一天。离开了泥土的花草,离开了水的鱼,能快活吗?能生存吗?从大自然,我们取得我们的生命;从大自然,我们应分取得我们继续的滋养。那一株婆婆的大木没有盘错的根柢深入在无尽藏的地里?我们是永远不能独立的。有幸福是永远不离母亲抚育的孩子,有健康是永远接近自然的人们。不必一定与鹿豕游,不必一定回"洞府"去;为医治我们当前生活的枯窘,只要"不完全遗忘自然"一张轻淡的药方我们的病象就有缓和的希望。在青草里打几个滚,到海水里洗几次浴,到高处去看几次朝霞与晚照——你肩背上的负担就会轻松了去的。

这是极肤浅的道理,当然。但我要没有过过康桥的日子,我就不会有这样的自信。我这一辈子就只那一春,说也可怜,算是不曾虚度。就只那一春,我的生活是自然的,是真愉快的!(虽则碰巧那也是我最感受人生痛苦的时期。)我那时有的是闲暇,有的是自由,有的是绝对单独的机会。说也奇怪,竟像是第一次,我辨认了星月的光明,草的青,花的香,流水的殷勤。我能忘记那初春的睥睨吗?曾经有多少个清晨我独自冒着冷去薄霜铺地的林子里闲步——为听鸟语,为盼朝阳,为寻泥土里渐次苏醒的花草,为体会最微细最神妙的春信。啊,那是新来的画眉在那边凋不尽的青枝上试它的新声!啊,这是第一朵小雪球花挣出了半冻的地面!啊,这不是新来的潮润沾上了寂寞的柳条?

静极了,这朝来水溶溶的大道,只远处牛奶车的铃声,点缀这周遭的沈默。顺着这大道走去,走到尽头,再转入林子里的小径,往烟雾浓密处走去,头顶是交枝的榆荫,透露着漠楞楞的曙色;再往前走去,走尽这林子,当前是平坦的原野,望见了村舍,初青的麦田,更远三两个馒形的小山掩住了一条通道。天边是雾茫茫的,尖尖的黑影是近村的教寺。听,那晓钟和缓的清音。这一带是此邦中部的平原,地形像是海里的轻波,默沈沈的起伏;山岭是望不见的,有的是常青的草原与沃腴的田壤。登那土阜上望去,康桥只是一带茂林,拥戴着几处娉婷的尖阁。妩媚的康河也望不见踪迹,你只能循着那锦带似的林木想象那一流清浅。村舍与树林是这地盘上的棋子,有村舍处有佳荫,有佳荫处有村舍。这早起是看炊烟的时辰:朝雾渐渐的升起,揭开了这灰苍苍的天幕(最好是微霰后的光景),远近的炊烟,成丝的,成缕的,成卷的,轻快的,迟重的,浓灰的,淡青的,惨白的,在静定的朝气里渐渐的上腾,渐渐的不见,仿佛是朝来人们的祈祷,参差的翳入了天厅。朝阳是难得见的,这初春的天气。但它来时是起早人莫大的愉快。顷刻间这田野添深了颜色,一层轻纱似的金粉糁上了这草,这树,这通道,这庄舍。顷刻间这周遭弥漫了清晨富丽的温柔。顷刻间你的心怀也分润了白天诞生的光荣。"春"!这胜利的晴空仿佛在你的耳边私语。"春"!你那快活的灵魂也仿佛在那里回响。

……

伺候着河上的风光,这春来一天有一天的消息。关心石上的苔痕,关心败草里的花鲜,关心这水流的缓急,关心水草的滋长,关心天上的云霞,关心新来的鸟语。怯怜怜的小雪球是探春信的小使。铃兰与香草是欢喜的初声。窈窕的莲馨,玲珑的石水仙,爱热闹的克罗克斯,耐辛苦的蒲公英与雏菊——这时候春光已是烂漫在人间,更不须殷勤问讯。

瑰丽的春放。这是你野游的时期。可爱的路政,这里不比中国,那一处不是坦荡荡的大道?徒步是一个愉快,但骑自转车是一个更大的愉快,在康桥骑车是普遍的技术;妇人,稚子,老翁,一致享受这双轮舞的快乐。(在康桥听说自转车是不怕人偷的,就为人人都自己有车,没人要偷。)任你选一个方向,任你上一条通道,顺着这带草味的和风,放轮远去,保管你这半天的逍遥是你性灵的补剂。这道上有的是清荫与美草,随地都可以供你休憩。你如爱花,这里多的是锦绣似的草原。你如爱鸟，这里多的是巧啭的鸣禽。你如爱儿童，这乡间到处是可亲的稚子。你如爱人情，这里多的是不嫌远客的乡人，你到处可以"挂单"借宿，有酪浆与嫩薯供你饱餐，有夺目的果鲜恣你尝新。你如爱酒，这乡间每"望"都为你储有上好的新酿，黑啤如太浓，苹果酒姜酒都是供你解渴润肺的。……带一卷书，走十里路，选一块清静地，看天，听鸟，读书，倦了时，和身在草绵绵处寻梦去——你能想象更适情更适性的消遣吗？

陆放翁有一联诗句："传呼快马迎新月，却上轻舆趁晚凉"；这是做地方官的风流。我在康桥时虽没马骑，没轿子坐，却也有我的风流：我常常在夕阳西晒时骑了车迎着天边扁大的日头直追。日头是追不到的，我没有夸父的荒诞，但晚景的温存却被我这样偷尝了不少。有三两幅画图似的经验至今还是栩栩的留着。只说看夕阳，我们平常只知道登山或是临海，但实际只须辽阔的天际，平地上的晚霞有时也是一样的神奇。有一次我赶到一个地方，手把着一家村庄的篱笆，隔着一大田的麦浪，看西天的变幻。有一次是正冲着一条宽广的大道，过来一大群羊，放草归来的，偌大的太阳在它们后背放射着万缕的金辉，天上却是乌青青的，只剩这不可逼视的威光中的一条大路，一群生物！我心头顿时感着神异性的压迫，我真的跪下了，对着这冉冉渐翳的金光。再有一次是更不可忘的奇景，那是临着一大片望不到头的草原，满开着艳红的罂粟，在青草里亭亭的像是万盏的金灯，阳光从褐色云斜着过来，幻成一种异样紫色，透明似的不可逼视，刹那间在我迷眩了的视觉中，这草田变成了……不说也罢，说来你们也是不信的！

一别二年多了，康桥，谁知我这思乡的隐忧？也不想别的，我只要那晚钟撼动的黄昏，没遮拦的田野，独自斜倚在软草里，看第一个大星在天边出现！

十五年一月十五日

第二辑　自剖

　　我爱动，爱看动的事物，爱活泼的人，爱水，爱空中的飞鸟，爱车窗外掣过的田野山水。星光的闪动，草叶上露珠的颤动，花须在微风中的摇动，雷雨时云空的变动，大海中波涛的汹涌，都是在在触动我感兴的情景。

自　剖

　　我是个好动的人:每回我身体行动的时候,我的思想也仿佛就跟着跳荡。我做的诗,不论它们是怎样的"无聊",有不少是在行旅期中想起的。我爱动,爱看动的事物,爱活泼的人,爱水,爱空中的飞鸟,爱车窗外掣过的田野山水。星光的闪动,草叶上露珠的颤动,花须在微风中的摇动,雷雨时云空的变动,大海中波涛的汹涌,都是在在触动我感兴的情景。是动,不论是什么性质,就是我的兴趣,我的灵感。是动就会催快我的呼吸,加添我的生命。

　　近来却大大的变样了。第一我自身的肢体,已不如原先灵活;我的心也同样的感受了不知是年岁还是什么的拘挛。动的现象再不能给我欢喜,给我启示。先前我看着在阳光中闪烁的金波,就仿佛看见了神仙宫阙——什么荒诞美丽的幻觉,不在我的脑中一闪闪的掠过;现在不同了,阳光只是阳光,流波只是流波,任凭景色怎样的灿烂,再也照不化我的呆木的心灵。我的思想,如其偶尔有,也只似岩石上的藤萝,贴着枯干的粗糙的石面,极困难的蜒着;颜色是苍黑的,姿态是倔强的。

　　我自己也不懂得何以这变迁来得这样的兀突,这样的深彻。原先我在人前自觉竟是一注的流泉,在在有飞沫,在在有闪光;现在这泉眼,如其还在，仿佛是叫一块石板不留余隙的给镇住了。我再没有先前那样蓬勃的情趣，每回我想说话的时候，就觉着那石块的重压，怎么也掀不动，怎么也推不开，结果只能自安沈默！"你再不用想什么了，你再没有什么可想的了"；"你再不用开口了，你再没有什么话可说的了"，我常觉得我沈闷的心府里有这样半嘲讽半吊唁的谆嘱。

说来我思想上或经验上也并不曾经受什么过分剧烈的戟刺。我处境是向来顺的，现在如其有不同，只是更顺了的。那么为什么这变迁？远的不说，就比如我年前到欧洲去时的心境：啊！我那时还不是一只初长毛角的野鹿？什么颜色不激动我的视觉，什么香味不奋兴我的嗅觉？我记得我在义大利写游记的时候，情绪是何等的活泼，兴趣何等的醇厚，一路来眼见耳听心感的种种，那一样不活栩栩的丛集在我的笔端，争求充分的表现！如今呢？我这次到南方去，来回也有一个多月的光景，这期内眼见耳听心感的事物也该有不少。我未动身前，又何尝不自喜此去又可以有机会饱餐西湖的风色，邓尉的梅香——单提一两件最合我脾胃的事。有好多朋友也曾期望我在这闲暇的假期中采集一点江南风趣，归来时，至少也该带回一两篇爽口的诗文，给在北京泥土的空气中活命的朋友们一些清醒的消遣。

但在事实上不但在南中时我白瞪着大眼，看天亮换天昏，又闭上了眼，拼天昏换天亮，一枝秃笔跟着我涉海去，又跟着我涉海回来，正如岩洞里的一根石笋，压根儿就没一点摇动的消息；就在我回京后这十来天，任凭朋友们怎样的催促，自己良心怎样的责备，我的笔尖上还是滴不出一点墨渖来。我也曾勉强想想，勉强想写，但到底还是白费！可怕是这心灵骤然的呆顿。

完全死了不成？我自己在疑惑。

说来是时局也许有关系。我到京几天就逢着空前的血案。五卅事件发生时我正在义大利山中，采茉莉花编花篮儿玩，翡冷翠山中只见明星与流萤的交唤,花香与山色的温存,俗氛是吹不到的。直到七月间到了伦敦,我才理会国内风光的惨澹,等得我赶回来时,设想中的激昂,又早变成了明日黄花,看得见的痕迹只有满城黄墙上墨彩斑斓的"泣告"。

这回却不同。屠杀的事实不仅是在我住的城子里发见,我有时竟觉得是我自己的灵府里的一个惨像。杀死的不仅是青年们的生命,我自己的思想也仿佛遭着了致命的打击,比是国务院前的断胫残肢,再也不能回复生动与连贯。但这深刻的难受在我是无名的,是不能完全解释的。这回事变的奇惨性引起愤慨与悲切是一件事,但同时我们也知道在这根本起变态作用的社会里,什么怪诞的情形都是可能的。屠杀无辜,还不是年来最平常的现象。自从内战纠结以来,在受战祸的区域内,那一处村落不曾分到过遭奸污的女性,屠残的骨肉,供牺牲的生命财产?这无非是给冤氛围结的地面上多添一团更集中更鲜艳的怨毒。再说那一个民族的解放史能不浓浓的染着 Martyrs 的腔血?俄国革命的开幕就是二十年前冬宫的血景。只要我们有识力认定,有胆量实行,我们理想中的革命,这回羔羊的血就不会是白涂的。所以我个人的沈闷决不完全是这回惨案引起的感情作用。

爱和平是我的生性。在怨毒,猜忌,残杀的空气中,我的神经每每感受一种不可名状的压迫。记得前年奉直战争时我过的那日子简直是一团黑漆,每晚更深时,独自抱着脑壳伏在书桌上受罪,仿佛整个时代的沈闷盖在我的头顶——直到写下了《毒药》那几首不成形的咒诅诗以后,我心头的紧张才渐渐的缓和下去。这回又有同样的情形;只觉着烦,只觉着闷,感想来时只是破碎,笔头只是笨滞。结果身体也不舒畅,像是蜡油涂抹住了全身毛窍似的难过,一天过去了又是一天,我这里又在重演更深独坐箍紧脑壳的姿势,窗外皎洁的月光,分明是在嘲讽我内心的枯窘!

不，我还得往更深处挖。我不能叫这时局来替我思想骤然的呆顿负责，我得往我自己生活的底里找去。

平常有几种原因可以影响我们的心灵活动。实际生活的牵掣可以劫去我们心灵所需要的闲暇，积成一种压迫。在某种热烈的想望不曾得满足时，我们感觉精神上的烦闷与焦躁，失望更是颠覆内心平衡的一个大原因；较剧烈的种类可以麻痹我们的灵智，淹没我们的理性。但这些都合不上我的病源；因为我在实际生活里已经得到十分的幸运，我的潜在意识里，我敢说不该有什么压着的欲望在作怪。

但是在实际上反过来看另有一种情形可以阻塞或是减少你心灵的活动。我们知道舒服，健康，幸福，是人生的目标，我们因此推想我们痛苦的起点是在望见那些目标而得不到的时候。我们常听人说"假如我像某人那样生活无忧我一定可以好好的做事，不比现在整天的精神全花在琐碎的烦恼上"。我们又听说"我不能做事就为身体太坏，若是精神来得，那就……"我们又常常设想幸福的境界，我们想："只要有一个意中人在跟前那我一定奋发，什么事做不到？"但是不，在事实上，舒服，健康，幸福，不但不一定是帮助或奖励心灵生活的条件，它们有时正得相反的效果。我们看不起有钱人，在社会上得意人，肌肉过分发展的运动家，也正在此；至于年少人幻想中的美满幸福，我敢说等得当真有了红袖添香，你的书也就读不出所以然来，且不说什么在学问上或艺术上更认真的工作。

那末生活的满足是我的病源吗？

"在先前的日子"，一个真知我的朋友，就说，"正为是你生活不得平衡，正为你有欲望不得满足，你的压在内里的 Libido 就形成一种升华的现象，结果你就借文学来发泄你生理上的郁结（你不常说你从事文学是一件不预期的事吗？）；这情形又容易在你的意识里形成一种虚幻的希望，因为你的写作得到一部分赞许，你就自以为确有相当创作的天赋以及独立思想的能力。但你只是自冤自,实在你并没有什么超人一等的天赋,你的设想多半是虚荣,你的以前的成绩只是升华的结果。所以现在等得你生活换了样,感情上有了安顿,你就发现你向来写作的来源顿呈萎缩甚至枯竭的现象;而你又不愿意承认这情形的实在,妄想到你身子以外去找你思想枯窘的原因,所以你就不由得感到深刻的烦闷。你只是对你自己生气,不甘心承认你自己的本相。不,你原来并没有三头六臂的!

"你对文艺并没有真兴趣,对学问并没有真热心。你本来没有什么更高的志愿,除了相当合理的生活,你只配安分做一个平常人,享你命里注定的'幸福';在事业界,在文艺创作界,在学问界内,全没有你的位置,你真的没有那能耐。不信你只要自问在你心里的心里有没有那无形的'推力',整天整夜的恼着你,逼着你,督着你,放开实际生活的全部,单望着不可捉摸的创作境界里去冒险?是的,顶明显的关键就是那无形的推力或是冲动(The Impulse),没有它人类就没有科学,没有文学,没有艺术,没有一切超越功利实用性质的创作。你知道在国外(国内当然也有,许没那样多)有多少人被这无形的推力驱使着,在实际生活上变成一种离魂病性质的变态动物,不但人间所有的虚荣永远沾不上他们的思想,就连维持生命的睡眠饮食,在他们都失了重要,他们全部的心力只是在他们那无形的推力所指示的特殊方向上集中应用。怪不得有人说天才是疯癫;我们在巴黎,伦敦不就到处碰得着这类怪人?如其他是一个美术家,恼着他的就只怎样可以完全表现他那理想中的形体;一个线条的准确,某种色彩的调谐,在他会得比他生身父母的生死与国家的存亡更重要,更迫切,更要求注意。我们知道专门学者有终身掘坟墓的,研究蚊虫生理的,观察亿万万里外一个星的动定。并且他们决不问社会对于他们的劳力有否任何的认识,那就是虚荣的进路;他们是被一点无形的推力的魔鬼蛊定了的。

"这是关于文艺创作的话。你自问有没有这种情形。你也许经验过什么'灵感',那也许有,但你却不要把刹那误认作永久的,虚幻认作真实。至于说思想与真实学问的话,那也得背后有一种推力,方向许不同,性质还是不变。做学问你得有原动的好奇心,得有天然热情的态度去做求知识的工夫。真思想家的准备,除了特强的理智,还得有一种原动的信仰;信仰或寻求信仰,是一切思想的出发点;极端的怀疑派思想也只是期望重新位置信仰的一种努力。从古来没有一个思想家不是宗教性的。在他们,各按各的倾向,一切人生的和理智的问题是实在有的;神的有无,善与恶,本体问题,认识问题,意志自由问题,在他们看来都是含逼迫性的现象,要求合理的解答——比山岭的崇高,水的流动,爱的甜蜜更真,更实在,更耸动。他们的一点心灵,就永远在他们设想的一种或多种问题的周围飞舞,旋绕,正如灯蛾之于火焰;牺牲自身来贯彻火焰中心的秘密,是他们共有的决心。

"这种惨烈的情形,你怕也没有吧?我不说你的心幕上就没有思想的影子;但它们怕只是虚影,像水面上的云影,云过影子就跟着消散,不是石上的溜痕越日久越深刻。

"这样说下来,你倒可以安心了!因为个人最大的悲剧是设想一个虚无的境界来谎骗你自己;骗不到底的时候你就得忍受'幻灭'的莫大的苦痛。与其那样,还不如及早认清自己的深浅,不要把不必要的负担,放上支撑不住的肩背,压坏你自己,还难免旁人的笑话!朋友,不要迷了,定下心来享你现成的福分吧;思想不是你的分,文艺创作不是你的分,独立的事业更不是你的分!天生抗了重担来的那也没法想。(那一个天才不是活受罪!)你是原来轻松的,这是多可羡慕,多可贺喜的一个发见!算了吧,朋友!"

三月二十五至四月一日

再　剖

你们知道喝醉了想吐吐不出或是吐不爽快的难受不是？这就是我现在的苦恼；肠胃里一阵阵的作恶，腥腻从食道里往上泛，但这喉关偏跟你别扭，它捏住你，逼住你，逗着你——不，它且不给你痛快哪！前天那篇《自剖》，就比是哇出来的几口苦水，过后只是更难受，更觉着往上冒。我告你我想要怎么样。我要孤寂：要一个静极了的地方——森林的中心，山洞里，牢狱的暗室里——再没有外界的影响来逼迫或引诱你的分心，再不须计较旁人的意见，喝彩或是嘲笑；当前惟一的物件是你自己：你的思想，你的感情，你的本性。那时它们再不会躲避，不会隐遁，不会装作；赤裸裸的听凭你察看，检验，审问。你可以放胆解去你最后的一缕遮盖，袒露你最自怜的创伤，最掩讳的私亵。那才是你痛快一吐的机会。

但我现在的生活情形不容我有那样一个时机。白天太忙（在人前一个人的灵性永远是蜷缩在壳内的蜗牛），到夜间，比如此刻，静是静了，人可又倦了，惦着明天的事情又不得不早些休息。啊，我真羡慕我台上放着那块唐砖上的佛像，他在他的莲台上瞑目坐着，什么都摇不动他那入定的圆澄。我们只是在烦恼网里过日子的众生，怎敢企望那光明无碍的境界！有鞭子下来，我们躲；见好吃的，我们垂涎；

听声响，我们着忙；逢着痛痒，我们着恼。我们是鼠，是狗，是刺猬，是天上星星与地上泥土间爬着的虫。那里有工夫，即使你有心想亲近你自己？那里有机会，即使你想痛快的一吐？

前几天也不知无形中经过几度挣扎，才呕出那几口苦水，这在我虽则难受还是照旧，但多少总算是发泄。事后我私下觉得愧悔，因为我不该拿我一己苦闷的骨鲠，强读者们陪着我吞咽。是苦水就不免薰蒸的恶味。我承认这完全是我自私的行为，不敢望恕的。我惟一的解嘲是这几口苦水的确是从我自己的肠胃里呕出——不是去脏水桶里舀来的。我不曾期望同情，我只要朋友们认识我的深浅——（我的浅？）我最怕朋友们的容宠容易形成一种虚拟的期望；我这操刀自剖的一个目的，就在及早解卸我本不该抗上的担负。

是的，我还得往底里挖，往更深处剖。

最初我来编辑副刊，我有一个愿心。我想把我自己整个儿交给能容纳我的读者们，我心目中的读者们，说实话，就只这时代的青年。我觉着只有青年们的心窝里有容我的空隙，我要偎着他们的热血，听他们的脉搏。我要在我自己的情感里发见他们的情感，在我自己的思想里反映他们的思想。假如编辑的意义只是选稿，配版，付印，拉稿，那还不如去做银行的伙计——有出息得多。我接受编辑晨副的机会，就为这不单是机械性的一种任务。（感谢晨报主人的信任与容忍）晨副变了我的喇叭，从这管口里我有自由吹弄我古怪的不调谐的音调，它是我的镜子，在这平面上描画出我古怪的不调谐的形状。我也决不掩讳我的原形：我就是我。记得我第一次与读者们相见，就是一篇供状。我的经过，我的深浅，我的偏见，我的希望，我都曾经再三的声明，怕是你们早听厌了。但初起我有一种期望是真的——期望我自己。也不知那时间为什么原因我竟有那活棱棱的一副勇气。我宣言我自己跳进了这现实的世界，存心想来对准人生的面目认他一个仔细。我信我自己的热心（不是知识）多少可以给我一些对敌力量的。我想拼这一天，把我的血肉与灵魂，放进这现实世界的磨盘里去挨，锯齿下去拉，——我就要尝那味儿！只有这样，我想才可以期望我主办的刊物多少是一个有生命气息的东西；才可以期望在作者与读者间发生一种活的关系；才可以期望读者们觉着这一长条报纸与黑的字印的背后，的确至少有一个活着的人与一个动着的心，他的把握是在你的腕上，他的呼吸吹在你的脸上，他的欢喜，他的惆怅，他的迷惑，他的伤悲，就比是你自己的，的确是从一个可认识的主体上发出来的变化——是站在台上人的姿态，——不是投射在白幕上的虚影。

并且我当初也并不是没有我的信念与理想。有我崇拜的德性，有我信仰的原则，有我爱护的事物，也有我痛疾的事物。往理性的方向走，往爱心与同情的方向走，往光明的方向走，往真的方向走，往健康快乐的方向走，往生命，更多更大更高的生命方向走——这是我那时的一点"赤子之心"。我恨的是这时代的病象，什么都是病象：猜忌，诡诈，小巧，倾轧，挑拨，残杀，互杀，自杀，忧愁，作伪，肮脏。我不是医生，不会治病；我就有一双手，趁它们活灵的时候，我想，或许可以替这时代打开几扇窗，多少让空气流通些，浊的毒性的出去，清醒的洁净的进来。

但紧接着我的狂妄的招摇，我最敬畏的一个前辈（看了我的吊刘叔和文）就给我当头一棒：

……既立意来办报而且郑重宣言"决意改变我对人的态度"，那么自己的思想就得先磨冶一番，不能单凭主觉，随便说了就算完事。迎上前去，不要又退了回来！一时的兴奋，是无用的，说话越觉得响亮起劲，跳踯有力，其实即是内心的虚弱，何况说出衰颓懊丧的语气，教一般青年看了，更给他们以可怕的影响,似乎不是志摩这番挺身出马的本意!……

迎上前去,不要又退了回来!这一喝这几个月来就没有一天不在我"虚弱的内心"里回响。实际上自从我喊出"迎上前去"以后,即使不曾撑开了往后退,至少我自己觉不得我的脚步曾经向前挪动。今天我再不能容我自己这梦梦的下去。算清亏欠,在还算得清的时候,总比窝着浑着强。我不能不自剖。冒着"说出衰颓懊丧的语气"的危险,我不能不利用这反省的锋刃,劈去纠着我心身的累赘淤积,或许这来倒有自我真得解放的希望!

想来这做人真是奥妙。我信我们的生活至少是复性的。看得见,觉得着的生活是我们的显明的生活,但同时另有一种生活,跟着知识的开豁逐渐胚胎,成形,活动,最后支配前一种的生活比是我们投在地上的身影,跟着光亮的增加渐渐由模糊化成清晰,形体是不可捉的,但它自有它的奥妙的存在,你动它跟着动,你不动它跟着不动。在实际生活的匆遽中,我们不易辨认另一种无形的生活的并存,正如我们在阴地里不见我们的影子;但到了某时候某境地忽的发见了它,不容否认的踵接着你的脚跟,比如你晚间步月时发见你自己的身影。它是你的性灵的或精神的生活。你觉到你有超实际生活的性灵生活的俄顷,是你一生的一个大关键!你许到极迟才觉悟(有人一辈子不得机会),但你实际生活中的经历,动作,思想,没有一丝一屑不同时在你那跟着长成的性灵生活中留着"对号的存根",正如你的影子不放过你的一举一动,虽则你不注意到或看不见。

我这时候就比是一个人初次发见他有影子的情形。惊骇,讶异,迷惑,耸悚,猜疑,恍惚同时并起,在这辨认你自身另有一个存在的时候。我这辈子只是在生活的道上盲目的前冲,一时踹入一个泥潭,一时踏折一枝草花,只是这无目的的奔驰;从那里来,向那里去,现在在那里，该怎么走，这些根本的问题却从不曾到我的心上。但这时候突然的，恍然的我惊觉了。

仿佛是一向跟着我形体奔波的影子忽然阻住了我的前路，责问我这匆匆的究竟是为什么！

一种新意识的诞生。这来我再不能盲冲，我至少得认明来踪与去迹，该怎样走法如其有目的地，该怎样准备如其前程还在遥远？

啊，我何尝愿意吞这果子，早知有这多的麻烦！现在我第一要考查明白的是这"我"究竟是怎么一回事；然后再决定掉落在这生活道上的"我"的赶路方法。以前种种动作是没有这新意识作主宰的；此后，什么都是由它。

四月五日

求 医

"To understand that the sky is everywhere blue, it is not necessary to have travelled all round the world." ——Goethe。

新近有一个老朋友来看我。在我寓里住了好几天。彼此好久没有机会谈天，偶尔通信也只泛泛的；他只从旁人的传说中听到我生活的梗概，又从他所听到的推想及我更深一义的生活的大致。他早把我看作"丢了"。谁说空闲时间不能离间朋友间的相知？但这一次彼此又捡起了，理清了早年息息相通的线索，这是一个愉快！单说一件事：他看看我四月间副刊上的两篇《自剖》，他说他也有文章做了，他要写一篇《剖志摩的自剖》。他却不曾写：我几次逼问他，他说一定在离京前交卷。有一天他居然谢绝了约会，躲在房子里装病，想试他那柄解剖的刀。晚上见他的时候，他文章不曾做起，脸上倒真的有了病容！"不成功"；他说，"不要说剖，我这把刀，即使有，早就在刀鞘里锈住了，我怎么也拉它不出来！我倒自己发生了恐怖，这回回去非发奋不可。"打了全军覆没的大败仗回来的，也没有他那晚谈话时的沮丧！

但他这来还是帮了我的忙；我们俩连着四五晚通宵的谈话，在我至少感到了莫大的安慰。我的朋友正是那一类人，说话是绝对不敏捷的，他那永远茫然的神情与偶尔激出来的几句话，在当时极易招笑，但在事后往往透出极深刻的意义,在听着的人的心上不易磨灭的:别看他说话的外貌乱石似的粗糙,它那核心里往往藏着直觉的纯璞。他是那一类的朋友,他那不浮夸的同情心在无形中启发你思想的活动,叫逗你心灵深处的"解严";"你尽量披露你自己,"他仿佛说,"在这里你没有被误解的恐怖。"我们俩的谈话是极不平等的;十分里有九分半的时光是我占据的,他只贡献简短的评语,有时修正,有时赞许,有时引申我的意思;但他是一个理想的"听者",他能尽量的容受,不论对面来的是细流或是大水。

我的自剖文不是解嘲体的闲文,那是我个人真的感到绝望的呼声。"这篇文章是值得写的",我的朋友说,"因为你这来冷酷的操刀,无顾恋的劈剖你自己的思想,你至少摸着了现代的意识的一角;你剖的不仅是你,我也叫你剖着了,正如葛德[①]说的'要知道天到处是碧蓝,并用不着到全世界去绕行一周。'你还得往更深处剖,难得你有勇气下手,你还得如你说的,犯着恶心呕苦水似的呕,这时代的意识是完全叫种种相冲突的价值的尖刺给交占住,支离了缠昏了的,你希冀回复清醒与健康先得清理你的外邪与内热。至于你自己,因为发见病象而就放弃希望,当然是不对的;我可以替你开方。你现在需要的没有别的,你只要多多的睡!休息、休养,到时候你自会强壮。我是开口就会牵到葛德的,你不要笑;葛德就是懂得睡的秘密的一个,他每回觉得他的创作活动有退潮的趋向,他就上床去睡,真的放平了身子的睡,不是喻言,直睡到精神回复了,一线新来的波澜逼着他再来一次发疯似的创作。你近来的沈闷,在我看,也只是内心需要休息的符号。正如潮水有涨落的现象,我们劳心的也不免同样受这自然律的支配。你怎么也不该挫气,你正应得利用这时期;休息不是工作的断绝,它

---

① 葛德,通译歌德。

是消极的活动；这正是你吸新营养取得新生机的机会。听凭地面上风吹的怎样尖厉，霜盖得怎么严密，你只要安心在泥土里等着，不愁到时候没有再来一次爆发的惊喜。"

这是他开给我的药方。后来他又跟别的朋友谈起，他说我的病——如其是病——有两味药可医，一是"隐居"，一是"上帝"。烦闷是起源于精神不得充分的怡养；烦嚣的生活是劳心人最致命的伤，离开了就有办法，最好是去山林静僻处躲起。但这环境的改变，虽则重要，还只是消极的一面；为要启发性灵，一个人还得积极的寻求。比性爱更超越更不可摇动的一个精神的寄托——他得自动去发见他的上帝。

上帝这味药是不易配得的，我们姑且放开在一边（虽则我们不能因他字面的兀突就忽略他的深刻的涵养，那就是说这时代的苦闷现象隐示一种渐次形成宗教性大运动的趋向）；暂时脱离现社会去另谋隐居生活那味药，在我不但在事实上有要得到的可能，并且正合我新近一天迫似一天的私愿，我不能不计较一下。

我们都是在生活的蜘网中胶住了的细虫，有的还在勉强挣扎，大多数是早已没了生气，只当着风来吹动网丝的时候顶可怜相的晃动着，多经历一天人事，做人不自由的感觉也跟着真似一天。人事上的关连一天加密一天，理想的生活上的依据反而一天远似一天，仅是这飘忽忽的，仿佛是一块石子在一个无底的深潭中无穷尽的往下坠着似的——有到底的一天吗，天知道！实际的生活逼得越紧，理想的生活宕得越空，你这空手仆仆的不"丢"怎么着？你睁开眼来看看，见着的只是一个悲惨的世界，我们这倒运的民族眼下只有两种人可分，一种是在死的边沿过活的，又一种简直是在死里面过活的：你不能不发悲心不是，可是你有什么能耐能抵挡这普遍"死化"的凶潮，太凄惨了呀这"人道的幽微的悲切的音乐"！那么你闭上眼吧，你只是发见另一个悲惨的世界：你的感情，你的思想，你的意志，你的经验，你的理想，有那一样调谐的,有那一样容许你安舒的?你想要攀援,但是你的力量?你仿佛是掉落在一个井里,四边全是光油油不可攀援的陡壁,你怎么想上得来?就我个人说,所谓教育只是"画皮"的勾当,我何尝得到一点真的知识?说经验吧,不错,我也曾进货似的运得一部分的经验,但这都是硬性的,杂乱的,不经受意识渗透的;经验自经验,我自我,这一屋子满满的生客只使主人觉得迷惑、慌张、害怕。不,我不但不曾"找到"我自己,我竟疑心我是"丢"定了的。

曼殊斐儿①在她的日记里写——

我不是晶莹的透彻。

我什么都不愿意的。全是灰色的;重的、闷的。……

我要生活,这话怎么讲?单说是太易了。可是你有什么法子?

所有我写下的,所有我的生活,全是在海水的边沿上。这仿佛是一种玩艺。我想把我所有的力量全给放上去,但不知怎的我做不到。

前这几天,最使人注意的是蓝的色彩。蓝的天,蓝的山,——一切都是神异的蓝!……但深黄昏的时刻才真是时光的时光。当着那时候,面前放着非人间的美景,你不难领会到你应分走的道儿有多远。珍重你的笔,得不辜负那上升的明月,那白的天光。你得够"简洁"的。

正如你在上帝跟前得简洁。

我方才细心的刷净收拾我的水笔。下回它再要是漏,那它就不够格儿。

我觉得我总不能给我自己一个沈思的机会,我正需要那个。我觉得我的心地不够清白,不识卑,不兴。这底里的渣子新近又漾了起来。我对着山看,我见着的就是山。说实话?我念不相干的书……不经心,随意?是的,就是这情形。心思乱,含糊,不积极,尤其是躲懒,不

---

① 曼殊斐儿,通译曼斯菲尔德(1888—1923),英国女作家,代表作为小说集《幸福》、《园会》、《鸽巢》等,其作品带有印象主义色彩。

够用工。——白费时光。我早就这么喊着——现在还是这呼声。为什么这阑珊的,你? 啊,究竟为什么?

我一定得再发心一次,我得重新来过。我再来写一定得简洁的、充实的、自由的写,从我心坎里出来的。平心静气的,不问成功或是失败,就这往前去做去。但是这回得下决心了! 尤其得跟生活接近。跟这天、这月、这些星、这些冷落的坦白的高山。

"我要是身体健康,"曼殊斐儿在又一处写,"我就一个人跑到一个地方去,在一株树下坐着去。"她这苦痛的企求内心的莹澈与生活的调谐,那一个字不在我此时比她更"散漫、含糊、不积极"的心境里引起同情的回响! 啊,谁不这样想:我要是能,我一定跑到一个地方在一株树下坐着去。但是你能吗?

想 飞

假如这时候窗子外有雪——街上，城墙上，屋脊上，都是雪，胡同口一家屋檐下偎着一个戴黑兜帽的巡警，半拢着睡眼，看棉团似的雪花在半空中跳着玩……假如这夜是一个深极了的啊，不是壁上挂钟的时针指示给我们看的深夜，这深就比是一个山洞的深，一个往下钻螺旋形的山洞的深……

假如我能有这样一个深夜，它那无底的阴森捻起我遍体的毫管；再能有窗子外不住往下筛的雪，筛淡了远近间飐动的市谣，筛泯了在泥道上挣扎的车轮，筛灭了脑壳中不妥协的潜流……

我要那深，我要那静。那在树荫浓密处躲着的夜鹰，轻易不敢在天光还在照亮时出来睁眼。思想；它也得等。

青天里有一点子黑的。正冲着太阳耀眼，望不真，你把手遮着眼，对着那两株树缝里瞧，黑的，有榧子来大，不，有桃子来大——嘿，又移着往西了！

我们吃了中饭出来到海边去。（这是英国康槐尔极南的一角，三面是大西洋）勖丽丽的叫响从我们的脚底下匀匀的往上颤，齐着腰，到了肩高，过了头顶，高入了云，高出了云。啊！

你能不能把一种急震的乐音想象成一阵光明的细雨，从蓝天里冲着这平铺着青绿的地面不住的下？不，那雨点都是跳舞的小脚，安琪儿的。云雀们也吃过了饭，离开了它们卑微的地巢飞往高处做工去。上帝给它们的工作，替上帝做的工作。瞧着，这儿一只，那边又起了两！一起就冲着天顶飞，小翅膀动活的多快活，圆圆的，不踌躇的飞，——它们就认识青天。一起就开口唱，小嗓子动活的多快活，一颗颗小精圆珠子直往外唾，亮亮的唾，脆脆的唾，——它们赞美的是青天。瞧着，这飞得多高，有豆子大，有芝麻大，黑刺刺的一屑，直顶着无底的天顶细细的摇，——这全看不见了，影子都没了！但这光明的细雨还是不住的下着……

飞。"其翼若垂天之云……背负苍天，而莫之夭阏者"；那不容易见着。我们镇上东关厢外有一座黄泥山，山顶上有一座七层的塔，塔尖顶着天。塔院里常常打钟，钟声响动时，那在太阳西晒的时候多，一枝艳艳的大红花贴在西山的鬓边回照着塔山上的云彩，——钟声响动时，绕着塔顶尖，摩着塔顶天，穿着塔顶云，有一只两只，有时三只四只有时五只六只蜷着爪往地面瞧的"饿老鹰"，撑开了它们灰苍苍的大翅膀没挂恋似的在盘旋，在半空中浮着，在晚风中泅着，仿佛是按着塔院钟的波荡来练习圆舞似的。那是我做孩子时的"大鹏"。有时好天抬头不见一瓣云的时候听着惚忧忧的叫响，我们就知道那是宝塔上的饿老鹰寻食吃来了，这一想象半天里秃顶圆睛的英雄，我们背上的小翅膀骨上就仿佛鬻出了一铩铩铁刷似的羽毛，摇起来呼呼响的，只一摆就冲出了书房门，钻入了玳瑁镶边的白云里玩儿去，谁耐烦站在先生书桌前晃着身子背早上上的多难背的书！啊，飞！不是那在树枝上矮矮的跳着的麻雀儿的飞；不是那凑天黑从堂匾后背冲出来赶蚊子吃的蝙蝠的飞；也不是那软尾巴软嗓子做窠在堂檐上的燕子的飞。要飞就得满天飞，风拦不住云挡不住的飞，一翅膀就跳过一座山头，影子下来遮得阴二十亩稻田的飞，到天晚飞倦了就来绕着那塔顶尖顺着风向打圆圈做梦……听说饿老鹰会抓小鸡!

飞。人们原来都是会飞的。天使们有翅膀,会飞,我们初来时也有翅膀,会飞。我们最初来就是飞了来的,有的做完了事还是飞了去,他们是可羡慕的。但大多数人是忘了飞的,有的翅膀上掉了毛不长再也飞不起来,有的翅膀叫胶水给胶住了再也拉不开,有的羽毛叫人给修短了像鸽子似的只会在地上跳,有的拿背上一对翅膀上当铺去典钱使过了期再也赎不回……真的,我们一过了做孩子的日子就掉了飞的本领。但没了翅膀或是翅膀坏了不能用是一件可怕的事。因为你再也飞不回去,你蹲在地上呆望着飞不上去的天,看旁人有福气的一程一程的在青云里逍遥,那多可怜。而且翅膀又不比是你脚上的鞋,穿烂了可以再问妈要一双去,翅膀可不成,折了一根毛就是一根,没法给补的。还有,单顾着你翅膀也还不定规到时候能飞,你这身子要是不谨慎养太肥了,翅膀力量小再也拖不起,也是一样难不是?一对小翅膀驮不起一个胖肚子,那情形多可笑!到时候你听人家高声的招呼说,朋友,回去罢,趁这天还有紫色的光,你听他们的翅膀在半空中沙沙的摇响,朵朵的春云跳过来拥着他们的肩背,望着最光明的来处翩翩的,冉冉的,轻烟似的化出了你的视域,像云雀似的只留下一泻光明的骤雨——"Thou art unseen, but yet I hear thy shrill delight"——那你,独自在泥涂里淹着,够多难受,够多懊恼,够多寒伧!趁早留神你的翅膀,朋友。

是人没有不想飞的。老是在这地面上爬着够多厌烦,不说别的。飞出这圈子,飞出这圈子!到云端里去,到云端里去!那个心里不成天千百遍的这么想?飞上天空去浮着,看地球这弹丸在太空里滚着,从陆地看到海,从海再看回陆地。凌空去看一个明白——这才是做人的趣味,做人的权威,做人的交代。这皮囊要是太重挪不动,就掷了它,可能的话,飞出这圈子,飞出这圈子!

人类初发明用石器的时候,已经想长翅膀。想飞。原人洞壁上画的四不像,它的背上捐着翅膀;拿着弓箭赶野兽的,他那肩背上也给安了翅膀。小爱神是有一对粉嫩的肉翅的。挨开拉斯(Icarus)是人类飞行史里第一个英雄,第一次牺牲。安琪儿(那是理想化的人)第一个标记是帮助他们飞行的翅膀。那也有沿革——你看西洋画上的表现。最初像是一对小精致的令旗,蝴蝶似的粘在安琪儿们的背上,像真的,不灵动的。渐渐的翅膀长大了,地位安准了,毛羽丰满了。画图上的天使们长上了真的可能的翅膀。人类初次实现了翅膀的观念,彻悟了飞行的意义。挨开拉斯闪不死的灵魂,回来投生又投生。人类最大的使命,是制造翅膀;最大的成功是飞!理想的极度,想象的止境,从人到神!诗是翅膀上出世的;哲理是在空中盘旋的。飞:超脱一切,笼盖一切,扫荡一切,吞吐一切。

你上那边山峰顶上试去,要是度不到这边山峰上,你就得到这万丈的深渊里去找你的葬身地!"这人形的鸟会有一天试他第一次的飞行,给这世界惊骇,使所有的著作赞美,给他所从来的栖息处永久的光荣。"啊达文謇!

但是飞?自从挨开拉斯以来,人类的工作是制造翅膀,还是束缚翅膀?这翅膀,承上了文明的重量,还能飞吗?都是飞了来的,还都能飞了回去吗?钳住了,烙住了,压住了,——这人形的鸟会有试他第一次飞行的一天吗?……

同时天上那一点子黑的已经迫近在我的头顶,形成了一架鸟形的机器,忽的机沿一侧,一球光直往下注,砰的一声炸响,——炸碎了我在飞行中的幻想,青天里平添了几堆破碎的浮云。

一九二六年四月十四日至十六日作

迎上前去

这回我不撒谎,不打隐谜,不唱反调,不来烘托;我要说几句至少我自己信得过的话,我要痛快的招认我自己的虚实,我愿意把我的花押画在这张供状的末尾。

我要求你们大量的容许,准我在我第一天接手晨报副刊的时候,介绍我自己,解释我自己,鼓励我自己。

今天碰巧是我这辈子一个转向的日子,我新近经验过在我算是严重,惨刻,极痛心的经验:这经验撼动我全身的纤维,像大风摇动一株孤立的树,在这剧震中谁知道掉下了多少不曾焦透的叶子?但我却因此得到一种心地的清明,近年来不曾尝味过的;因此我敢放胆的说我要说的话:我的呼吸这时候是洁净的,我的嗓音是浏亮的,像大风雨后的空气,原有的芜秽与杂质都叫大自然的震怒洗刷一个净尽,我此时觉得在受重伤的过去的我里,重新透出了一团新来的勇气,一部新来的健康;一个更确定的我,更倔强的我,更有力的我。

我相信真的理想主义者是受得住眼看他往常保持着的理想萎成灰,碎成断片,烂成泥。在这灰,这断片,这泥的底里,他再来发见他更伟大,更光明的理想。我就是这样的一个。

只有信生病是荣耀的人们才来不知耻的高声嚷痛;这时候他听着

有脚步声，他以为有帮助他的人向着他来，谁知是他自己的灵性离了他去！真有志气的病人，在不能自己豁脱苦痛的时候，宁可死休，不来忍受医药与慈善的侮辱。我又是这样的一个。

我们在这生命里到处碰头失望，连续遭逢"幻灭"，头顶只见乌云，地下满是黑影；同时我们的年岁，病痛，工作，习惯，恶狠狠的压上我们的肩背，一天重似一天，在无形中嘲讽的呼喝着，"倒，倒，你这不量力的蠢材！"因此你看这满路的倒尸，有全死的，有半死的，有爬着挣扎的，有默无声息的……嘿！生命这十字架，有几个人抗得起来？

但生命还不是顶重的担负，比生命更重实更压得死人的是思想那十字架。人类心灵的历史里能有几个天成的孟贲乌育？在思想可怕的战场上我们就只有数得清有限的几具光荣的尸体。

我不敢非分的自夸；我不够狂，不够妄。我认识我自己力量的止境，但我却不能制止我看了这时候国内思想界萎瘪现象的愤懑与羞恶。我要一把抓住这时代的脑袋，问它要一点真思想的精神给我看看——不是借来的兑来的冒来的描来的东西，不是纸糊的老虎，摇头的傀儡，蜘蛛网幕面的偶像；我要的是筋骨里迸出来，血液里激出来，性灵里跳出来，生命里震荡出来的真纯的思想。我不来问他要，是我的懦怯；他拿不出来给我看，是他的耻辱。朋友，我要你选定一边，假如你不能站在我的对面，拿出我要的东西来给我看，你就得站在我这一边，帮着我对这时代挑战。

我预料有人笑骂我的大话。是的，大话。我正嫌这年头的话太小了，我们得造一个比小更小的字来形容这年头听着的说话，写下印成的文字；我们得请一个想象力细致如史魏夫脱（Dean Swift）的来描写那些说小话的小口，说尖话的尖嘴。一大群的食蚁兽！他们最大的快乐是忙着他们的尖喙在泥土里垦寻细微的蚂蚁。蚂蚁是吃不完的，同时这可笑的尖嘴却益发不住的向尖的方向进化,小心再隔几代连蚂蚁这食料都显太大了!

我不来谈学问,我不配,我书本的知识是真的十二分的有限。年轻的时候我念过几本极普通的中国书,这几年不但没有知新,温故都说不上,我实在是孤陋,但我却抱定孔子的一句话"知之为知之,不知为不知,是知也",决不来强不知为知;我并不看不起国学与研究国学的学者,我十二分尊敬他们,只是这部分的工作我只能艳羡的看他们去做,我自己恐怕不但今天,竟许这辈子都没希望参加的了。外国书呢?看过的书虽则有几本,但是真说得上"我看过的"能有多少,说多一点,三两篇戏,十来首诗五六篇文章,不过这样罢了。

科学我是不懂的,我不曾受过正式的训练,最简单的物理化学,都说不明白,我要是不预备就去考中学校,十分里有九分是落第,你信不信!天上我只认识几颗大星,地上几棵大树!这也不是先生教我的;从先生那里学来的,十几年学校教育给我的,究竟有些什么,我实在想不起,说不上,我记得的只是几个教授可笑的嘴脸与课堂里强烈的催眠的空气。

我人事的经验与知识也是同样的有限,我不曾做过工,我不曾尝味过生活的艰难,我不曾打过仗,不曾坐过监,不曾进过什么秘密党,不曾杀过人,不曾做过买卖,发过一个大的财。

所以你看,我只是个极平常的人,没有出人头地的学问,更没有非常的经验。但同时我自信我也有我与人不同的地方。我不曾投降这世界。我不受它的拘束。

我是一只没笼头的野马,我从来不曾站定过。我人是在这社会里活着,我却不是这社会里的一个,像是有离魂病似的,我这躯壳的动静是一件事,我那梦魂的去处又是一件事。我是一个傻子,我曾经妄想在这流动的生活里发见一些不变的价值,在这打谎的世上寻出一些不磨灭的真,在我这灵魂的冒险是生命核心里的意义;我永远在无形的经验的巉岩上爬着。

冒险——痛苦——失败——失望,是跟着来的,存心冒险的人就得打算他最后的失望;但失望却不是绝望,这分别很大。我是曾经遭受失望的打击,我的头是流着血,但我的脖子还是硬的;我不能让绝望的重量压住我的呼吸,不能让悲观的慢性病侵蚀我的精神,更不能让厌世的恶质染黑我的血液。厌世观与生命是不可并存的;我是一个生命的信徒,起初是的,今天还是的,将来我敢说也是的。我决不容忍性灵的颓唐,那是最不可救药的堕落,同时却继续躯壳的存在;在我,单这开口说话,提笔写字的事实,就表示后背有一个基本的信仰,完全的没破绽的信仰;否则我何必再做什么文章,办什么报刊?

但这并不是说我不感受人生遭遇的痛创;我决不是那童骏性的乐观主义者;我决不来指着黑影说这是阳光,指着云雾说这是青天,指着分明的恶说这是善;(我并不否认黑影,云雾和恶,我只是不怀疑阳光与青天与善的实在;暂时的掩蔽与侵蚀,不能使我们绝望,这正应得加倍的激动我们寻求光明的决心。)

前几天我觉着异常懊丧的时候无意中翻着尼采的一句话,极简单的几个字却涵有无穷的意义与强悍的力量,正如天上星斗的纵横与山川的经纬,在无声中暗示你人生的奥义,祛除你的迷惘,照亮你的思路,他说"受苦的人没有悲观的权利"(The sufferer has no right to pessimism),我那时感受一种异样的惊心,一种异样的澈悟:——

> 我不辞痛苦,因为我要认识你,上帝;
> 我甘心,甘心在火焰里存身,
> 到最后那时辰见我的真,
> 见我的真,我定了主意,上帝,再不迟疑!

所以我这次从南边回来，决意改变我对人生的态度，我写信给朋友说这要来认真做一点"人的事业"了。——

  我再不想成仙，蓬莱不是我的分；
  我只要这地面，情愿安分的做人。

在我这"决心做人，决心做一点认真的事业"，是一个思想的大转变；因为先前我对这人生只是不调和不承认的态度，因此我与这现世界并没有什么相互的关系，我是我，它是它，它不能责备我，我也不来批评它。但这来我决心做人的宣言却就把我放进了一个有关系，负责任的地位，我再不能张着眼睛做梦，从今起得把现实当现实看：我要来察看，我要来检查，我要来清除，我要来颠扑，我要来挑战，我要来破坏。

人生到底是什么？我得先对我自己给一个相当的答案。人生究竟是什么？为什么这形形色色的，纷扰不清的现象——宗教，政治，社会，道德，艺术，男女，经济？我来是来了，可还是一肚子的不明白，我得慢慢的看古玩似的，一件件拿在手里看一个清切再来说话，我不敢保证我的话一定在行，我敢担保的只是我自己思想的忠实；我前面说过我的学识是极浅陋的，但我却并不因此自馁，有时学问是一种束缚，知识是一层障碍，我只要能信得过我能看的眼，能感受的心，我就有我的话说；至于我说的话有没有人听，有没有人懂，那是另外一件事我管不着了——"有的人身死了才出世的"，谁知道一个人有没有真的出世那一天？

是的，我从今起要迎上前去！生命第一个消息是活动，第二个消息是搏斗，第三个消息是决定；思想也是的，活动的下文就是搏斗。

搏斗就包含一个搏斗的物件，许是人，许是问题，许是现象，许是思想本体。一个武士最大的期望是寻着一个相当的敌手，思想家也是的，他也要一个可以较量他充分的力量的物件，"攻击是我的本性，"一个哲学家说，"要与你的对手相当——这是一个正直的决斗的第一个条件。你心存鄙夷的时候你不能搏斗。你占上风，你认定对手无能的时候你不应当搏斗。我的战略可以约成四个原则：——第一，我专打正占胜利的物件——在必要时我暂缓我的攻击，等他胜利了再开手；第二，我专打没有人打的物件，我这边不会有助手，我单独的站定一边——在这搏斗中我难为的只是我自己；第三，我永远不来对人的攻击——在必要时我只拿一个人格当显微镜用，借它来显出某种普遍的，但却隐遁不易踪迹的恶性；第四，我攻击某事物的动机，不包含私人嫌隙的关系，在我攻击是一个善意的，而且在某种情况下，感恩的凭证。"

这位哲学家的战略，我现在僭引作我自己的战略，我盼望我将来不至于在搏斗的沈酣中忽略了预定的规律，万一疏忽时我恳求你们随时提醒。我现在戴我的手套去！

北戴河海滨的幻想

他们都到海边去了。我为左眼发炎不曾去。我独坐在前廊，偎坐在一张安适的大椅内，袒着胸怀，赤着脚，一头的散发，不时有风来撩拂。清晨的晴爽，不曾消醒我初起时睡态；但梦思却半被晓风吹断。我阖紧眼帘内视，只见一斑斑消残的颜色，一似晚霞的余赭，留恋地胶附在天边。廊前的马樱，紫荆，藤萝，青翠的叶与鲜红的花，都将他们的妙影映印在水汀上，幻出幽媚的情态无数；我的臂上与胸前，亦满缀了绿荫的斜纹。从树荫的间隙平望，正见海湾：海波亦似被晨曦唤醒，黄蓝相间的波光，在欣然的舞蹈。滩边不时见白涛涌起，迸射着雪样的水花。浴线内点点的小舟与浴客，水禽似的浮着；幼童的欢叫，与水波拍岸声，与潜涛呜咽声，相间的起伏，竞报一滩的生趣与乐意。但我独坐的廊前，却只是静静的，静静的无甚声响。妩媚的马樱，只是幽幽的微輾着，蝇虫也敛翅不飞。只有远近树里的秋蝉，在纺纱似的缠引他们不尽的长吟。

在这不尽的长吟中，我独坐在冥想。难得是寂寞的环境，难得是静定的意境；寂寞中有不可言传的和谐，静默中有无限的创造。我的心灵，比如海滨，生平初度的怒潮，已经渐次的消翳，只剩有疏松的海砂中偶尔的回响，更有残缺的贝壳，反映星月的辉芒。此时摸索潮余的斑痕，追想当时汹涌的情景，是梦或是真，再亦不须辨问，只此眉梢的轻皱，唇边的微哂，已足解释无穷奥绪，深深的蕴伏在灵魂的微纤之中。

青年永远趋向反叛，爱好冒险；永远如初度航海者，幻想黄金机缘于浩渺的烟波之外：想割断系岸的缆绳，扯起风帆，欣欣的投入无垠的怀抱。他厌恶的是平安，自喜的是放纵与豪迈。无颜色的生涯，是他目中的荆棘；绝海与凶巇，是他爱自由的途径。他爱折玫瑰：为她的色香，亦为她冷酷的刺毒。他爱搏狂澜：为他的庄严与伟大，亦为他吞噬一切的天才，最是激发他探险与好奇的动机。他崇拜冲动：不可测，不可节，不可预逆，起，动，消歇皆在无形中，狂飙似的倏忽与猛烈与神秘。他崇拜斗争：从斗争中求剧烈的生命之意义，从斗争中求绝对的实在，在血染的战阵中，呼叫胜利之狂欢或歌败丧的哀曲。

幻象消灭是人生里命定的悲剧；青年的幻灭，更是悲剧中的悲剧，夜一般的沈黑，死一般的凶恶。纯粹的，猖狂的热情之火，不同阿拉伯的神灯，只能放射一时的异彩，不能永久的朗照；转瞬间，或许，便已敛熄了最后的焰舌，只留存有限的余烬与残灰，在未灭的余温里自伤与自慰。

流水之光，星之光，露珠之光，电之光，在青年的妙目中闪耀，我们不能不惊讶造化者艺术之神奇，然可怖的黑影，倦与衰与饱餍的黑影，同时亦紧紧的跟着时日进行，仿佛是烦恼，痛苦，失败，或庸俗的尾曳，亦在转瞬间，彗星似的扫灭了我们最自傲的神辉——流水涸，明星没，露珠散灭，电闪不再！

在这艳丽的日辉中，只见愉悦与欢舞与生趣，希望，闪烁的希望，在荡漾，在无穷的碧空中，在绿叶的光泽里，在虫鸟的歌吟中，在青草的摇曳中——夏之荣华，春之成功。春光与希望，是长驻的；自然与人生，是调谐的。

在远处有福的山谷内,莲馨花在坡前微笑,稚羊在乱石间跳跃,牧童们,有的吹着芦笛,有的平卧在草地上,仰看变幻的浮游的白云,放射下的青影在初黄的稻田中缥缈地移过。在远处安乐的村中,有妙龄的村姑,在流涧边照映她自制的春裙;口衔烟斗的农夫三四,在预度秋收的丰盈;老妇人们坐在家门外阳光中取暖,她们的周围有不少的儿童,手擎着黄白的钱花在环舞与欢呼。

在远——远处的人间,有无限的平安与快乐,无限的春光……

在此暂时可以忘却无数的落蕊与残红;亦可以忘却花荫中掉下的枯叶,私语地预告三秋的情意;亦可以忘却苦恼的僵瘪的人间,阳光与雨露的殷勤,不能再恢复他们腮颊上生命的微笑;亦可以忘却纷争的互杀的人间,阳光与雨露的仁慈,不能感化他们凶恶的兽性;亦可以忘却庸俗的卑琐的人间,行云与朝露的丰姿,不能引逗他们刹那间的凝视;亦可以忘却自觉的失望的人间,绚烂的春时与媚草,只能反激他们悲伤的意绪。

我亦可以暂时忘却我自身的种种;忘却我童年期清风白水似的天真;忘却我少年期种种虚荣的希冀;忘却我渐次的生命的觉悟;忘却我热烈的理想的寻求;忘却我心灵中乐观与悲观的斗争;忘却我攀登文艺高峰的艰辛;忘却刹那的启示与彻悟之神奇;忘却我生命潮流之骤转;忘却我陷落在危险的漩涡中之幸与不幸;忘却我追忆不完全的梦境;忘却我大海底里埋首的秘密;忘却曾经刳割我灵魂的利刃,炮烙我灵魂的烈焰,摧毁我灵魂的狂飙与暴雨;忘却我的深刻的怨与艾;忘却我的冀与愿;忘却我的恩泽与惠感;忘却我的过去与现在……

过去的实在,渐渐的膨胀,渐渐的模糊,渐渐的不可辨认;现在的实在,渐渐的收缩,逼成了意识的一线,细极狭极的一线,又裂成了无数不相联续的黑点……黑点亦渐次的隐翳,幻术似的灭了,灭了,一个可怕的黑暗的空虚……

雨后虹

我记得儿时在家塾中读书,最爱夏天的打阵。塾前是一个方形铺石的"天井",其中有石砌的金鱼潭,周围杂生花草,几个积水的大缸,几盆应时的鲜花,——这是我们的"大花园"。南边的夏天下午,蒸热得厉害,全靠傍晚一阵雷雨,来驱散暑气。黄昏时满天星出,凉风透院,我常常袒胸跣足和姊姊兄弟婢仆杂坐在门口"风头里",随便谈天,随便歌唱,算是绝大的快乐。但在白天不论天热得连气都转不过来,可怜的"读书官官"们,还是照常临帖习字,高喊着"黄鸟黄鸟""不亦说乎";虽则手里一把大蒲扇,不住的扇动,满颈满腋的汗,依旧蒸炉似透发,先生亦还是照常抽他的大烟,哼他的"清平乐府"。在这样烦溽的时候,对面四丈高白墙上的日影忽然隐息,清朗的天上忽然满布了乌云,花园里的水缸盆景,也沈静暗淡,仿佛等候什么大的消息,书房里的光线也渐渐减淡,直到先生榻上那只烟灯,原来只像一磷鬼火,大放光明,满屋子里的书桌,墙上的字画,天花板上挂的方玻璃灯,都像变了形,怪可怕的。突然一股尖劲的凉风,穿透了重闷的空气,从窗外吹进房来,吹得我们毛骨悚然,满身腻烦的汗,几乎结冰,这感觉又痛快又难受;但我们那时的注意,却不在身体上,而在这凶兆所预告的大变,我们新学得的什么:洪水泛滥,混沌,天翻地覆，皇天震怒等等字句，立刻在我们小脑子的内库里跳了出来，益发引起孩子们只望烟头起的本性。我们在这阴迷的时刻，往往相顾悍然，热性放开，大噪狂读，身子也狂摇得连生机都磔格作响。

同时沈闷的雷声，已经在屋顶发作，再过几分钟，只听得庭心里石板上劈拍有声，仿佛马蹄在那里踢踏；重复停了；又是一小阵沥淅；如此作了几次阵势，临了紧接着坍天破地的一个或是几个霹雳——我们孩子早把耳朵堵住——扁豆大的雨块，就狠命狂倒下来，屋溜屋檐，屋顶，墙角里的碎碗破铁罐，一齐同情的反响；楼上婢仆争收晒件的慌张咒笑声，关窗声；间壁小孩的欢叫；雷声不住的震吼；天井里的鱼潭小缸，早已像煮沸的小壶，在那里狂流溢——我们很替可怜的金鱼们担忧；那几盆嫩好的鲜花，也不住的狂颤，阴沟也来不及收吸这汤汤的流水，石天井顷刻名副其实，水一直满出了尺半的阶沿，不好了！书房里的地平砖上都是水了！闪电像蛇似钻入室内，连先生肮脏的炕床都照得铄亮；有时外面厅梁上住家的燕子，也进我书房来避难，东扑西投，情形又可怜又可笑。

在这一团糟之中，我们孩子反应的心理，却并不简单。第一，我们当然觉得好玩，这里品林嘭朗，那里也品林嘭朗，原来又炎热又乏味的下午忽然变得这样异常的闹热，小孩那一个不欢迎？第二，天空一打阵，大家起劲看，起劲关窗户，起劲听，当然写字的搁笔，念书的闭口，连先生（我们想）有时也觉得好玩！然而我记得我个人从前亲切的心理反应，仿佛猪八戒听得师父被女儿国招了亲，急着要散伙的心理。我希望那样半混沌的情形继续，电光永闪着，雨水永倒着，水永没上阶沿，漫入室内，因此我们读书写字的任务也永远止歇！孩子们照例怕拘束，最爱自由。爱整天玩，最恨坐定读书，最厌憎牢狱一般的书房——犹之猪八戒一腔野心，其实不愿意跟着穷师父取穷经，整天只吃些穷斋。所以关入书房的孩子，没有一个心愿的，底里没有一个不想造反；就是思想没有连贯力，同时书房和牢房收敛野性的效力也逐渐进大，所以孩子们至多短期逃学，暗祝先生生瘟病，不敢昌言从此不进书房的革命论。但暑天的打阵，却符合了我们潜伏的希冀。俄顷之间，天地变色，书房变色，有时连先生亦变色，无怪这聚锢的叛儿，这勉强修行的猪八戒，感觉到十二分的畅快，甚至盼望天从此再不要清明，雷电从此再不要休止！

我生平最纯粹可贵的教育是得之于自然界。田野，森林，山谷，涧，草地，是我的课室；云彩的变幻，晚霞的绚烂，星月的隐现，田野的麦浪是我的功课；瀑吼，松涛，鸟语，雷声是我的老师，我的官觉是他们忠谨的学生，爱教的弟子。

大部分生命的觉悟，只是耳目的觉悟；我整整过了二十多年含糊生活，只是疑视疑听疑嗅疑觉的一个生物；我记得我十三岁那年初次发见我的眼是近视，第一副眼镜配好的时候，天已昏黑，那时我在泥城桥附近和一个朋友走路，我把眼镜试戴上去，仰头一望，异哉！好一个伟大蓝净不相熟的天，张着几百只指光闪烁的神眼，一直穿过我眼镜直贯我灵府深处，我不禁大声叫道，好天，今天才归复我眼睛的权利！

但眼镜虽好，只能助你看，而不能使你看；你若然不愿意来看来认识，来享乐你的自然界，你就戴十副二十副托立克，克立托也是无效！

我到今日才再能大声叫道："好天，今日才知道使用我生命的权利！"我不抱歉"叫"得迟，我只怕配准了眼镜不知道"看"。

方才记起小时候在私塾里夏天打阵的往迹，我现在记起我二日前冒阵待虹的经验。

猫最好看的情形，是春天下午它从地毡上午寐醒来，回头还想伸出懒腰，出去游玩，猛然看见五步之内，站着一只傲梗不参的野狗，它不禁大怒，把它二十个利爪一起尽性放开，搐紧在地毡上，把它的背无限的高控,像一个桥洞,尾巴旗杆似笔直竖起,满身的猫毛也满溢着它的义愤。它圆睁了它的黄睛,对准仇敌,从口鼻间哈出一声威吓,这是猫的怒,在旁边看它的人虽则很体谅它的发脾气,总觉得有趣可笑。我想我们站得远远的看人类的悲剧,有时也只觉得有趣可笑。我们在稳固的山岸上,看疾风暴雨,看牛羊牧童在雷震电闪中飞奔躲避,也只觉得有趣可笑。

笑,柏格森说,纯粹是智慧的,与深切的同情感兴,不能同时并存。所以我们需要领会悲剧或深的情感——不论是事实或表现在文字里的——意义,最简捷的方法是将我们自身和经验的对象同化,开振我们的同情力来替他设身处地。你体会伟大情感的程度愈高,你了解人道的范围亦愈广。我们对待自然界我以为也是如此。我们爱寻常上原,不如我们爱高山大水,爱市河庸沼,不如流涧大瀑,爱白日广天,不如朝彩晚霞,爱细雨微风,不如疾雷迅雨。

简言之,我们也爱自然界情感奋切的际会,他所行动的情绪,当然也不是平常庸汽。

所以我十数年前私塾爱打阵,如今也还是爱打阵,不过这爱字意义不尽同就是。

有一天我正在房里看书,列兰(房东的小女孩,她每次见天象变迁总来报告我,我看见两个最富贵的落日,都是她的功劳)跑来说天快打阵了。我一看窗外果然完全矿灰色,一阵阵的灰在街心里卷起,路上的行人都急忙走着,天上已经叠好无数的雨饼,只等信号一动就下,我赶快穿了雨衣,外加我们的袍,戴上方帽,出门骑上自行车,飞快向我校门赶去。一路雨点已经雹块似抛下。河边满树开花的栗树,曼陀罗,紫丁香,一齐俯首戢觫,专待恣暴,但他们芬芳的呼吸,却彻浃重实的空气,似乎向孟浪的狂且,乞情求免。

我到校门的时候,满天几乎漆黑,雷声已动,门房迎着笑道:"呀,你到得真巧,再过一分钟,你准让阵雨漫透!"我笑答道:"我正为要漫透来的!"

我一口气跑到河边,四周估量了一下,觉得还是桥上的地位最好,我就去靠在桥栏上老等,我头顶正是那株靠河最大的橘树,对面是棵柳树,从柳丝里望见先华亚学院的一角,和我们著名教堂的后背(King's Chapel);两树的中间,正对校友居(Fellows'Building)的大部,中间隔着百码见方的齐整匀净葱翠的草庭。这是在我的右边。从柳树的左手望见亭亭倩倩三环洞的先华亚桥,她的妙景,整整的印在平静的康河里,河左岸的牧场上,依旧有几匹马几条黄白花牛在那里吃草,啮啮有声,完全不理会天时的变迁,只晓得勤拂着马鬃牛尾,驱逐愈很的马蝇牛虫。此时天色虽则阴沈可怕,然我眼前绝美的一幅图画——绝色的建筑,庄严的寺角,绝色的绿草,绝色的河与桥,绝色的垂柳高橘——只是一片异样恬静,绝不露仓皇形色。草地上有三两只小雀,时常的跳跃;平常高唱好画者黑雀却都住了口,大约伏在巢里看光景,只远处偶然的鸦啼,散沙似从半天里撒下。

记得,桥上有我站着。

来了!雷雨都到了猖獗的程度,只听见自然界一体的喧哗;雷是鼓,雨落草地是沈溜的弦声,雨落水面是急珠走盘声,雨落柳上是疏郁的琴声,雨落桥栏是击草声。

西南角——牧场那一边我的左手,正对校友居——的云堆里,不时放射出电闪,穿过树林,仿佛好几条紧缠的金蛇掠过光景,一直打到教堂的颜色玻璃和校友居的青藤白石和凹屈别致的窗坡上,像几条铜扁担,同时打一块磨石大的火石,金花四射,光惊骇目。

雨忽注不休。云色虽稍开明,但四围都是雨激起的烟雾苍茫,克莱亚的一面几乎看不清楚。我仰庇橘老翁的高荫,身上并不大湿,但桥上的水,却分成几道泥沟,急冲下来,我站在两条泥沟的中间,所以鞋也没有透水。同时我很高兴发见离我十几码一棵大榆树底下，也有两个人站着，但他们分明是避雨，不是像我来看来经验打阵。他们在那里划火抽烟，想等过这阵急霂。

那边牧场方才不管天时变迁尽吃的朋友，此时也躲在场中间两枝榆树底下，马低着头，牛昂着头，在那里抱怨或是崇拜老天的变怒。

雨已经下了十几分钟，益发大了。雷电都已经休止，天色也更清明了。但我所仰庇的橘老翁，再也不能继续荫庇我，他老人家自己的胡髭，也支不住淋漓起来，结果是我浑身增加好几斤重量。有时作恶的水一直灌进我的领子，直溜到背上，寒透肌骨；桥栏也全没了；我脚下的干土，也已经渐次灭迹，几条泥沟，已经并成一大股浑流，踊跃进行，我下体也增加了重量，连胫骨都湿了。到这个时候，初阵的新奇已经过去，满眼只是一体的雨色，满耳只是一体的雨声，满身只是一体的雨感觉，我独身——避雨那两位，已逃入邻近的屋子里——在大雨里，头上的方巾已成了湿巾，前后左右淋个不住，倒觉得无聊起来。

但我有希望，西天的云已经开解不少，露出夕阳的预兆，我想这雨一停一定有奇景出现——我于是立定主意与雨赌耐心。我向地上看，看无数的榆钱在急涡里乱转，还有几个不幸的虫蛾也葬身在这横流之中，我忽然想起道施滔奄夫斯基的一部小说里的一个设想，他说你若然发见你自己在一泡海中一块仅仅容足的拳石上，浪涛像狮虎似向你身上扑来，你在这完全绝望的境地，你还想不想活命？我又想起康赖特的《大风》，人和自然原质的决斗。我又想象我在西伯利亚大雪地，穿着皮裘，手拿牧杖，站在一大群绵羊中间。我想战阵是冒险，恋爱是更大的冒险，死是最大的冒险。我想起耶稣，魔鬼，薇纳司，福贺司德；我想飞出这雨圈，去踏在雨云的背上，看他们工作。我想……半点钟已过，我心海里至少涌起了几万种幻想，但雨还是倒个不住。

又过了足足十分钟，雨势方才收敛。满林的鸟雀都出了家门，使劲的欢呼高唱；此时云彩很别致，东中北三路，还是满布着厚云，并且极低，似乎紧罩在教堂的H形尖阁上，但颜色已从乌黑转入青灰，西南隅的云已经开张了一只大口，从月牙形的云絮背后冲射出一海的明霞，仿佛菩萨背后的万道佛光。这精悍的烈焰，和方才初雨时的电闪一样，直照在教堂和校友居的上边，将一带白玻璃窗尽数打成纯粹的黄金，教堂颜色玻璃窗上的反射更为强烈，那些书中人物都像穿扮整齐，在金河里游泳跳舞。妙处尤在这些高宇的后背及顶头，只是一片深青，越显得西天云罅月漏的精神，彩焰奔腾的气象。

未雨之先，万象都只是静，现在雨一过，风又敛迹，天上虽在那里变化，地上还是一体的静；就是阵前的静，是空气空实的现象，是严肃的静，这静是大动大变的符号先声，是火山将炸裂前的静；阵雨后的静不同，空气里的浊质，已经彻底洗净，草青树绿经过了恐怖，重复清新自喜，益发笑容可掬，四周的水气雾意也完全灭迹，这静是清的静，是平静，和悦安舒的静。在这静里，流利的鸟语，益发调新韵切，宛似金匙击玉声，清脆无比。我对此自然从大力里产出的美，从剧变里透出的和谐，从纷乱中转出的恬静，从暴怒中映出的微笑，从迅奋里结成的安闲，只觉得胸头塞满——喜悦，惊讶，爱好，崇拜，感奋的情绪，满身神经都感受强烈痛快的震撼，两眼火热的蓄泪欲流，声音肢体愿随身旁的飞禽歌舞；同时，我自顶至踵完全湿透浸透，方巾上还不住的滴水，假如有人见我，一定疑心我落水，但我那时绝对不觉得体外的冷，只觉得体内高乐的热（我也没有受寒）。

我正注目看西方渐次扫荡满天云锢的太阳，偶然转过身来，不禁失声惊叫。原来从校友居的正中起直到河的左岸，已经筑起一条鲜明五彩的虹桥！

八月六日

第三辑　一个行乞的诗人

　　这些细小的恩情是人道的连锁，它们使得一个人在极颓丧时感到安慰，在完全黑暗的中心不感到怕惧。但我们的诗人还是扣索不着他成名的运道。

第五章 一个行乞的商人

济慈的夜莺歌

诗中有济慈（John Keats）的《夜莺歌》，与禽中有夜莺一样的神奇。除非你亲耳听过，你不容易相信树林里有一类发痴的鸟，天晚了才开口唱，在黑暗里倾吐她的妙乐，愈唱愈有劲，往往直唱到天亮，连真的心血都跟着歌声从她的血管里呕出；除非你亲自咀嚼过，你也不相信一个二十三岁的青年有一天早饭后坐在一株李树底下迅笔的写，不到三小时写成了一首八段八十行的长歌，这歌里的音乐与夜莺的歌声一样的不可理解，同是宇宙间一个奇迹，即使有那一天大英帝国破裂成无可记认的断片时，《夜莺歌》依旧保有他无比的价值：万万里外的星亘古的亮着，树林里的夜莺到时候就来唱着，济慈的夜莺歌永远在人类的记忆里存着。

那年济慈住在伦敦的 Wentworth Place。百年前的伦敦与现在的英京大不相同，那时候"文明"的沾染比较的不深，所以华次华士站在威士明治德桥上，还可以放心的讴歌清晨的伦敦，还有福气在"无烟的空气"里呼吸，望出去也还看得见"田地，小山，石头，旷野，一直开拓到天边"。那时候的人，我猜想，也一定比较的不野蛮，近人情，爱自然，所以白天听得着满天的云雀，夜里听得着夜莺的妙乐。要是济慈迟一百年出世，在夜莺绝迹了的伦敦里住着，他别的著作不敢说，这首《夜莺歌》至少，怕就不会成功，供人类无尽期的享受。说起来真觉得可惨，在我们南方，古迹而兼是艺术品的，止淘成了西湖上一座孤单的雷峰塔，这千百年来雷峰塔的文学还不曾见面，雷峰塔的映影已经永别了波心！也许我们的灵性是麻皮做的，木屑做的，要不然这时代普遍的苦痛与烦恼的呼声还不是最富灵感的天然音乐；——但是我们的济慈在那里？我们的《夜莺歌》在那里？

济慈有一次低低的自语——"I feel the flowers growing on me"。意思是"我觉得鲜花一朵朵的长上了我的身"，就是说他一想着了鲜花，他的本体就变成了鲜花，在草丛里掩映着，在阳光里闪亮着，在和风里一瓣瓣的无形的伸展着，在蜂蝶轻薄的口吻下羞晕着。这是想象力最纯粹的境界：孙猴子能七十二般变化，诗人的变化力更是不可限量——莎士比亚戏剧里至少有一百多个永远有生命的人物，男的女的，贵的贱的，伟大的，卑琐的，严肃的，滑稽的，还不是他自己摇身一变变出来的。济慈与雪莱最有这与自然谐合的变术；——雪莱制《云歌》时我们不知道雪莱变了云还是云变了雪莱；歌《西风》时不知道歌者是西风还是西风是歌者；颂《云雀》时不知道是诗人在九霄云端里唱着还是百灵鸟在字句里叫着；同样的济慈咏"忧郁"（Ode on Melancholy）时他自己就变了忧郁本体，"忽然从天上吊下来像一朵哭泣的云"；他赞美"秋"（To Autumn）时他自己就是在树叶底下挂着的叶子中心那颗渐渐发长的核仁儿，或是在稻田里静偃着玫瑰色的秋阳！这样比称起来，如我赵松雪关紧房门伏在地下学马的故事可信时，那我们的艺术家就落粗蠢，不堪的"乡下人气味"！

他那《夜莺歌》是他一个哥哥死的那年做的，据他的朋友有名肖像画家 Robert Haydon 给 Miss Mitford 的信里说，他在没有写下以前早就起了腹稿，一天晚上他们俩在草地里散步时济慈低低的背诵给他听——"……in a low, tremulous undertone which affected me extremely."

那年碰巧——据着《济慈传》的 Lord Houghton 说,在他屋子的邻近来了一只夜莺,每晚不倦的歌唱,他很快活,常常留意倾听,一直听得他心痛神醉逼着他从自己的口里复制了一套不朽的歌曲。我们要记得济慈二十五岁那年在义大利在他一个朋友的怀抱里作古,他是,与他的夜莺一样,呕血死的!

能完全领略一首诗或是一篇戏曲,是一个精神的快乐,一个不期然的发见。这不是容易的事;要完全了解一个人的品性是十分难,要完全领会一首小诗也不得容易。我简直想说一半得靠你的缘分,我真有点儿迷信。就我自己说,文学本不是我的行业,我的有限的文学知识是"无师传授"的。裴德(Walter Pater)是一天在路上碰着大雨到一家旧书铺去躲避无意中发见的。葛德(Goethe)——说来更怪了——是司蒂文孙(R.L.S.)介绍给我的。(在他的 Art of Writing 那书里称赞 George Henry Lewes 的《葛德评传》;Everman edition 一块钱就可以买到一本黄金的书。)柏拉图是一次在浴室里忽然想着要去拜访他的。雪莱是为他也离婚才去仔细请教他的。杜思退益夫斯基,托尔斯泰,丹农雪乌,波特莱耳,卢骚,这一班人也各有各的来法,反正都不是经由正宗的介绍:都是邂逅,不是约会。这次我到北大教书也是偶然的,我教着济慈的《夜莺歌》也是偶然的,乃至我现在动手写这一篇短文,更不是料得到的。友鸾再三要我写才鼓起我的兴来,我也很高兴写,因为看了我的乘兴的话,竟许有人不但发愿去读那《夜莺歌》,并且从此得到了一个亲口尝味最高级文学的门径,那我就得意极了。

但是叫我怎样讲法呢?在课堂里一头讲生字一头讲典故,多少有一个讲法,但是现在要我坐下来把这首整体的诗分成片段诠释他的意义,可真是一个难题!领略艺术与看山景一样,只要你地位站得适当,你这一望一眼便吸收了全景的精神;要你"远视"的看,不是近视的看;如其你捧住了树才能见树,那时即使你不惜工夫一株一株的审查过去,你还是看不到全林的景子。所以分析的看艺术，多少是杀风景的：综合的看法才对。所以我现在勉强讲这《夜莺歌》，我不敢说我能有什么心得的见解！我并没有！我只是在课堂里讲书的态度，按句按段的讲下去就是；至于整体的领悟还得靠你们自己，我是不能帮忙的。

你们没有听过夜莺先是一个困难。北京有没有我都不知道。下回萧友梅先生的音乐会要是有贝德花芬的第六个"沁芳南"（The Pastoral Symphony）时，你们可以去听听，那里面有夜莺的歌声。好吧，我们只要能同意听音乐——自然的或人为的——有时可以使我们听出神：譬如你晚上在山脚下独步时听着清越的笛声，远远的飞来，你即使不滴泪，你多少不免"神往"不是？或是在山中听泉乐，也可使你忘却俗景，想象神境。我们假定夜莺的歌声比我们白天听着的什么鸟都要好听；她初起像是龚云甫，嗓子发沙的，很懈的试她的新歌；顿上一顿，来了，有调了。可还不急，只是清脆悦耳，像是珠走玉盘（比喻是满不相干的！）。慢慢的她动了情感，仿佛忽然想起了什么事情使她激成异常的愤慨似的，她这才真唱了，声音越来越亮，调门越来越新奇，情绪越来越热烈，韵味越来越深长，像是无限的欢畅，像是艳丽的怨慕，又像是变调的悲哀——直唱得你在旁倾听的人不自主的跟着她兴奋，伴着她心跳。你恨不得和着她狂歌，就差你的嗓子太粗太浊合不到一起！这是夜莺；这是济慈听着的夜莺，本来晚上万籁静定后声音的感动力就特强，何况夜莺那样不可类比的妙乐。

好了；你们先得想象你们自己也教音乐的沈醴浸醉了，四肢软绵绵的，心头痒荠荠的，说不出的一种浓味的馥郁的舒服，眼帘也是懒洋洋的挂不起来，心里满是流膏似的感想，辽远的回忆，甜美的惆怅，闪光的希冀，微笑的情调一齐兜上方寸灵台时——"in a low, tremulous undertone"——开诵济慈的《夜莺歌》，那才对劲儿！

这不是清醒时的说话；这是半梦呓的私语：心里畅快的压迫太重

了流出口来绻缱的细浯——我们用散文译过他的意思来看——

一

"这唱歌的,唱这样神妙的歌的,决不是一只平常的鸟;她一定是一个树林里美丽的女神,有翅膀会得飞翔的。她真乐呀,你听独自在黑夜的树林里,在枝干交叉,浓荫如织的青林里,她畅快的开放她的歌调,赞美着初夏的美景,我在这里听她唱,听的时候已经很多,她还是恣情的唱着;啊,我真被她的歌声迷醉了,我不敢羡慕她的清福,但我却让她无边的欢畅催眠住了,我像是服了一剂麻药,或是喝尽了一剂鸦片汁,要不然为什么这睡昏昏思离离的像进了黑甜乡似的,我感觉着一种微倦的麻痹,我太快活了,这快感太尖锐了,竟使我心房隐隐的生痛了!"

二

"你还是不倦的唱着——在你的歌声里我听出了最香冽的美酒的味儿。呵,喝一杯陈年的真葡萄酿多痛快呀!那葡萄是长在暖和的南方的,普鲁罔斯那种地方,那边有的是幸福与欢乐,他们男的女的整天在宽阔的太阳光底下作乐,有的携着手跳春舞,有的弹着琴唱恋歌;再加那遍野的香草与各样的树馨——在这快乐的地土下他们有酒窖埋着美酒。现在酒味益发的澄静,香冽了。真美呀,真充满了南国的乡土精神的美酒,我要来引满一杯,这酒好比是希宝克林灵泉的泉水,在日光里滟滟发虹光的清泉,我拿一只古爵盛一个扑满。啊,看呀!这珍珠似的酒沫在这杯边上发瞬,这杯口也叫紫色的浓浆染一个鲜艳;你看看,我这一口就把这一大杯酒吞了下去——这才真醉了,我的神魂就脱离了躯壳,幽幽的辞别了世界,跟着你清唱的音响,像一个影子似澹澹的掩入了你那暗沈沈的林中。"

三

"想起这世界真叫人伤心。我是无沾恋的,巴不得有机会可以逃避,可以忘怀种种不如意的现象,不比你在青林茂荫里过无忧的生活,你不知道也无须过问我们这寒伧的世界,我们这里有的是热病,厌倦,烦恼,平常朋友们见面时只是愁颜相对,你听我的牢骚,我听你的哀怨;老年人耗尽了精力,听凭痹症摇落他们仅存的几茎可怜的白发;年轻人也是叫不如意事蚀空了,满脸的憔悴,消瘦得像一个鬼影,再不然就进墓门;真是除非你不想他,你要一想的时候就不由得你发愁,不由得你眼睛里钝迟迟的充满了绝望的晦色;美更不必说,也许难得在这里,那里,偶然露一点痕迹,但是转瞬间就变成落花流水似没了,春光是挽留不住的,爱美的人也不是没有,但美景既不常驻人间,我们至多只能实现暂时的享受,笑口不曾全开,愁颜又回来了!因此我只想顺着你歌声离别这世界,忘却这世界,解化这忧郁沈沈的知觉。"

四

"人间真不值得留恋,去吧,去吧!我也不必乞灵于培克司(酒神)与他那宝辇前的文豹,只凭诗情无形的翅膀我也可以飞上你那里去。啊,果然来了!到了你的境界了!这林子里的夜是多温柔呀,也许皇后似的明月此时正在她天中的宝座上坐着,周围无数的星辰像侍臣似的拱着她。但这夜却是黑,暗阴阴的没有光亮,只有偶然天风过路时把这青翠荫蔽吹动,让半亮的天光丝丝的漏下来,照出我脚下青茵浓密的地土。"

五

"这林子里梦沈沈的不漏光亮,我脚下踏着的不知道是什么花,树枝上渗下来的清馨也辨不清是什么香；在这薰香的黑暗中我只能按着这时令猜度这时候青草里，矮丛里，野果树上的各色花香；——乳白色的山楂花，有刺的野蔷薇，在叶丛里掩盖着的芝罗兰已快萎谢了，还有初夏最早开的麋香玫瑰，这时候准是满承着新鲜的露酿，不久天暖和了，到了黄昏时候，这些花堆里多的是采花来的飞虫。"

我们要注意从第一段到第五段是一顺下来的：第一段是乐极了的谵语，接着第二段声调跟着南方的阳光放亮了一些，但情调还是一路的缠绵。第三段稍为激起一点浪纹，迷离中夹着一点自觉的愤慨，到第四段又沈了下去，从"already with thee！"起，语调又极幽微，像是小孩子走入了一个阴凉的地窖子，骨髓里觉着凉，心里却觉着半害怕的特别意味，他低低的说着话，带颤动的，断续的；又像是朝上风来吹断清梦时的情调；他的诗魂在林子的黑荫里闻着各种看不见的花草的香味，私下一一的猜测诉说，像是山涧平流入湖水时的尾声……这第六段的声调与情调可全变了；先前只是畅快的惝恍，这下竟是极乐的谵语了。他乐极了，他的灵魂取得了无边的解脱与自由，他就想永保这最痛快的俄顷，就在这时候轻轻的把最后的呼吸和入了空间，这无形的消灭便是极乐的永生；他在另一首诗里说——

> I know this being's lease,
> My fancy to its utmost bliss spreads,
> Yet could I on this very midnight cease,
> And the world's gaudy ensign see in shreds;
> Verse, Fame and beauty are intense indeed,
> But Death intenser-Death is Life's high meed.

在他看来（或是在他想来），"生"是有限的，生的幸福也是有限的——诗,声名与美是我们活着时最高的理想,但都不及死,因为死是无限的,解化的,与无尽流的精神相投契的,死才是生命最高的蜜酒,一切的理想在生前只能部分的,相对的实现,但在死里却是整体的绝对的谐合,因为在自由最博大的死的境界中一切不调谐的全调谐了,一切不完全的都完全了。他这一段用的几个状词要注意,他的死不是苦痛;是"Easeful Death"舒服的,或是竟可以翻作"逍遥的死";还有他说"Quiet Breath",幽静或是幽静的呼吸,这个观念在济慈诗里常见,很可注意;他在一处排列他得意的幽静的比象——

>   Autumn Suns
>   Smiling at eve upon the quiet sheaves.
>   Sweet Sapphos Cheek——a sleeping infant's breath——
>   The gradual sand that through an hour glass runs
>   A woodland rivulet, a poet's death.

秋田里的晚霞,沙浮女诗人的香腮,睡孩的呼吸,光阴渐缓的流沙,山林里的小溪,诗人的死。他诗里充满着静的,也许香艳的,美丽的静的意境,正如雪莱的诗里无处不是动,生命的振动,剧烈的,有色彩的,嘹亮的。我们可以拿济慈的《秋歌》对照雪莱的《西风歌》,济慈的"夜莺"对比雪莱的"云雀",济慈的"忧郁"对比雪莱的"云",一是动,舞,生命,精华的,光亮的,搏动的生命,一是静,幽,甜熟的,渐缓的"奢侈"的死,比生命更深奥更博大的死,那就是永生。懂了他的生死的概念我们再来解释他的诗:

六

"但是我一面正在猜测着这青林里的这样那样,夜莺她还是不歇的唱着,这回唱得更浓更烈了。(先前只像荷池里的雨声,调虽急,韵节还是很匀净的;现在竟像是大块的骤雨落在盛开的丁香林中,这白英在狂颤中缤纷的堕地,雨中的一阵香雨,声调急促极了。)所以我竟想在这极乐中静静的解化,平安的死去,所以我竟与无痛苦的解脱发生了恋爱,昏昏的随口编着钟爱的名字唱着赞美她,要她领了我永别这生的世界,投入永生的世界。这死所以不仅不是痛苦,真是最高的幸福,不仅不是不幸,并且是一个极大的奢侈;不仅不是消极的寂灭,这正是真生命的实现。在这青林中,在这半夜里,在这美妙的歌声里,轻轻的挑破了生命的水泡,啊,去吧!同时你在歌声中倾吐了你的内蕴的灵性,放胆的尽性的狂歌好像你在这黑暗里看出比光明更光明的光明,在你的叶荫中实现了比快乐更快乐的快乐:——我即使死了,你还是继续的唱着,直唱到我听不着,变成了土,你还是永远的唱着。"

这是全诗精神最饱满音调最神灵的一节,接着上段死的意思与永生的意思,他从自己又回想到那鸟的身上,他想我可以在这歌声里消散,但这歌声的本体呢?听歌的人可以由生入死,由死得生,这唱歌的鸟,又怎样呢?以前的六节都是低调,就是第六节调虽变,音还是像在浪花里浮沈着的一张叶片,浪花上涌时叶片上涌,浪花低伏时叶片也低伏;但这第七节是到了最高点,到了急调中的急调——诗人的情绪,和着鸟的歌声,尽情的涌了出来:他的迷醉中的诗魂已经到了梦与醒的边界。

这节里 Ruth 的本事是在旧约书里 The Book of Ruth,她是嫁给一个客民的,后来丈夫死了,她的姑要回老家,叫她也回自己的家再嫁人去,罗司一定不肯,情愿跟着她的姑到外国去守寡,后来她在麦田里收麦,她常常想着她的本乡,济慈就应用这段故事。

七

"方才我想到死与灭亡,但是你,不死的鸟呀,你是永远没有灭亡的日子,你的歌声就是你不死的一个凭证。时代尽迁异,人事尽变化,你的音乐还是永远不受损伤,今晚上我在此地听你,这歌声还不是在几千年前已经在着,富贵的王子曾经听过你,卑贱的农夫也听过你:也许当初罗司那孩子在黄昏时站在异邦的田里割麦,她眼里含着一包眼泪思念故乡的时候,这同样的歌声,曾经从林子里透出来,给她精神的慰安;也许在中古时期幻术家在海上变出蓬莱仙岛,在波心里起造着楼阁,在这里面住着他们摄取来的美丽的女郎,她们凭着窗户望海思乡时,你的歌声也曾经感动她们的心灵,给她们平安与愉快。"

八

这段是全诗的一个总束,夜莺放歌的一个总束,也可以说人生的大梦的一个总束。他这诗里有两相对的(动机);一个是这现世界,与这面目可憎的实际的生活:这是他巴不得逃避,巴不得忘却的;一个是超现实的世界,音乐声中不朽的生命,这是他所想望的,他要实现的,他愿意解脱了不完全暂时的生,为要化入这完全的永久的生。他如何去法,凭酒的力量可以去,凭诗的无形的翅膀亦可以飞出尘寰,或是听着夜莺不断的唱声也可以完全忘却这现世界的种种烦恼。他去了,他化入了温柔的黑夜,化入了神灵的歌声——他就是夜莺;夜莺就是他。夜莺低唱时他也低唱,高唱时他也高唱,我们辨不清谁是谁,第六第七段充分发挥"完全的永久的生"那个动机,天空里,黑夜里已经充塞了音乐——所以在这里最高的急调尾声一个字音 forlorn 里转回到那一个动机,他所从来那个现实的世界,往来穿着的还是那一条线,音调的接合，转变处也极自然；最后糅和那两个相反的动机，用醒（现世界）与梦（想象世界）结合全文，像拿一块石子掷入山壑内的深潭里，你听那音响又清切又谐和，余音还在山壑里回荡着，使你想见那石块慢慢的，慢慢的沈入了无底的深潭……音乐完了，梦醒了，血呕尽了，夜莺死了！但她的余韵却袅袅的永远在宇宙间回响着……

十三年十二月二日夜半

泰戈尔

我有几句话想趁这个机会对诸君讲,不知道你们有没有耐心听。泰戈尔先生快走了,在几天内他就离别北京,在一两个星期内他就告辞中国。他这一去大约是不会再来的了。也许他永远不能再到中国。

他是六七十岁的老人,他非但身体不强健,他并且是有病的。去年秋天他还发了一次很重的骨痛热病。所以他要到中国来,不但他的家属,他的亲戚朋友,他的医生,都不愿意他冒险,就是他欧洲的朋友,比如法国的罗曼·罗兰,也都有信去劝阻他。他自己也曾经踌躇了好久,他心里常常盘算他如其到中国来,他究竟能不能够给我们好处,他想中国人自有他们的诗人,思想家,教育家,他们有他们的智慧,天才,心智的财富与营养,他们更用不着外来的补助与戟刺,我只是一个诗人,我没有宗教家的福音,没有哲学家的理论,更没有科学家实利的效用,或是工程师建设的才能,他们要我去做什么,我自己又为什么要去,我有什么礼物带去满足他们的盼望。他真的很觉得迟疑,所以他延迟了他的行期。但是他也对我们说到冬天完了春风吹动的时候(印度的春风比我们的吹得早),他不由的感觉了一种内迫的冲动,他面对着逐渐滋长的青草与鲜花,不由的抛弃了,忘却了他应尽的职务,不由的解放了他的歌唱的本能,和着新来的鸣雀,在柔软的南风中开怀的讴吟。同时他收到我们催请的信,我们青年盼望他的诚意与热心,唤起了老人的勇气。他立即定夺了他东来的决心。他说趁我暮年的肢体不曾僵透,趁我衰老的心灵还能感受,决不可错过这最后惟一的机会,这博大,从容,礼让的民族,我幼年时便发心朝拜,与其将来在黄昏寂静的境界中萎衰的惆怅,毋宁利用这夕阳未暝时的光芒,了却我晋香人的心愿。

他所以决意的东来,他不顾亲友的劝阻,医生的警告,不顾自身的高年与病体,他也撇开了在本国一切的任务,跋涉了万里的海程,他来到了中国。

自从四月十二在上海登岸以来,可怜老人不曾有过一半天完整的休息,旅行的劳顿不必说,单就公开的演讲以及较小集会时的谈话,至少也有了三四十次!他的,我们知道,不是教授们的讲义,不是教士们的讲道,他的心府不是堆积货品的栈房,他的辞令不是教科书的喇叭。他是灵活的泉水,一颗颗颤动的圆珠从他心里兢兢的泛登水面,都是生命的精液;他是瀑布的吼声,在白云间,青林中,石罅里,不住的啸响;他是百灵的歌声,他的欢欣,愤慨,响亮的谐音,弥漫在无际的晴空。但是他是倦了。终夜的狂歌已经耗尽了子规的精力,东方的曙色亦照出他点点的心血染红了蔷薇枝上的白露。

老人是疲乏了。这几天他睡眠也不得安宁,他已经透支了他有限的精力。他差不多是靠散拿吐瑾过日的。他不由的不感觉风尘的厌倦,他时常想念他少年时在恒河边沿拍浮的清福,他想望椰树的清荫与曼果的甜瓤。

但他还不仅是身体的惫劳,他也感觉心境的不舒畅。这是很不幸的。我们做主人的只是深深的负歉。他这次来华,不为游历,不为政治,更不为私人的利益,他熬着高年,冒着病体,抛弃自身的事业,备尝行旅的辛苦,他究竟为的是什么?他为的只是一点看不见的情感,说远一点，他的使命是在修补中国与印度两民族间中断千余年的桥梁。说近一点，他只想感召我们青年真挚的同情。因为他是信仰生命的，他是尊崇青年的，他是歌颂青春与清晨的，他永远指点着前途的光明。悲悯是当初释迦牟尼证果的动机，悲悯也是泰戈尔先生不辞艰苦的动机。现代的文明只是骇人的浪费，贪淫与残暴，自私与自大，相猜与相忌，飓风似的倾覆了人道的平衡，产生了巨大的毁灭。芜秽的心田里只是误解的蔓草，毒害同情的种子，更没有收成的希冀。在这个荒惨的境地里，难得有少数的丈夫，不怕阻难，不自馁怯，肩上扛着铲除误解的大锄，口袋里满装着新鲜人道的种子，不问天时是阴是雨是晴，不问是早晨是黄昏是黑夜，他只是努力的工作，清理一方泥土，施殖一方生命，同时口唱着嘹亮的新歌，鼓舞在黑暗中将次透露的萌芽。泰戈尔先生就是这少数中的一个。他是来广布同情的，他是来消除成见的。我们亲眼见过他慈祥的阳春似的表情，亲耳听过他从心灵底里迸裂出的大声，我想只要我们的良心不曾受恶毒的烟煤薰黑，或是被恶浊的偏见污抹，谁不曾感觉他至诚的力量，魔术似的，为我们生命的前途开辟了一个神奇的境界，燃点了理想的光明？所以我们也懂得他的深刻的懊怅与失望，如其他知道部分的青年不但不能容纳他的灵感，并且存心的诬毁他的热忱。我们固然奖励思想的独立，但我们决不敢附和误解的自由。他生平最满意的成绩就在他永远能得青年的同情，不论在德国，在丹麦，在美国，在日本，青年永远是他最忠心的朋友。他也曾经遭受种种的误解与攻击，政府的猜疑与报纸的诬捏与守旧派的讥评，不论如何的谬妄与剧烈，从不曾扰动他优容的大量，他的希望，他的信仰，他的爱心，他的至诚，完全的托付青年。我的须，我的发是白的，但我的心却永远是年青的，他常常的对我们说，只要青年是我的知己，我理想的将来就有着落，我乐观的明灯永远不致黯淡。他不能相信纯洁的青年也会坠落在怀疑，猜忌，卑琐的泥溷，他更不能信中国的青年也会沾染不幸的污点。他真不预备在中国遭受意外的待遇。他很不自在，他很感觉异样的怆心。

因此精神的懊丧更加重他躯体的倦劳。他差不多是病了。我们当然很焦急的期望他的健康，但他再没有心境继续他的讲演。我们恐怕今天就是他在北京公开讲演最后的一个机会。他有休养的必要。我们也决不忍再使他耗费有限的精力。他不久又有长途的跋涉，他不能不有三四天完全的养息。所以从今天起，所有已经约定的集会，公开与私人的，一概撤销，他今天就出城去静养。

我们关切他的一定可以原谅，就是一小部分不愿意他来作客的诸君也可以自喜战略的成功。他是病了，他在北京不再开口了，他快走了，他从此不再来了。但是同学们，我们也得平心的想想，老人到底有什么罪，他有什么负心，他有什么不可容恕的犯案？公道是死了吗，为什么听不见你的声音？

他们说他是守旧，说他是顽固。我们能相信吗？他们说他是"太迟"，说他是"不合时宜"，我们能相信吗？他自己是不能信，真的不能信。他说这一定是滑稽家的反调。他一生所遭逢的批评只是太新，太早，太急进，太激烈，太革命的，太理想的，他六十年的生涯只是不断的奋斗与冲锋，他现在还只是冲锋与奋斗。但是他们说他是守旧，太迟，太老。他顽固奋斗的对象只是暴烈主义，资本主义，帝国主义，武力主义，杀灭性灵的物质主义；他主张的只是创造的生活，心灵的自由，国际的和平，教育的改造，普爱的实现。但他们说他是帝国政策的间谍，资本主义的助力，亡国奴族的流民，提倡裹脚的狂人！肮脏是在我们的政客与暴徒的心里，与我们的诗人又有什么关系？昏乱是在我们冒名的学者与文人的脑里，与我们的诗人又有什么亲属？我们何妨说太阳是黑的，我们何妨说苍蝇是真理？同学们，听信我的话，像他的这样伟大的声音我们也许一辈子再不会听着的了。留神目前的机会，预防将来的惆怅！他的人格我们只能到历史上去搜寻比拟。他的博大的温柔的灵魂我敢说永远是人类记忆里的一次灵迹。他的无边际的想象与辽阔的同情使我们想起惠德曼；他的博爱的福音与宣传的热心使我们记起托尔斯泰；他的坚韧的意志与艺术的天才使我们想起造摩西像的密仡郎其罗；他的诙谐与智慧使我们想象当年的苏格拉底与老聃；他的人格的和谐与优美使我们想念暮年的葛德；他的慈祥的纯爱的抚摩，他的为人道不厌的努力，他的磅礴的大声，有时竟使我们唤起救主的心像；他的光彩，他的音乐，他的雄伟，使我们想念奥林必克山顶的大神。他是不可侵凌的，不可逾越的，他是自然界的一个神秘的现象。他是三春和暖的南风，惊醒树枝上的新芽，增添处女颊上的红晕。他是普照的阳光。他是一派浩瀚的大水，来自不可追寻的渊源，在大地的怀抱中终古的流着，不息的流着，我们只是两岸的居民，凭借这慈恩的天赋，灌溉我们的田稻，苏解我们的消渴，洗净我们的污垢。他是喜马拉雅积雪的山峰，一般的崇高，一般的纯洁，一般的壮丽，一般的高傲，只有无限的青天枕藉他银白的头颅。

人格是一个不可错误的实在，荒歉是一件大事，但我们是饿惯了的，只认鸠形与鹄面是人生本来的面目，永远忘却了真健康的颜色与彩泽。标准的低降是一种可耻的堕落；我们只是踞坐在井底的青蛙，但我们更没有怀疑的余地。我们也许揣详东方的初白，却不能非议中天的太阳。我们也许见惯了阴霾的天时，不耐这热烈的光焰，消散天空的云雾，暴露地面的荒芜，但同时在我们心灵的深处，我们岂不也感觉一个新鲜的影响，催促我们生命的跳动，唤醒潜在的想望，仿佛是武士望见了前峰烽烟的信号，更不踌躇的奋勇向前？只有接近了这样超轶的纯粹的丈夫，这样不可错误的实在，我们方始相形的自愧我们的口不够阔大，我们的嗓音不够响亮，我们的呼吸不够深长，我们的信仰不够坚定，我们的理想不够莹澈，我们的自由不够磅礴，我们的语言不够明白，我们的情感不够热烈，我们的努力不够勇猛，我们的资本不够充实……

我自信我不是恣滥不切事理的崇拜，我如其曾经应用浓烈的文字，这是因为我不能自制我浓烈的感想。但是我最急切要声明的是，我们的诗人，虽则常常招受神秘的徽号，在事实上却是最清明，最有趣，最诙谐，最不神秘的生灵。他是最通达人情，最近人情的。我盼望有机会追写他日常的生活与谈话。如其我是犯嫌疑的，如其我也是性近神秘的（有好多朋友这么说），你们还有适之先生的见证，他也说他是最可爱最可亲的个人；我们可以相信适之先生绝对没有"性近神秘"的嫌疑！所以无论他怎样的伟大与深厚，我们的诗人还只是有骨有血的人，不是野人，也不是天神。惟其是人，尤其是最富情感的人，所以他到处要求人道的温暖与安慰，他尤其要我们中国青年的同情与情爱。他已经为我们尽了责任，我们不应，更不忍辜负他的期望。同学们！爱你的爱，崇拜你的崇拜，是人情不是罪孽，是勇敢不是懦怯！

十二日在真光讲

罗曼·罗兰

罗曼·罗兰(Romain Rolland),这个美丽的音乐的名字,究竟代表些什么?他为什么值得国际的敬仰,他的生日为什么值得国际的庆祝?他的名字,在我们多少知道他的几个人的心里,唤起些个什么?他是否值得我们已经认识他思想与景仰他人格的更亲切的认识他,更亲切的景仰他;从不曾接近他的赶快从他的作品里去接近他?

一个伟大的作者如罗曼·罗兰或托尔斯泰,正像是一条大河,它那波澜,它那曲折,它那气象,随处不同,我们不能划出它的一湾一角来代表它那全流。我们有幸在书本上结识他们的正比是尼罗河或扬子江沿岸的泥坷,各按我们的受量分沾他们的润泽的恩惠罢了。说起这两位作者——托尔斯泰与罗曼·罗兰:他们灵感的泉源是同一的,他们的使命是同一的,他们在精神上有相互的默契(详后),仿佛上天从不教他的灵光在世上完全灭迹,所以在这普遍的混沌与黑暗的世界内,往往有这类禀承灵智的大天才在我们中间指点迷途,启示光明。但他们也自有他们不同的地方;如其我们还是引申上面这个比喻,托尔斯泰,罗曼·罗兰的前人,就更像是尼罗河的流域,它那两岸是浩瀚的沙碛,古埃及的墓宫,三角金字塔的映影,高矗的棕榈类的林木,间或有帐幕的游行队,天顶永远有异样的明星;罗曼·罗兰,托尔斯泰的后人,像是扬子江的流域,更近人间,更近人情的大河,它那两岸是青绿的桑麻,是连栉的房屋,在波鳞里泅着的是鱼是虾,不是长牙齿的鳄鱼,岸边听得见的也不是神秘的驼铃,是随熟的鸡犬声。这也许是斯拉夫与拉丁民族各有的异禀,在这两位大师的身上得到更集中的表现,但他们润泽这苦旱的人间的使命是一致的。

十五年前一个下午,在巴黎的大街上,有一个穿马路的叫汽车给碰了,差一点没有死。他就是罗曼·罗兰。那天他要是死了,巴黎也不会怎样的注意,至多报纸上本地新闻栏里登一条小字:"汽车肇祸,撞死一个走路的,叫罗曼·罗兰,年四十五岁,在大学里当过音乐史教授,曾经办过一种不出名的杂志叫 Cahiers de la Quinzaine 的。"

但罗兰不死,他不能死;他还得完成他分定的使命。在欧战爆裂的那一年,罗兰的天才,五十年来在无名的黑暗里埋着的,忽然取得了普遍的认识。从此他不仅是全欧心智与精神的领袖,他也是全世界一个灵感的泉源。他的声音仿佛是最高峰上的崩雪,回响在远远的万壑间。五年的大战毁了无数的生命与文化的成绩,但毁不了的是人类几个基本的信念与理想,在这无形的精神价值的战场上,罗兰永远是一个不仆的英雄。对着在恶斗的漩涡里挣扎着的全欧,罗兰喊一声彼此是弟兄放手!对着蛛网似密布,疫疬似蔓延的怨恨,仇毒,虚妄,疯癫,罗兰集中他孤独的理智与情感的力量作战。对着普遍破坏的现象,罗兰伸出他单独的臂膀开始组织人道的势力。对着叫褊浅的国家主义与恶毒的报复本能迷惑住的智识阶级,他大声的唤醒他们应负的责任,要他们恢复思想的独立,救济盲目的群众。"在战场的空中"——"Above the Battle Field"——不是在战场上,在各民族共同的天空,不是在一国的领土内,我们听得罗兰的大声,也就是人道的呼声,像一阵光明的骤雨,激斗着地面上互杀的烈焰。罗兰的作战是有结果的,他联合了国际间自由的心灵,替未来的和平筑一层有力的基础。这是他自己的话——

> 我们从战争得到一个付重价的利益,它替我们联合了各民族中不甘受流行的种族怨毒支配的心灵。这次的教训益发激励他们的精力,强固他们的意志。谁说人类友爱是一个绝望的理想?我再不怀疑未来的全欧一致的结合。我们不久可以实现那精神的统一。这战争只是它的热血的洗礼。

这是罗兰,勇敢的人道的战士!当他全国的刀锋一致向着德人的时候,他敢说不,真正的敌人是你们自己心怀里的仇毒。当全欧破碎成不可收拾的断片时,他想象到人类更完美的精神的统一。友爱与同情,他相信,永远是打倒仇恨与怨毒的利器;他永远不怀疑他的理想是最后的胜利者。在他的前面有托尔斯泰与道施滔奄夫斯基(虽则思想的形式不同),他的同时有泰戈尔与甘地(他们的思想的形式也不同),他们的立场是在高山的顶上,他们的视域在时间上是历史的全部,在空间里是人类的全体,他们的声音是天空里的雷震,他们的赠与是精神的慰安。我们都是牢狱里的囚犯,镣铐压住的,铁栏锢住的,难得有一丝雪亮暖和的阳光照上我们黝黑的脸面,难得有喜雀过路的欢声清醒我们昏沈的头脑。"重浊",罗兰开始他的《贝德花芬传》:

> 重浊是我们周围的空气。这世界是叫一种凝厚的污浊的秽息给闷住了——一种卑琐的物质压在我们的心里,压在我们的头上,叫所有民族与个人失却了自由工作的机会。我们会让掐住了转不过气来。来,让我们打开窗子好叫天空自由的空气进来,好叫我们呼吸古英雄们的呼吸。

打破我执的偏见来认识精神的统一；打破国界的偏见来认识人道的统一。这是罗兰与他同理想者的教训。解脱怨毒的束缚来实现思想的自由；反抗时代的压迫来恢复性灵的尊严。这是罗兰与他同理想者的教训。人生原是与苦俱来的；我们来做人的名分不是咒诅人生因为它给我们苦痛，我们正应在苦痛中学习，修养，觉悟，在苦痛中发见我们内蕴的宝藏，在苦痛中领会人生的真际。英雄，罗兰最崇拜如密仡朗其罗与贝德花芬一类人道的英雄，不是别的，只是伟大的耐苦者。那些不朽的艺术家，谁不曾在苦痛中实现生命，实现艺术，实现宗教，实现一切的奥义？自己是个深感苦痛者，他推致他的同情给世上所有的受苦者；在他这受苦，这耐苦，是一种伟大，比事业的伟大更深沈的伟大。他要寻求的是地面上感悲哀感孤独的灵魂。"人生是艰难的。谁不甘愿承受庸俗，他这辈子就是不断的奋斗。并且这往往是苦痛的奋斗，没有光彩，没有幸福，独自在孤单与沈默中挣扎。穷困压着你，家累累着你，无意味的沈闷的工作消耗你的精力，没有欢欣，没有希冀，没有同伴，你在这黑暗的道上甚至连一个在不幸中伸手给你的骨肉的机会都没有。"这受苦的概念便是罗兰人生哲学的起点，在这上面他求筑起一座强固的人道的寓所。因此在他有名的传记里他用力传述先贤的苦难生涯，使我们憬悟至少在我们的苦痛里，我们不是孤独的，在我们切己的苦痛里隐藏着人道的消息与线索。"不快活的朋友们，不要过分的自伤，因为最伟大的人们也曾分尝（味）你们的苦味。我们正应得跟着他们的努奋自勉。假如我们觉得软弱，让我们靠着他们喘息。他们有安慰给我们。从他们的精神里放射着精力与仁慈。即使我们不研究他们的作品，即使我们听不到他们的声音，单从他们面上的光彩，单从他们曾经生活过的事实里，我们应得感悟到生命最伟大，最生产——甚至最快乐——的时候是在受苦痛的时候。"

我们不知道罗曼·罗兰先生想象中的新中国是怎样的；我们不知

道为什么他特别示意要听他的思想在新中国的回响。但如其他能知道新中国像我们自己知道它一样,他一定感觉与我们更密切的同情,更贴近的关系,也一定更急急的伸手给我们握着——因为你们知道,我也知道,什么是新中国,只是新发见的深沈的悲哀与苦痛深深的盘伏在人生的底里!这也许是我个人新中国的解释;但如其有人拿一些时行的口号,什么打倒帝国主义等等,或是分裂与猜忌的现象,去报告罗兰先生说这是新中国,我再也不能预料他的感想了。

我已经没有时候与地位叙述罗兰的生平与著述;我只能匆匆的略说梗概。他是一个音乐的天才,在幼年音乐便是他的生命。他妈教他琴,在谐音的波动中他的童心便发见了不可言喻的快乐。莫察德与贝德花芬是他最早发见的英雄。所以在法国经受普鲁士战争爱国主义最高激的时候,这位年轻的圣人正在"敌人"的作品中尝味最高的艺术。他的自传里写着:"我们家里有好多旧的德国音乐书。德国?我懂得那个字的意义。在我们这一带我相信德国人从没有人见过的。我翻着那一堆旧书,爬在琴上拼出一个个的音符。这些流动的乐音,谐调的细流,灌溉着我的童心,像雨水漫入泥土似的淹了进去。莫察德与贝德花芬的快乐与苦痛,想望的幻梦,渐渐的变成了我的肉的肉,我的骨的骨。我是它们,它们是我。要没有它们我怎过得了我的日子?我小时生病危殆的时候,莫察德的一个调子就像爱人似的贴近我的枕衾看着我。长大的时候,每回逢着怀疑与懊丧,贝德花芬的音乐又在我的心里拨旺了永久生命的火星。每回我精神疲倦了,或是心上有不如意事,我就找我的琴去,在音乐中洗净我的烦愁。"

要认识罗兰的不仅应得读他神光焕发的传记,还得读他十卷的 Jean Christophe,在这书里他描写他的音乐的经验。

他在学堂里结识了莎士比亚,发见了诗与戏剧的神奇。他的哲学的灵感,与葛德一样,是泛神主义的斯宾诺塞。他早年的朋友是近代法国三大诗人:克洛岱尔(Paul Claudel 法国驻日大使),Ande Suares,与 Charles Peguy(后来与他同办 Cahiers de la Quinzaine)。那时槐格纳是压倒一时的天才,也是罗兰与他少年朋友们的英雄。但在他个人更重要的一个影响是托尔斯泰。他早就读他的著作,十分的爱慕他,后来他念了他的《艺术论》,那只俄国的老象——用一个偷来的比喻——走进了艺术的花园里去,左一脚踩倒了一盆花,那是莎士比亚,右一脚又踩倒了一盆花,那是贝德花芬,这时候少年的罗曼·罗兰走到了他的思想的歧路了。莎氏,贝氏,托氏,同是他的英雄,但托氏愤愤的申斥莎贝一流的作者,说他们的艺术都是要不得,不相干的,不是真的人道的艺术——他早年的自己也是要不得不相干的。在罗兰一个热烈的寻求真理者,这来就好似青天里一个霹雳;他再也忍不住他的疑虑。他写了一封信给托尔斯泰,陈述他的冲突的心理。他那年二十二岁。过了几个星期罗兰差不多把那信都忘了,一天忽然接到一封邮件:三十八满页写的一封长信,伟大的托尔斯泰的亲笔给这不知名的法国少年的!"亲爱的兄弟,"那六十老人称呼他,"我接到你的第一封信,我深深的受感在心。我念你的信,泪水在我的眼里。"下面说他艺术的见解:我们投入人生的动机不应是为艺术的爱,而应是为人类的爱。只有经受这样灵感的人才可以希望在他的一生实现一些值得一做的事业。这还是他的老话,但少年的罗兰受深彻感动的地方是在这一时代的圣人竟然这样恳切的同情他,安慰他,指示他,一个无名的异邦人。他那时的感奋我们可以约略想象。因此罗兰这几十年来每逢少年人写信给他,他没有不亲笔作复,用一样慈爱诚挚的心对待他的后辈。这来受他的灵感的少年人更不知多少了。这是一件含奖励性的事实。我们从可以知道凡是一件不勉强的善事就比如春天的薰风,它一路来散布着生命的种子,唤醒活泼的世界。

但罗兰那时离着成名的日子还远,虽则他从幼年起只是不懈的努力。他还得经尝身世的失望(他的结婚是不幸的,近三十年来他几于是完全隐士的生涯,他现在瑞士的鲁山,听说与他妹子同居),种种精神的苦痛,才能实受他的劳力的报酬——他的天才的认识与接受。他写了十二部长篇剧本,三部最著名的传记(密仡朗其罗,贝德花芬,托尔斯泰),十大篇 Jean Christophe,算是这时代里最重要的作品的一部,还有他与他的朋友办了十五年灰色的杂志,但他的名字还是在晦塞的灰堆里掩着——直到他将近五十岁那年,这世界方才开始惊讶他的异彩。贝德花芬有几句话,我想可以一样适用到一生劳悴不息的罗兰身上:

> 我没有朋友,我必得单独过活;但是我知道在我心灵的底里上帝是近着我,比别人更近。我走近他我心里不害怕,我一向认识他的。我从不着急我自己的音乐,那不是坏运所能颠扑的,谁要能懂得它,它就有力量使他解除磨折旁人的苦恼。

十四年十月

一个行乞的诗人

1. Collected Poems of William H.Davies
2. Autobiography of a Super Tramp
3. Later Days
4. A Poet's Pilgrimage

一

萧伯纳先生在一九○五年收到从邮局寄来的一本诗集,封面上印着作者的名字,他的住址,和两先令六的价格。附来作者的一纸短简,说他如愿留那本书,请寄他两先令六,否则请他退回原书。在那些日子萧先生那里常有书坊和未成名的作者寄给他请求批评的书本,所以他接到这类东西是不以为奇的。这一次他却发现了一些新鲜,第一那本书分明是作者自己印行的,第二他那住址是伦敦西南隅一所硕果仅存的"佃屋",第三附来的短简的笔致是异常的秀逸而且他那办法也是别致。但更使萧先生奇怪的是他一着眼就在这集子小诗里发现了一个真纯的诗人,他那思想的清新正如他音调的轻灵。萧先生决意帮助这位无名的英雄。他做的第一件好事是又向他多买了八本,这在经济上使那位诗人立时感到稀有的舒畅,第二是他又替他介绍给当时的几个批评家。果然在短时期内各种日报和期刊上都注意到了这位流浪的诗人,他的一生的概况也披露了,他的肖影也登出了——他的地位顿时由破旧的佃屋转移到英国文坛的中心!他的名字是惠廉苔微士,他的伙伴叫他惠儿苔微士(Will Davies)。

二

苔微士沿门托卖的那本诗集确是他自己出钱印的。他的钱也不是容易来的。十九镑钱印得二百五十册书。这笔印书费是做押款借来的。苔微士先生不是没有产业的人,他的进款是每星期十个先令(合华银五元),他自从成了残废以来就靠此生活。他的计划是在十先令的收入内规定六先令的生活费,另提两先令存储备作印书费,余多的两先令是专为周济他的穷朋友的。他的住宿费是每星期三先令六〔在更俭的时候是二先令四,在最俭的时候是不花一个大(子儿),因为他在夏季暖和时就老实借光上帝的地面,在凉爽的树林里或是宽大的屋檐下寄托他的诗身!〕,但要从每星期两先令积成二三十镑的巨款当然不是易事,所以苔微士先生在最后一次的发狠决意牺牲他整半年的进款积成一个整数,自己跷了一条木腿,带了一本约书,不怎样乐观却也不绝望的投向荡荡的"王道"去。这是他一生最后一次,也是最辛苦的一次流浪,他自己说:——

再下去是一回奇怪的经验,无可名称的一种经验,因为我居然还能过活,虽则既没有勇气讨饭,又不甘心做小贩。有时我急得真想做贼;但是我没有得到可偷的机会,我依然平安的走着我的路。在我最感疲乏和饿慌的时候——我的实在的状况益发的黑暗,对于将来的想望益发的光鲜,正如明星的照亮衬出黑夜的深荫。

我是单身赶路的,虽则别的流氓们好意的约我做他们的旅伴,我愿意孤单因为我不许生人的声音来扰我的清梦。有好多人以为我是疯子,因为他们问起我当天所经过的市镇与乡村我都不能回答。他们问我那村子里的"穷人院"是怎样的情形,我却一点也不知道,因为我没有进去过。他们要知道最好的寓处,这我又是茫然的,因为我是寄宿在露天的。他们问我这天我是从那一边来的,这我一时也答不上;他们再问我到那里去,这我又是不知道的。这次经验最奇怪的一点是我虽则从不看人家一眼,或是开一声口问他们乞讨,我还是一样的受到他们的帮助。每回我要一口冷水,给我的却不是茶就是奶,吃的东西也总是跟着到手。我不由的把这一部生活认作短期的牺牲,消磨去一些无价值的时间为要换得后来千万个更舒服的;我祝颂每一个清朝,它开始一个新的日子,我也拜祷每一个安息日晚上,因为它结束了又一个星期。

这不使我们想起旧时朝山的僧人,他们那皈依的虔心使他们完全遗忘体肤的舒适?苔微士先生发见流浪生活最难堪的时候是在无荫蔽的旷野里遇雨,上帝保佑他们,因为流浪人的行装是没有替换的。有一天他在台风的乡间捡了一些麦柴,起造了一所精致的,风侵不进,露淋不着的临时公馆,自幸可以暖暖的过一夜,却不料——

天下雨了。在半小时内大块的雨打漏了屋顶,不到一小时这些雨点已经变成了洪流。又只能耐心耽着,在这大黑夜如何能寻到更安全的荫蔽。这雨直下了十个钟头。我简直连皮张都浸透了,比没身在水里干不了多少——不是平常我们叫几阵急雨给淋潮了的时候说的"浸透了皮"。我一点也不沮丧，把这事情只看作我应分经受的苦难的一件。到了第二天早上我在露天选了一个行人走不到的地点，躺了下来，一边安息，一边让又热又强的阳光收干我的潮湿。有两三次我这样的遭难，但在事后我完全不觉得什么难受。

头三个月是这样过的，白天在路上跑，晚上在露天寄宿，但不幸暖和的夏季是有尽期的，从十月到年底这三个月是不能没有荫蔽的。一席地也得要钱，即使是几枚铜子，苔微士先生再不能这样清高的流浪他的时日。但高傲他还是的，本来一个残废的人，求人家帮助是无须开口的，他只要在通衢上坐着，伸着一只手，钱就会来。再不然你就站在巡警先生不常到的街上唱几节圣诗，滚圆的铜子就会从住家的窗口蝴蝶似的向着你扑来。但我们的诗人不能这样折辱他的身份，他宁可忍冻，宁可挨饿，不能拉下了脸子来当职业的叫化。虽则在他最窘的日子，他也只能手拿着几副鞋带上街去碰他的机会，但他没有一个时候肯容自己应用乞丐们无耻的惯伎。这样的日子他挨过了两个月，大都在伦敦的近郊，最后为要整理他的诗稿他又回到他的故居，亏了旧时一个难友借给他一镑钱，至少寄宿的费用有了着落。他的诗集是三月初印得的，但第一批三十本请求介绍的送本只带回了两处小报上冷淡的案语。日子飞快的过去，同时他借来的一点钱又快没了，这一失望他几乎把辛苦印来的本子一起给毁了！最后他发明了寄书求售的法子，拼着十本里卖出一两本就可以免得几天的冻饿，这才蒙着了萧先生的同情，在简短的时日内结束了他的流浪的生涯。

三

但这还只是苔微士先生多曲折的生活史里最后的一个顿挫，最逼近飞升的一个盘旋。在他从家乡初到伦敦的时候，他虽则身体是残废，他对于自己文学的前途不是没有希望。他第一次寄稿给书铺,满想编辑先生无意中发见了天才竟许第二天早上就会赶来求见他,或是至少,爽快的接受他的稿件,回信问他要预支多少版税。他的初作是一篇诗剧,题目叫《强盗》。邮差带回来的还是他的原稿,除了标题,竟许一行都不曾邀览!他试了又试,结果还是一样,只是白花了邮资,污损了稿本。他不久就发见了缘故。他的寓址是乞丐收容所的变相,他的题目又不幸是《强盗》,难怪深于世故的书店主人没有敢结交他做朋友!但是他还得尝试。他又脱稿了一首长诗,在这诗里他荟集了山林的走兽,空中的飞禽,甚至海底的鱼虾,在一处青林里共同咒骂人类的残忍,商量要秘密革命,乘黑夜到邻近的一个村庄里去谋害睡梦中的居民!这回他聪明了另换了不露形迹的地址,同时寄出了两个副本,打算至少一处总有希望。一星期过去没有消息,我们的作者急了,不为别的,怕是两处同时要定了他的非常的作品。再等了几天一份稿件回来了,不用,那一份跟着也回来了,一样的不用。苔微士先生想这一定是长诗不容易销,短诗一定有希望,他一坐下来又产生了几百首的短诗,但结果还是一样的为难,承印是有人了,但印费得作者自己担负。一个靠铜子过活的如何能拿得出几十个金镑?但为什么不试试知名的慈善家?他试了。当然是无结果。他又有了主意,何妨先印两千份一两页的"样诗",买三个辨士一份,自己上街兜卖去,卖完了不就是六千个辨士,合五百个先令,整整二十五个金镑,恰巧印书的费用!但这也得印费,要三十五先令,他本有一些积蓄,再熬了几星期的饿,这一笔款子果然给凑成了。二千份样诗印了来,明天起一个大早,满心的高兴和希望,苔微士先生抱了一大卷上街零售去了。他见了人就拉生意,反复的说明他想印书的苦衷,请求三辨士的帮助。他走了三十家,说干了嘴,没有人明白他是什么意思,也没有人理会他,一本也卖不掉!难得有一半个人想做好事,但三辨士换一张纸,似乎太不值得了。诗，什么是诗？诗是干什么的？你再会说话他们还是不明白。最后他问到了一所较大的屋子，一个女佣出来应门。他照例说明他的来意，那位姑娘瞪大了眼望着他。"玛丽，谁在那里？"女主人在楼梯上面问。她回说有人来卖字纸的。"给他这个铜子，叫他去吧，"一个铜子从楼梯上滚了下来。苔微士先生到手了一个铜子，但他还是央着玛丽拿这张纸给她主人看。竟许她是有眼光的，竟许她赏识我，竟许她愿意出钱替我印书，谁知道！但是楼梯上的声音更来得响亮而且凶狠了："玛丽，不许拿他什么东西，你听见了没有？"在几秒钟内苔微士先生站在已经关紧的门外，掌心里托着一个孤独的辨士！得，饿了肚子跑酸了腿说干了嘴才到手了一个铜子，这该几十年才募得成二十五个金镑？何况回去时实在跑不动了还得花三辨士坐电车！苔微士先生一发狠把二千份的样诗一口气给毁了，一页也没有存。

四

为了这一次试验的损失，苔微士先生为格外节省起见，迁居到一个救世军的收容机关。他还是不死心，还是想印行他的诗集。这回的灵感是打算请得一张小贩的执照，下乡做买卖去。

这样生活有了着落，原来每星期的进款不是可以从容积聚起来了吗？况且贩卖鞋带针簪钮扣还难说有可观的盈余。这样要不了半年工夫就可以有办法。苔微士先生的眼前着实放了一些光亮。但要实行这计划也不是没有事前的困难。第一他身上这条假腿，花他十几镑钱安上的，经了两三年的服务早已快裂了，他那有钱去另买一条腿？好容易他探得了一处公立的机关，可以去白要一只"锥脚"。但这也有手续。你得有十五封会员的荐信。苔微士先生这回又忙着买邮花发信了。在六星期内他先后发了一百多封信（这是说花了他一百多分邮花外加信纸费），但一半因为正当夏天出门的人多，他得到的回信还是不够数。在这个时候一个慈善机关忽然派人来知照他说有人愿意帮他的忙,他当然如同奉到圣旨似的赶了去,但结果,经过了无数的手续,无数的废话,受了无数的闷气,苔微士先生还是苔微士先生!不消说那慈善机关的贵执事们报告给那位有心做好事的施主,说他是一个不值得帮助的无赖!如此过了好些时日才凑齐了必需的荐信,锥脚是到手了,但麻烦还是没有完。因为先前荐信只嫌不够,现在来得又太多了,出门人回了家都有了回信,苔微士先生又忙着退信道谢,又白花了他不少的邮花!

锥脚上了身,又进齐了货,针、骨簪、鞋带、钮扣,我们的诗人又开始了一种新生活。但他初下乡的时候因为口袋里还剩几个先令,他就不急急于做生意,倒是从容的玩赏初夏的风景:

> 第一晚到了圣亚尔明斯。我在镇上走了一转,就在野地里拿我那货包当枕头仰天躺下了。那晚的天上仿佛多出了不少星,拥护着庆祝着一个美丽的亮月的成年。肢体虽则是倦了的,但为贪着这夜景又过了三两小时才睡。我想在这夏季里只要有足够的钱在经过的乡村里买东西吃,这还不是一种光荣的生活?如此三四天我懒散着走着路,站在沟渠上面看那水从黑暗冲决到光明;听野鸟的歌唱;或是眺望远处够高的一个尖顶,别的不见,指点着在千树林中隐伏着的一个僻静的乡村。

但等得他花完了带着的钱,打开货包来正想起手做生意,苔微士先生发见那包货,因为每晚用作枕头,不但受饱了潮湿,并且针头也钻破了包衣发了锈,鞋带有皱有疲的,全失了样,都是不能卖的了!他只能听天由命。他正快饿瘪的时候在路边遇见了一个穷途的同志,他,一个身高血旺的健全汉子,问得了他的窘况,安慰他说只要跟他一路走不愁没有饭吃。这位先生是有本事的。喝饱了啤酒,啃饱了面包,先到了一条长街的尾梢,他立定了脚步,对苔微士先生说:"看着,我就在这儿工作了。你只要跟在我后背捡地上的钱,钱自会来的。""你只管捡铜子好了,只要小心不要给铜子捡了去!"他意思是只要小心巡警。这是他的法术:偻了背,摇着腿,嘎着嗓子,张着大口唱。唱完了果然街两边的人家都掷铜子给他们,但那位先生刚住口就伸直了身子向后跑,诗人也只得跟了跑,——果然那转角上晃过了一位高大的"铜子"来!

在这一路上苔微士先生学得了不少的职业的秘密,但他流浪到了终期重返回到伦敦的时候,他出发时的计划还是没有实现,三个月产息的积蓄只够他短时期的安息,出书的梦想依旧是在虚无缥缈间。穷困的黑影还是紧紧的罩住他,凭他试那一个方向,他的道是没有一条通达的。但在这穷困的道上,他虽则捡不到黄金,他却发见了不少人道的智慧,那不是黄金所能买,也不是仅有黄金的人们所能希冀。这里是他的观察:

> 家当全带在身上的人的最大的对头,是雨。日光有的时候他也不怎样在意,但在太阳西沈后他要是叫雨给带住了,他是应受哀怜的。他不是害怕受了潮湿在身体上发生什么病痛,如同他的有福分的同胞,但是他不喜欢那寒颤的味道,又是没有地方去取暖。这种尴尬的感觉逢空肚子更是加倍的难受。本来他御寒的惟一保卫就只是一个饱肚,只要肠胃不空他也不怎样介意风雨在他体肤上的侵袭。海上人看天边有否黑点,天文家看天上有否新光,这无家的苦人比他们更急急于看天上有否雨兆。为躲避未来的泛滥他托蔽于公共图书

馆,那是惟一现成公开的去处;在这里空坐着呆对着一页书,一个字也没有念着,本来他那有心想来念。如其他一时占不到一空座,他就站在一张报纸的跟前施展那几乎不可能的站直了睡着的本领,因为只有如此才可以骗过馆里的人员以及别的体面人们,他们正等着想看那一张报纸。要能学到这一手先得经过多次不成功的尝试,呼吸疏了神,脑袋晃摇,或是身体向着报柜磕碰,都是可能的破绽;但等得工夫一到家,他就会站直在那里睡着,外表都明明是专心在看一段最有趣味的新闻。……往往他们没有得衣服换,因此时常可以见到两个人同时靠近在一个火的跟前,一个人烤着他的湿袜子,还有那个烤着他那僵干的面包……就在这下雨天我们看到只有在极穷的人们中间看得到的细小的恩情;一个自己只有一些的帮助那赤无所有的同胞。一个人在市街上攒到了十八个铜子回去,付了四个子的床费,买过了吃,不仅替另一个人付床钱,他还得另请一个人来分吃他的东西,结果把余下的一个铜子又照顾了一个人。一个人上天生意做得不错,就慷慨的这里给那里给直到他自己不留一个大(子儿)。这样下来虽则你在早上只见些呆钝与着急的脸,但到中午你可以看到大半数的寓客已经忙着弄东西吃,他们的床位也已经有了着落。种种的烦恼告了结束,他们有的吹,有的哼,也有彼此打趣常开着口笑的。

这些细小的恩情是人道的连锁,它们使得一个人在极颓丧时感到安慰,在完全黑暗的中心不感到怕惧。但我们的诗人还是扣索不着他成名的运道。如其他在早上发现一丝的希望,要不了天黑他就知道这无非又是一个不可充饥的画饼。他打听着了一个成名的文学家,比方说,他那奖掖后进的热心是有多人称道的,他当然不放过这机会,恭敬的备了信,把文稿送了去请求一看,但他得到惟一的回音是那位先生其实是太忙,没有余闲拜读他的大作,结果还是原封退回!这类泡影似的希冀连着来刻薄一个时运未济的天才。但苔微士先生是不知道绝望的。他依旧耐心的,不怨尤的守候着他的日子。

五

上面说的是他想在文学界里占一席地的经过的一个概况,现在我们还得要知道苔微士先生怎样从健全变成残废,他回到英国以前的生活。因为要不为那次的意外他或许到如今都还不肯放弃他那逍遥的流浪生涯,依旧在密西西比或是落机山的一带的地域款留他的踪迹。非到了这一边走到了尽头,他才回头来尝试那一边的门径。他不是一个走半路的人。

他是生长在英国威尔斯的,他的母亲在他父亲死后就另嫁了人,他和他的两个弟妹都是他祖父母看养大的。他的家庭,除了他的祖父母,一个妹子,一个痴呆的弟弟,还有"一个女用人,一狗,一猫,一鹦鹉,一斑鸠,一芙蓉雀"。他从小就是大力士,他的亲属十分期望他训练成一个职业的"打手"。所以每回他从学校里回来带着"一个出血的鼻子或是一只乌青的眼睛",他一家子就显出极大的高兴,起劲的指点他下回怎样报复他敌手的秘诀。在打架以外他又在学校里学到了一种非凡的本领——他和他的几个同学结合了一个有组织有计划的"扒儿手团"。他们专扒各式的店铺,最注意的当然是糖果铺。这勾当他们极顺利的实行了半年,但等得我们的小诗人和他的党羽叫巡警先生一把抓住颈根的日子,他挨了十二下重实的肉刑,他的祖父损失了十来镑的罚金。在他将近成年的时候他的二老先后死了,遗剩给他的有每星期十先令息金的产业。他已然做过厂工,学习过装制画框,但他不羁的天性再不容他局促在乡里间,新大陆,那黄金铺地的亚美利加,是他那时决定去施展身手的去处。到了美国,第一个朋友他交着的,是一个流浪的专家,从加拿大的北省到墨西哥的南部,从赫贞河流域到太平洋沿海,都是他遨游无碍的版图。第一个本领他学到的,是怎样白坐火车:最舒服是有空车坐,货车或牲口车也将就,最冒险是坐轨头前面的挡梗,车底有并行的铁条,在急的时候也可以蜷着坐,但最优游是坐车的顶篷,这不但危险比较的少,而且管车人很少敢上来干涉他们。跳车也不是容易,但为逃命三十哩的速度有时都得拼着跳。过夜是不成问题的,美国多的是菁密的森林,在这里面生起一个火还不是天生的旅舍?有时在道上发见空屋子,他们就爬窗进去占领(他们不止一次占到的是出名的鬼屋!)。

"做了三年叫化子,连皇帝都不要做了。"但如其我们的乞儿要过三年才能认清此中的滋味,苔微士先生一到美国就很聪明的选定了这绝对无职业的职业。在那时的美国饿死是几乎不可能的事,因为谁家没有富余的面包与牛乳,谁人不乐意帮助流浪的穷人?只要你开口,你就有饭吃,就有衣穿。不比在英国,为要一碗热汤吃,你先得鹄立多少时候才拿得到一张汤券,还得鹄立多少时候才拿那券换得一碗汤。那些汤是"用不着调匙的,吃过了也没有剔牙的愉快;就是这清清的一汪,没有一颗青豆,一瓣葱,或是一粒萝葡的影子;什么都没有,除了苍蝇"。他们叫化可纪录的一次是在鲍尔铁穆,那边的居民是心好的多,正如那边的女人是美的多。只要你"站定在大街上饱餐过往的秀色,你就相信上帝是从不曾亏待你的"。他们是三个人合作的,我们的诗人当然经验最浅。他的职司是拿着一个口袋在街角上等候运道,他的两个同志分头向街两边的人家"工作"去。他们不但是有求必应,而且连着吃了三家的晚饭;在不到一个钟头,不但苔微士先生提着的口袋已经装得泼满,就连他们身上特别博大的衣袋也都不留一些余地。

这次讨饭的经验,我们的诗人说,是"不容易忘记的"。因为他们回得家清理盈余的时候,他们又惊又喜的发见不仅他们想要的东西应尽有,而且给下来的没有一个纸包是仅仅放着面包与牛油。"煎熟的蛤蜊,火鸡,童子鸡,牛排,羊腿,火肉与香肠;爱尔兰白薯,甜山薯与香芋艿;黑面包,白面包;油煎薄饼,各种的果糕,各式花样的蛋糕;香蕉,苹果,葡萄与橙子;外加一大堆的干果与一整袋的糖果"——这是他们讨得的六十几包的内容简单的清单。只有三家没有给的,但另有两家分付他们再去。

到了夏天他们当然去"长岛"的海滨去销夏。太阳光,凉风,柔软而和暖的海水,是不要钱也不须他们的募化。他们不是在软浪里拍浮,就在青荫下倦卧,要不然就踞坐在磐石上看潮。但如其他们的销夏计划是可羡慕,他们的销寒办法更显得独出心裁。美国北省的冬天是奇冷的,在小镇上又没有像在英国乡里似的现成的贫人院可以栖息或是小客寓里出四五个铜子可以买一席地。但如其这里没有别的公开寓所,这里的牢狱是现成的。在牢中的犯人不但有好饭吃而且有火可以取暖,并且除非你犯的是谋杀等罪,你有的是行动的自由,在"公共室"里你可以唱歌,可以谈天,可以打哈哈,可以打纸牌。苔微士先生的同志们都知道这些机关,他们只要想法子进牢狱去,这一冬天就不必担心衣食住的问题了。但监牢怎么进法?当然你得犯罪。但犯罪也有步骤,你得事前有接洽。你到了一个车站,你先得找到那地方的法警,他只要一见就明白你的来意,他是永远欢迎你的。你可以跟他讲价,先问他要一饼的板烟,再要几毛钱的酒资。你对他说你要多少日子,一个月或是两个月,这就算定规了。回头你只要到他那指定的酒店去喝酒玩儿,到了将近更深的时候乘着酒兴上街去唱几声或是什么,声音自然要放高一些,法警先生就会从黑暗里走过来,一把带住了你,就说:"喂,伙计,怎么了?在夜深时闹街是扰乱平安,犯警章第几百几十条,你现在是犯人了。"到了法官那里,你见那法警先生在他的耳边嘱咐了几句话,他就正颜的通知你说你确然是犯了罪,他现在判决你处七元或十五元的罚金,罚不出的话,就得到监牢里去住一个月或两个月(如你事前和法警先生商定的)。从这晚上起你什么都有了,等到满期出来你还觉得要休养的话,你只须再跑几里路到另一个市镇里再"犯一次罪"。你犯了罪不但自己舒服,就连看守监狱的,法警先生,乃至堂上的法官,都一致感谢你的好意;因为看监牢的多一个犯人就多开一支报销,法警先生捉到一名犯人照例有一元钱的奖金,法官先生判决一件犯罪也照例另得两元钱的报酬。谁都是便宜的,除了出租税的市民们,所有的公众机关都是他们维持的。但这类腐败而有幽默的情形,虽则在那时是极普通,运命是当然不久长的。

但苔微士先生有时也中止他的泊浮的生涯,有机会时也常常歇下来做几天或是几星期短期的工。乡里收获的时候,果子成熟的时候,或是某处有巨大的建筑工程的时候,我们的诗人就跟着其他流氓的同志投身工作去。工作满了期,口袋里盛满了钱,他们就去喝酒,非得喝瘪了才完事。他最后一次的职业是"牲口人",从美国护送牛羊到英国去。他在大西洋上往还不止一次,在这里他学得了不少航海的经验与牲畜受虐待的惨象,这些在他的诗里都留有不磨的印象。

在这五年内,危险是常有的,困难经过不少,但他的精神是永远活泼而愉快的。在贼徒与流丐们的中间他虚心的承受他的教育。在光明的田野间,在馥郁的森林中,在多风的河岸上,在纷呶的酒屋里,他的诗魂不踌躇的吸收它的健康的营养。他偶尔惟一的抱憾是他的生活太丰满,他的诗思太显屯积,但他没有余闲坐定下来从容的抒写。他最苦恼的一次是他在奥林斯得了一次热病。

我不知道为什么我不上火车,却反而向着乡里走去,这使我十分的后悔。因为我没有力气走了,路旁有一大块的草沼,我就爬进去,在那里整整躺了三天三夜,再也支持不起来走路。这一带常见饿慌的野豕,有时离我近极了,但它们见我身体转动就呦吼着跑了开去。有几十只饿鹰栖息在我头顶的树枝上,我也知道这草地里多的是毒蛇。我口渴得苦极了,就喝那草沼的小潭里的死水,那是微菌的渊薮,它的颜色是天上的彩虹,这样的水往往一口就可以毒死人的。我发冷的时候,我爬到火热的阳光里去,躺着寒战;冷过了热上了身,我又蜒回到树荫下去。四天工夫一口没有得吃,到这里以前的几天也没有吃多少。我望得见火车在轨道上来去,但我没有力气喊。很多车放回声,我知道它们在离我不到一哩路停下来装水或是上煤。明知在这恶毒的草沼里耽下去一定是死,我就想尽了法子爬到那路轨上,到了邻近一个车站,那里车子停的多。距离不满一哩路,但我费了两个多钟头才到。

他自以为是必死了,但他在医院里遇到一个同乡的大夫用心把他治好了。这样他在他理想中黄金铺地的新世界飘泊了五年,他来时身上带着十多镑钱,五年后回家时居然还掏得出三先令另几个辨士。但他还不死心于他的黄金梦,他第二次又渡过大西洋,这回到加拿大去试他的运道。正好,他的命运在那里等候着他。他到了加拿大当然照例还是白坐火车,但这一次他的车价可付大了!他跳车跳失了腿,车走得太快,他踹了一个空,手还拉住车,给拖了一程,到地时他知道不对了,他的右脚给拉断了。经过了两次手术,锯了一条腿,在死的边沿停逗了好多天,苔微士先生虽则没有死,却从此变成了残废。他这才回还英国,放弃了他的黄金梦,开始他那(如上文叙述的)寻求文学机缘的努力。

七

  这是苔微士先生从穷到通的一个概状。他的自传（The Autobiography of a Super Tramp）不是一本忏悔录，因为他没有什么忏悔的。他是一个急性的人，所以想到怎么做就怎么做，谨慎的美德不是他的。在现代生活一致平凡而又枯索的日子念苔微士先生自传的一路书，我们感觉到不少"替代的"快乐，但单是为那个我们正不少千百本离奇的侦探案与耸动的探险谈。分别是在苔微士先生的不仅是身亲的经验，而且他写的虽则是非常的事实，他的写法却只是通体的简净，没有铺张，没有雕琢，完全没有矜夸的存心。最令我们发生感动的尤其是这一点：他写的虽多是下流的生活，黑暗，肮脏，苦恼的世界，乞儿与贼徒的世界，我们却只觉得作者态度的尊严与精神的健全。他的困穷与流离是自求的，我们只见他到处发见"人道的乳酪"，融融的在苦恼的人间交流着。任凭他走到了绝望的边沿，在逼近真的（不是想象的）饿死与病死的俄顷，他的心胸只是坦然。他不怨人，亦不自艾，他从不咒诅他所处的社会，不嫉忌别人的福利，不自夸他独具的天才，不自伤他遭遇的屯邅，不怨恨他命运的不仁，——他是一个安命的君子。他跌断了一只腿，永远成了残废，但他还只是随手的写来，萧伯纳先生说他写他自己的意外正如一只龙虾失了一根须或是一只蜥蜴落了他的尾过了阵子就会重长似的。不，他再不浪费笔墨来描写他自己的痛苦，在他住院时他最注意最萦念的是那边本地人对待一个不幸的流浪人的异常的恩情。

  有了苔微士先生那样的心胸，才有苔微士先生那样的诗。他的诗是——但我们得等另一个机会来谈他的诗了。

四月

读雪莱诗后

近来常喜欢读诗,觉得读到好的诗的时候真如听到绝妙的音乐,五官都受了感动,精神上好像复新了一般。只觉得一般人们的重浊,诗人的高超。在诗里似乎每一个字都是有灵魂的,在那里跳跃着;许多字合起来,就如同一个绝大的音乐会,很和谐的奏着音乐。这种美的感觉,音乐的领会,只有自己在那一瞬间觉得,不能分给旁人的。

我喜欢读轻灵的诗;太浓郁的实在不能领会,并不是不喜欢。譬如英国那几位浪漫派诗人里像雪莱这一位诗人,他的 Prometheus Unbound 我实在够不上读他,因为太浓厚伟大了。他的小诗,很轻灵,很微妙,很真挚,很美丽,读的时候,心灵真是颤动起来,犹如看一块纯洁的水晶,真是内外通灵。

雪莱的为人真是白朗对摩尔(Jom Moore)说的话,他说雪莱是人世上最温柔文雅最不自私的人。马太阿诺特也这样的说。他的诗里,随处都可以表现出他温文俊逸的人格来,不由人不赞美他,颂扬他,羡慕他,对他有无限的同情。而对于他的身世,尤其有悲哀的美感,深切的同情。

他是爱自由的,他是不愿意受束缚的。他是"不愿意过平凡的生活的"。他对高德温(Will Zodwin)说他对于诗的浓厚的兴趣,以及劝化世界并且是人类平等的志向是他的"灵魂的灵魂"。但是仅仅爱自由的精神，热烈的利他情绪并不能使他成为伟大的诗人。他之所以成为伟大的诗人是因为他对于理想的美有极纯挚的爱。不但是爱，更是以美为一种宗教的信仰，他之所谓美不是具体的。他以为美是宇宙之大灵，美是宇宙的精神，美的精神便是上帝。宇宙万物以美而生。申言之，雪莱的美是有柏拉图的观念的意味的。谁能读了"Hyme Intellectual Beauty"之后而说他不是有柏拉图主义的意味呢。

但是雪莱的理想的美在人世里曾否圆满实现呢？这般的超越的"理想"一般人实在不能体验到。宇宙的精神，只有在诗人的心里感到，在诗人的心里圆满实现。只有有丰富的精神生活的哲学家与诗人可以窥见宇宙之神秘。雪莱便体验到这宇宙之神秘，向众生呼喊道"美"是上帝的精神，人生应常美化。又向美之神祷告说美之神啊，你快些降临罢！

只有受精神感动的诗人才能默悟到此，领会到此。诗是表现理想的美的。在雪莱的意思，以为这便是诗人所以为诗人之一点。诗决不仅是好看的字眼，铿锵的音节；乃是圣灵感动的结果，美的实现，宇宙之真理的流露。所以他说"诗人是极轻灵的，是圣洁的。若不是受圣灵的感动……决不能做出诗来"。他又说，诗人以一无所不包无所不入的精神来测度人情的深浅人类的境遇。诗人是接受灵感的祭司，是世界的立法者。诗人是超越界与现实界交通的天使。这便是诗人的使命，我们读了他的诗，不能不感觉到雪莱实在是完成了他的使命，因为我们读了他的诗之后觉得亦些微的领悟到宇宙之神秘。

罗素又来说话了

一

每次我念罗素的著作或是记起他的声音笑貌,我就联想起纽约城,尤其是吴尔吴斯五十八层的高楼。罗素的思想言论,仿佛是夏天海上的黄昏,紫黑云中不时有金蛇似的电火在冷酷地料峭地猛闪,在你的头顶眼前隐现!

矗入云际的高楼,不危险吗?一半个的霹雳,便可将他锤成粉屑——震得赫真江边的青林绿草都兢兢的摇动!但是不然!电火尽闪着,霹雳却始终不到,高楼依旧在层云中矗着,纯金的电光,只是照出他的傲慢,增加他的辉煌!

罗素最近在他一篇论文叫作《余闲与机械主义》(见 Dial, For August, 1923)又放射了一次他智力的电闪,威吓那五十八层的高楼。

我们是踮起脚跟,在旁边看热闹的人;我们感到电闪之迅与光与劲,亦看见高楼之牢固与倔强。

二

一二百年前,法国有一个怪人,名叫凡尔太的,他是罗素的前身,罗素是他的后影；他当时也同罗素在今日一样，放射了最敏锐的智力的光电，威吓当时的制度习惯，当时的五十八层高楼。他放了半世纪冷酷的料峭的闪电，结成一个大霹雳，到一七八九那年，把全欧的政治，连着比士梯亚的大牢城，一起的打成粉屑。罗素还有一个前身，这个是他同种的，就是大诗人雪莱的丈人，著《女权论》的吴尔顿克辣夫脱的丈夫，威廉古德温，他也是个崇拜智力，崇拜理性的，他也凭着智理的神光，抨击英国当时的制度习惯，他是近代各种社会主义的一个始祖，他的霹雳，虽则没有法国革命那个的猛烈，却也打翻了不少的偶像，打倒了不少的高楼。

罗素的霹雳，要到什么时候才能轰出，不是容易可以按定的；但这不住的闪电，至少证明空中涵有蒸热的闷气，迟早总得有个发泄，疾电暴雨的种子，已经满布在云中。

三

他近年来最厌恶的物件，最要轰成粉屑的东西，是近代文明所产生的一种特别现象，与这现象所养成的一种特别心理。

不错，他对于所谓西方文明，有极严重的抗议；但他却不是印度的甘地，他只反对部分，不反对全体。

他依然是未能忘情的，虽则他奖励中国人的懒惰，赞叹中国人的懦怯，慕羡中国人的穷苦——他未能忘情于欧洲真正的文化。"我愿意到中国去做一个穷苦的农夫，吃粗米，穿布衣，不愿意在欧美的文明社会里，做卖灵魂，吃人肉的事业。"这样的意思，他表示过好几次。但研究数理，大胆的批评人类；却不是卖灵魂，更不是吃人肉；所以罗素虽则爱极了中国，却还愿意留在欧洲，保存他 Honorable 的高贵，这并不算言行的不一致，除非我们故意的讲蛮不讲理。

When I am tempted to wish the human race wiped out by some passing comet I think of scientific knowledge and of art; those two things seem to make our existence not wholly futile.①

四

罗素先生经过了这几年红尘的生活——在战时主张和平，反抗战争；与执政者斗，与群众斗，与癫狂的心理斗，失败，屈辱，褫夺教职，坐监，讲社会主义，赞扬苏维埃革命，入劳工党，游鲍尔雪微克之邦，离婚，游中国，回英国，再结婚，生子，卖文为生——他对他人生的观察与揣摹，已经到了似乎成熟的（所以平和的）结论。

他对于人生并不失望；人类并不是根本要不得的，也并不是无可救度的，而且救度的方法，决计是平和的，不是暴烈的：暴烈只能产生暴烈。他看来人生本是铄亮的镜子，现在就只被灰尘盖住了；所以我们只要说擦了灰尘，人生便可回复光明的。

他以为只要有四个基本条件之存在，人生便是光明的。

第一是生命的乐趣——天然的幸福。

第二是友谊的情感。

第三是爱美与欣赏艺术的能力。

第四是爱纯粹的学问与知识。

这四个条件只要能推及平民——他相信是可以普遍的——天下就会太平，人生就有颜色。

五

怎样可以得到生命的乐趣？他答，所有人生的现象本来是欣喜的，不是愁苦的；只有妨碍幸福的原因存在时，生命方始失去他本有的活

---

① 在我企望人类被某个过路的彗星毁灭的时候，我就想到了艺术和科学知识；只有这两样东西才使得我们的存在显得不是完全没有好处。

泼的韵节。小猫追赶她自己的尾巴，鹊之噪，水之流，松鼠与野兔在青草中征逐：自然界与生物界只是一个整个的欢喜。人类亦不是例外；街上褴褛的小孩，那一个不是快乐的。人生种种苦痛的原因，是人为的，不是天然的；可移去的，不是生根的；痛苦是不自然的现象。只要彰明的与潜伏的原始本能，能有相当的满足与调和，生活便不至于发生变态。社会的制度是负责任的。从前的学者论政治或论社会，亦未尝不假定一分心理的基础；但心理学是个最较发达的科学，功利主义的心理假定是过于浅陋。近代心理学尤其是心理分析对于社会科学是大的贡献，就在证明人是根本的自私的动物。利他主义者只见了个表面，所以利他主义的伦理只能强人作伪，不能使人自然的为善。几个大宗教成功的秘密，就在认明这重要的一点：耶稣教说你行善你的灵魂便可升天；佛教说你修行结果你可证菩提；道教说你保全你的精气你可成仙。什么事都没有自己实在的利益彻底；什么事都起源于自觉的或不自觉的利己的动机。但同时人又是善于假借的；他往往穿着极体面的衣裳，掩盖他丑陋的原形。现在的新心理学，仿佛是一座照妖镜；不论芭蕉裹的怎样的紧结，他总耐心的去剥。现在虽然剥近，也许竟已剥到蕉心了。

所以，人类是利己的，这实在是现代政治家与社会改良家所最应认明与认定的。这个真理的暴露，并不有损人类的尊严，如其还有人未能忘情于此；并且亦不妨碍全社会享受和平与幸福的实现。认明了事实与实在，就不怕没有办法，危险就在隐匿或诡辩实在与事实。病人讳病时，便有良医也是无法可施的。现代与往代的分别，就在自觉与非自觉；社会科学的希望，就在发见从前所忽略的，误解的，或隐秘的病候。理清了病情，开明了脉案，然后可以盼望对症的药方；否则即使有偶逢的侥幸，决不能祛除病根的。

六

实际的说,身体的健康当然是生命的乐趣的第一个条件;有病的与肝旺的人,当然不能领略生命自然的意味。所以体育是重要的。但这重要也是相对的,我们如其侧重了躯体,也许因而妨碍智力的发展,像我们几个专诚尊崇运动学校的产品,蔡子民先生曾经说到过,也是危险的。肌肉与脑筋应受同等的注意。如果男女都有了最低限度的健康,自然的幸福便有了基础,此外只要社会制度有相当的宽紧性,不阻碍男女个人本能相当的满足,消极的不使发生压迫状态致有变态与反常之产生。工作是不可免的,但相当的余闲也是必要的;罗素以为将来的社会不容不工作的分子,亦不容偏重的工作,据经济学家计算,每人每日只需三四小时工作,社会即可充裕的过去,现有的生产率,一半是原因于竞争制度的靡费。

七

工业主义的一个大目标是"成功"(Success),本质是竞争,竞争所要求的是"捷效"(Efficiency)。成功,竞争,捷效,所合成的心理或人生观,便是造成工业主义,日趋自杀现象,使人道日趋机械化的原因。我们要回复生命的自然与乐趣,只有一个方法,就在打破经济社会竞争的基础,消灭成功与捷效的迷信——简言之,切近我们中国自身的问题说,就在排斥太平洋那岸过来的主义,与青年会所代表的道德。我前天会见一个有名的报馆经理,他说,报的事情,如其你要办他个发达,真不是人做的事!又有一个忠慎勤劳的银行经理,与一个忠慎勤劳的纱厂经理,也同声的说生意真不是人做的,整天的忙不算,晚上梦里的心思都不得个安稳,究竟为的是什么,我们自己都不知道。这是实情。竞争的商业社会,只是萧伯纳所谓零卖灵魂的市场。我们快快的回头,也许可以超脱;再不是迷信开纱厂。比如说,发大财——要知道蕴藻滨华丽宏大的大中华的烟囱,已经好几时不出烟。我们与其崇拜新近死的北岩公爵(他最大的功绩,就在造成同类相残的心理,摧残了数百万的生灵,他却取得了威望与金钱与不朽的荣誉)与美国的十大富豪,不如去听聂云台先生的忏悔谈,去请他演说托尔斯泰与甘地的真谛吧!

八

罗素说他自从看过中国以后,他才觉悟"累进"(Progress)与"捷效"的信仰是近代西方的大不幸。他也悟到固定的社会的好处——这是进步的反面——与惰性,或懒惰主义的妙处——这是捷效的反面。他说:"I have hopes of laziness as a gospel.[①]"

懒惰是济世的福音!我们知道罗素所谓"懒惰"的反面不是我们农业社会之所谓勤——私人治己治家的勤是美德,永远应受奖励的——而是现代机械式的工商社会所产生无谓的慌忙与扰攘,灭绝性灵的慌忙与扰攘。这就是说,现代的社会趋向于侵蚀,终于完全剥夺合理的人生应有的余闲,这是极大的危险与悲惨。劳力的工人不必说,就是中等社会,亦都在这不幸的漩涡中急转。罗素以为,譬如就英国说,中级社会之顽,愚,嫉妒,偏执,迷信,劳工社会之残忍,愚暗,酗酒的习惯,等等,都是生活的状态失了自然的和谐的结果。

九

所以现代社会的状况,与生命自然的乐趣,是根本不能相容的。友谊的情感,是人与人,或国与国相处的必需原素,而竞争主义又是

---

① 我对懒惰成为一种福音抱有期望。

阻碍真纯同情心发展的原因。又次，譬如爱美的风尚，与普遍的艺术的欣赏，例如当年雅典或初期的罗马曾经实现过的，又不是工商社会所能容忍的。从前的技士与工人，对于他们自己独出心裁所造成的作品，有亲切真纯的兴趣；但现在伺候机器的工作，只能僵瘪人的心灵，决不能奖励创作的本能。我们只要想起英国的孟骞斯德，利物浦；美国的芝加哥，毕次保格，纽约；中国的上海，天津；就知道工业主义只孕育丑恶，庸俗，龌龊，罪恶，嚣鬻，高烟囱与大腹贾。

又次，我们常以为科学与工业文明有不可分离的关系。是的，关系是有的；但却不是不可分离的。没有科学，就没有现代的文明。但科学有两种意义，我们应得认明：一是纯粹的科学，例如自然现象的研究，这是人类凭着智力与耐心积累所得的，罗素所谓"The most godlike thing that men can do[①]"。一是科学的应用，这才是工业文明的主因。真纯的科学家，只有纯粹的知识是他的物件，他绝对不是功利主义的，绝对不问他寻求与人生有何实际的关系。孟代尔（Mendel）当初在他清静的寺院培养他的豆苗，何尝想到今日农畜资本家的利用他的发明？法兰岱（Faraday）与麦克士惠尔（Maxwell）亦何尝想到现代的电气事业？

当初的先生们，竭尽他们一生精力，开拓人类知识的疆土，何尝料想到，照现在的状况看来，他们倒似乎变了人类的罪人；因为应用科学的成绩，就只（一）倍增了货物的产品，促成资本主义之集中；（二）制造杀人的利器，奖励同类自残的劣性；（三）设备机械性的娱乐，却掩没了美术的本能。我们再看，应用科学最发达的所在是美国；资本主义最不易摇动的所在，是美国；纯粹科学最不发达的，亦是美国；他们现在所利用的科学的发见，都不是美国人的成绩。所以功利主义的倾向，最是不利于少数的聪明才智，寻求纯粹智识的努力。我们中国近来很讨

[①] 人所能做的最接近神的事情。

论科学是否人生的福音，一般人竟有误科学为实际的工商业，以为我们若然反抗工业主义，即是反对科学本体，这是错误的。科学无非是有系统的学术与思想，这如何可以排斥；至于反抗机械主义与提高精神生活，却又是一件事了。

所以合理的人生，应有的几种原素——自然的幸福，友谊的情感，爱美与创作的奖励，纯粹知识——科学——的寻求——都是与机械式的社会状况根本不能并存的。除非转变机械主义的倾向，人生很难有希望。

十

这是我们也都看得分明的；我们亦未尝不想转变方向，但却从那里做起呢？这才是难处。罗素先生却并不悲观。他以为这是个心理——伦理的问题，旧式的伦理，分别善恶与是非的，大都不曾认明心理的实在，而且往往侧重个人的。罗素的主张，就在认明心理的实在，而以社会的利与弊，为判定行为善恶的标准。罗素看来，人的行为只是习惯，无所谓先天的善与恶。凡是趋向于产生好社会的习惯，不论是心的或体的，就是善；反之，产生劣社会的习惯，就是恶。罗素所谓好的社会，就是上面讲的具有四种条件的社会；他所谓劣社会就是反面，因本能压迫而生的苦痛（替代自然的快乐），恨与嫉忌（替代友谊与同情）；庸俗少创作，不知爱美，与心智的好奇心之薄弱。要奖励有利全体的习惯，可以利用新心理学的发见。我们既然明白了人是根本自私自利的，就可以利用人们爱夸奖恶责罚的心理，造成一种绝对的道德（Positive Morality），就是某种的行为应受奖掖，某种的行为应受责辱。但只是折衷于社会的利益，而不是先天的假定某种行为为善，某种行为为恶。从前台湾土人有一种风俗：一个男子想要娶妻，至少须杀下一个人头，带到结婚场上；我们文明社会奖励同类自残，叫作勇敢，算是美德，岂非一样可笑？

这样以结果判别行为的伦理，就性质说，与边沁及穆勒父子所代表的伦理学，无甚分别；罗素自己亦说他的主张并不是新奇的，不过不论怎样平常的一个原则，若然全社会认定了他的重要，着力的实行去，就会发生可惊的功效。以公众的利益判别行为之善恶：这个原则一定，我们的教育，刑律，我们奖与责的标准，当然就有极重要的转变。

十一

归根的说，现有的工业主义，机械主义，竞争制度，与这些现象所造成的迷信心理与习惯，都是我们理想社会的仇敌，合理的人生的障碍。现在，就中国说，惟一的希望，就在领袖社会的人，早早的觉悟，利用他们表率的地位，排斥外来的引诱，转变自杀的方向，否则前途只是黑暗与陷阱。罗素说中国人比较的入魔道最浅，在地面上可算是最有希望的民族。他说这话，是在故意的打诳，哄骗我们呢，还是的确是他观察现代文明的真知灼见？——但吴稚晖先生曾叮嘱我们，说罗素只当我们是小孩子，他是个大滑头骗子！

谒见哈代的一个下午

一

"如其你早几年,也许就是现在,到道骞司德的乡下,你或许碰得到《裘德》的作者,一个和善可亲的老者,穿着短裤便服,精神飒爽的,短短的脸面,短短的下颏,在街道上闲暇的走着,招呼着,答话着,你如其过去问他卫撒克士小说里的名胜,他就欣欣的从详指点讲解;回头他一扬手,已经跳上了他的自行车,按着车铃,向人丛里去了。我们读过他著作的,更可以想象这位貌不惊人的圣人,在卫撒克士广大的、起伏的草原上,在月光下,或在晨曦里,深思的徘徊着。天上的云点,草里的虫吟,远处隐约的人声都在他灵敏的神经里印下不磨的痕迹;或在残败的古堡里拂拭乱石上的苔青与网结;或在古罗马的旧道上,冥想数千年前铜盔铁甲的骑兵曾经在这日光下驻踪;或在黄昏的苍茫里,独倚在枯老的大树下,听前面乡村里的青年男女,在笛声琴韵里,歌舞他们节会的欢欣或在济慈或雪莱或史文庞的遗迹,悄悄的追怀他们艺术的神奇……在他的眼里,像在高蒂闲(Theuophile Gautier)的眼里,这看得见的世界是活着的;在他的'心眼'(The Inward Eye)里,像在他最服膺的华茨华士的心眼里,人类的情感与自然的景象是相联合的；在他的想象里，像在所有大艺术家的想象里，不仅伟大的史绩，就是眼前最琐小最暂忽的事实与印象，都有深奥的意义，平常人所忽略或竟不能窥测的。从他那六十年不断的心灵生活，——观察，考量，揣度，印证，——从他那六十年不懈不弛的真纯经验里，哈代，像春蚕吐丝制茧似的，抽绎他最微妙最桀傲的音调，纺织他最缜密最经久的诗歌——这是他献给我们可珍的礼物。"

二

上文是我三年前慕而未见时半自想象半自他人传述写来的哈代。去年七月在英国时，承狄更生先生的介绍，我居然见到了这位老英雄，虽则会面不及一小时，在余小子已算是莫大的荣幸，不能不记下一些踪迹。我不讳我的"英雄崇拜"。山，我们爱踹高的；人，我们为什么不愿意接近大的？但接近大人物正如爬高山，往往是一件费劲的事；你不仅得有热心，你还得有耐心。半道上力乏是意中事，草间的刺也许拉破你的皮肤，但是你想一想登临危峰时的愉快！真怪，山是有高的，人是有不凡的！我见曼殊斐儿，比方说，只不过二十分钟模样的谈话，但我怎么能形容我那时在美的神奇的启示中的全生的震荡？

我与你虽仅一度相见——

但那二十分不死的时间！果然，要不是那一次巧合的相见，我这一辈子就永远见不着她——

会面后不到六个月她就死了。自此我益发坚持我英雄崇拜的势利，在我有力量能爬的时候，总不教放过一个"登高"的机会。我去年到欧洲完全是一次"感情作用的旅行"；我去是为泰戈尔，顺便我想去多瞻仰几个英雄。我想见法国的罗曼·罗兰，义大利的丹农雪乌，英国的哈代。但我只见着了哈代。

在伦敦时对狄更生先生说起我的愿望，他说那容易，我给你写信介绍,老头精神真好,你小心他带了你到道骞斯德林子里去走路,他仿佛是没有力乏的时候似的!那天我从伦敦下去到道骞斯德,天气好极了,下午三点过到的。下了站我不坐车,问了 Max Gate 的方向,我就欣欣的走去。他家的外园门正对一片青碧的平壤,绿到天边,绿到门前;左侧远处有一带绵延的平林。进园径转过去就是哈代自建的住宅,小方方的壁上满爬着藤萝。有一个工人在园的一边剪草,我问他哈代先生在家不,他点一点头,用手指门。我拉了门铃,屋子里突然发一阵狗叫声,在这宁静中听得怪尖锐的,接着一个白纱抹头的年轻下女开门出来。

"哈代先生在家,"她答我的问,"但是你知道哈代先生是'永远'不见客的。"

我想糟了。"慢着,"我说,"这里有一封信,请你给递了进去。""那末请候一候,"她拿了信进去,又关上了门。

她再出来的时候脸上堆着最俊俏的笑容。"哈代先生愿意见你,先生,请进来。"多俊俏的口音!"你不怕狗吗,先生。"她又笑了。"我怕,"我说。"不要紧,我们的梅雪就叫,她可不咬,这儿生客来得少。"

我就怕狗的袭来!战兢兢的进了门,进了官厅,下女关门出去,狗还不曾出现,我才放心。壁上挂着沙琴德(John Sargent)的哈代画像,一边是一张雪莱的像,书架上记得有雪莱的大本集子,此外陈设是朴素的,屋子也低,暗沈沈的。

我正想着老头怎么会这样喜欢雪莱,两人的脾胃相差够多远,外面楼梯上一阵急促的脚步声和狗铃声下来,哈代推门进来了。我不知他身材实际多高,但我那时站着平望过去,最初几乎没有见他,我的印象是他是一个矮极了的小老头儿。我正要表示我一腔崇拜的热心,他一把拉了我坐下,口里连着说"坐坐",也不容我说话,仿佛我的"开篇"辞他早就有数,连着问我,他那急促的一顿顿的语调与干涩的苍老的口音,"你是伦敦来的?""狄更生是你的朋友?""他好?""你译我的诗?""你怎么翻的?""你们中国诗用韵不用?"前面那几句问话是用不着答的(狄更生信上说起我翻他的诗),所以他也不等我答话,直到末一句他才收住了。他坐着也是奇矮,也不知怎的,我自己只显得高,私下不由跼蹐,似乎在这天神面前我们凡人就在身材上也不应分占先似的!(啊,你没见过萧伯纳——这比下来你是个蚂蚁!)这时候他斜着坐,一只手搁在台上,头微微低着,眼往下看,头顶全秃了,两边脑角上还各有一鬃也不全花的头发;他的脸盘粗看像是一个尖角往下的等边形三角,两颧像是特别宽,从宽浓的眉尖直扫下来束住在一个短促的下巴尖;他的眼不大,但是深凹的,往下看的时候多,不易看出颜色与表情。最特别的,最"哈代的",是他那口连着两旁松松往下坠的夹腮皮。如其他的眉眼只是忧郁的深沈,他的口脑的表情分明是厌倦与消极。不,他的脸是怪,我从不曾见过这样耐人寻味的脸。他那上半部,秃的宽广的前额,着发的头角,你看了觉得好玩,正如一个孩子的头,使你感觉一种天真的趣味,但愈往下愈不好看,愈使你觉着难受,他那皱纹龟驳的脸皮正使你想起一块苍老的岩石,雷电的猛烈,风霜的侵凌,雨雷的剥蚀,苔藓的沾染,虫鸟的斑斓,什么时间与空间的变幻都在这上面遗留着痕迹!你知道他是不抵抗的,忍受的,但看他那下颊,谁说这不泄露他的怨毒,他的厌倦,他的报复性的沈默!他不露一点笑容,你不易相信他与我们一样也有喜笑的本能。正如他的脊背是倾向伛偻,他面上的表情也只是一种不胜压迫的伛偻。喔哈代!

回讲我们的谈话。他问我们中国诗用韵不。我说我们从前只有韵的散文,没有无韵的诗,但最近……但他不要听最近,他赞成用韵,这道理是不错的。你投块石子到湖心里去,一圈圈的水纹漾了开去,韵是波纹,少不得。抒情诗(Lyric)是文学的精华的精华,颠不破的钻石,不论多小,磨不灭的光彩。我不重视我的小说。什么都没有做好的小诗难。[他背了莎士比亚"Tell me where is Fancy bred",朋琼生(Ben Jonson)的"Drink to me only with thine eyes"高兴的样子。]我说我爱他的诗因为它们不仅结构严密像建筑,同时有思想的血脉在流走,像有机的整体。我说了Organic这个字;他重复说了两遍:"Yes organic, yes organic: A poem ought to be a living thing①"。练习文字顶好学写诗;很多人从学诗写好散文,诗是文字的秘密。

他沈思了一响。"三十年前有朋友约我到中国去。他是一个教士,我的朋友,叫莫尔德,他在中国住了五十年,他回英国来时每回说话先想起中文再翻英文的!他中国什么都知道,他请我去,太不便了,我没有去。但是你们的文字是怎么一回事?难极了不是?为什么你们不丢了它,改用英文或法文,不方便吗?"哈代这话骇住了我。一个最认识各种语言的天才的诗人要我们丢掉几千年的文字!我与他辩难了一响,幸亏他也没有坚持。

说起我们共同的朋友;他又问起狄更生的近况,说他真是中国的朋友。我说我明天到康华尔去看罗素。谁?罗素?他没有加案语。我问起勃伦腾(Edmund Blunden),他说他从日本有信来,他是一个诗人。讲起麦雷(John M.Murry)他起劲了。"你认识麦雷?"他问。"他就住在这儿道骞斯德海边,他买了一所古怪的小屋子,正靠着海,怪极了的小屋子,什么时候那可以叫海给吞了去似的。他自己每天坐一部破车到镇上来买菜。他是有能干的。他会写。你也见过他从前的太太曼殊斐儿?他又娶了,你知道不?我说给你听麦雷的故事。曼殊斐儿死了,他悲伤得很,无聊极了,他办了他的报(我怕他的报维持不了),还是悲伤。好了,有一天有一个女的投稿几首诗,麦雷觉得有意思,

---

① 是的,有机的,说得对。一首诗应该是有活力的。

写信叫她去看他，她去看他，一个年轻的女子，两人说投机了，就结了婚，现在大概他不悲伤了。"

他问我那晚到那里去。我说到 Exeter 看教堂去，他说好的，他就讲建筑，他的本行。我问你小说里常有建筑师，有没有你自己的影子？他说没有。这时候梅雪出去了又回来，咻咻的爬在我的身上乱抓。哈代见我有些窘，就站起来呼开梅雪，同时说我们到园里去走走吧，我知道这是送客的意思。我们一起走出门绕到屋子的左侧去看花，梅雪摇着尾巴咻咻的跟着。我说哈代先生，我远道来你可否给我一点小纪念品。他回头见我手里有照相机，他赶紧他的步子急急的说，我不爱照相，有一次美国人来给了我很多的麻烦，我从此不叫来客照相，——我也不给我的笔迹（Autograph），你知道？他脚步更快了，微偻着背，腿微向外弯一摆一摆的走着，仿佛怕来客要强抢他什么东西似的！"到这儿来，这儿有花，我来采两朵花给你做纪念，好不好？"他俯身下去到花坛里去采了一朵红的一朵白的递给我，"你暂时插在衣襟上吧，你现在赶六点钟车刚好，恕我不陪你了，再会，再会——来，来，梅雪，梅雪……"老人扬了扬手，径自进门去了。

吝刻的老头，茶也不请客人喝一盅！但谁还不满足，得着了这样难得的机会！往古的达文謇，莎士比亚，葛德，拜伦，是不回来了的；——哈代！多远多高的一个名字！方才那头秃秃的背弯弯的腿屈屈的，是哈代吗？太奇怪了！那晚有月亮，离开哈代家五个钟头以后，我站在哀克刹脱教堂的门前玩弄自身的影子，心里充满着神奇。

曼殊斐儿

> 这心灵深处的欢畅,
> 这情绪境界的壮旷;
> 任天堂沈沦,地狱开放,
> 毁不了我内府的宝藏!
>
> ——《康河晚照即景》

　　美感的记忆,是人生最可珍的产业,认识美的本能是上帝给我们进天堂的一把秘钥。

　　有人的性情,例如我自己的,如以气候喻,不但是阴晴相间,而且常有狂风暴雨,也有最艳丽蓬勃的春光。有时遭逢幻灭,引起厌世的悲观,铅般的重压在心上,比如冬令阴霾,到处冰结,莫有些微生气;那时便怀疑一切:宇宙,人生,自我,都只是幻的妄的;人情,希望,理想,也只是妄的幻的。

> Ah, human nature, how,
> If utterly frail thou art and vile,
> If dust thou art and ashes, is thy heart so great?

If thou art noble in part,

How are thy loftiest impulses and thoughts

By so ignoble causes kindled and put out ?

"Sopra un ritratto di una bella donna. "①

　　这几行是最深入的悲观派诗人理巴第（Leopardi）的诗；一座荒坟的墓碑上，刻着冢中人生前美丽的肖像，激起了他这根本的疑问——若说人生是有理可寻的，何以到处只是矛盾的现象；若说美是幻的，何以引起的心灵反动能有如此之深切；若说美是真的，何以可以也与常物同归腐朽？但理巴第探海灯似的智力虽则把人间种种事物虚幻的外象一一褫剥了，连宗教都剥成了个赤裸的梦，他却没有力量来否认美！美的创现他只能认为是称奇的，他也不能否认高洁的精神恋，虽则他不信女子也能有同样的境界，在感美感恋最纯粹的一刹那间，理巴第不能不承认是极乐天国的消息，不能不承认是生命中最宝贵的经验，所以我每次无聊到极点的时候，在层冰般严封的心河底里，突然涌起一股消融一切的热流，顷刻间消融了厌世的凝晶，消融了烦闷的苦冻：那热流便是感美感恋最纯粹的一俄顷之回忆。

To see a world in a grain of sand,

And a Heaven in a wild flower,

Hold Infinity in the palm of your hand,

And eternity in an hour

Auguries of Innocence: William Blake

---

　　① 啊，人性，如果／你是脆弱与卑下／如果你是尘与灰，为何你的心却如此伟大／如果你部分是高尚的话／为何你最崇高的冲动和思想／想由如此卑贱的原因引起和扑灭？（最后一行疑为拉丁文。）

> 从一颗沙里看出世界,
> 天堂的消息在一朵野花,
> 将无限存在你的掌上,
> 刹那间涵有无穷的边涯……

这类神秘性的感觉,当然不是普遍的经验,也不是常有的经验,凡事只讲实际的人,当然嘲讽神秘主义,当然不能相信科学可解释的神经作用,会发生科学所不能解释的神秘感觉。但世上"可为知者道不可与不知者言"的事正多着哩!

从前在十六世纪,有一次有一个意大利的牧师学者到英国乡下去,见了一大片盛开的苜蓿(Clover)在阳光中竟同一湖欢舞的黄金,他只惊喜得手足无措,慌忙跪在地上,仰天祷告,感谢上帝的恩典,使他得见这样的美,这样的神景。他这样发疯似的举动当时一定招起在旁乡下人的哗笑,我这篇里要讲的经历,恐怕也有些那牧师狂喜的疯态,但我也深信读者里自有同情的人,所以我也不怕遭乡下人的笑话!

去年七月中有一天晚上,天雨地湿,我独自冒着雨在伦敦的海姆司堆特(Hampstead)问路警,问行人,在寻彭德街第十号的屋子。那就是我初次,不幸也是末次,会见曼殊斐儿——"那二十分不死的时间!"——的一晚。

我先认识麦雷君(John Middleton Murry),Athenaeum 的总主笔,诗人,著名的评衡家,也是曼殊斐儿一生最后十余年间最密切的伴侣。

他和她自一九一三年起,即夫妇相处,但曼殊斐儿却始终用她到英国以后的"笔名"Miss Katherine Mansfield。她生长于纽新兰(New Zealand),原名是 Kathleen Beanchamp,是纽新兰银行经理 Sir Harold Beanchamp 的女儿,她十五年前离开了本乡,同着她三个小妹子到英国,进伦敦大学院读书,她从小即以美慧著名,但身体也从小即很怯弱,她曾在德国住过,那时她写她的第一本小说"In a German Pension"。大战期内她在法国的时候多,近几年她也常在瑞士、意大利及法国南部。她常住外国,就为她身体太弱,禁不得英伦雾迷雨苦的天时,麦雷为了伴她,也只得把一部分的事业放弃(Athenaeum 之所以并入 London Nation 就为此),跟着他安琪儿似的爱妻,寻求健康。据说可怜的曼殊斐儿战后得了肺病证明以后,医生明说她不过三两年的寿限,所以麦雷和她相处有限的光阴,真是分秒可数,多见一次夕照,多经一度朝旭,她优昙似的余荣,便也消灭了如许的活力,这颇使人想起茶花女一面吐血一面纵酒恣欢时的名句:

You know I have no long to live, therefore I will live fast!——你知道我是活不久长的,所以我存心活他一个痛快!

我正不知道多情的麦雷,对着这艳丽无双的夕阳,渐渐消翳,心里"爱莫能助"的悲感,浓烈到何等田地!

但曼殊斐儿的"活他一个痛快"的方法,却不是像茶花女的纵酒恣欢,而是在文艺中努力;她像夏夜榆林中的鹃鸟,呕出缕缕的心血来制成无双的情曲,便唱到血枯音嘶,也还不忘她的责任,是牺牲自己有限的精力,替自然界多增几分的美,给苦闷的人间几分艺术化精神的安慰。

她心血所凝成的便是两本小说集,一本是"Bliss",一本是去年出版的"Garden Party"。凭这两部书里的二三十篇小说,她已经在英国的文学界里占了一个很稳固的位置,一般的小说只是小说,她的小说却是纯粹的文学,真的艺术;平常的作者只求暂时的流行,博群众的欢迎,她却只想留下几小块"时灰"掩不暗的真晶,只要得少数知音者的赞赏。

但惟其是纯粹的文学,她著作的光彩是深蕴于内而不是显露于外的,其趣味也须读者用心咀嚼,方能充分的理会,我承作者当面许可选译她的精品,如今她已去世,我更应珍重实行我翻译的特权,虽则我颇怀疑我自己的胜任。我的好友陈通伯他所知道的欧洲文学恐怕在北京比谁都更渊博些,他在北大教短篇小说,曾经讲过曼殊斐儿的,这很使我欢喜。他现在答应也来选择几篇,我更要感谢他了。关于她短篇艺术的长处,我也希望通伯能有机会说一点。

现在让我讲那晚怎样的会晤曼殊斐儿。早几天我和麦雷在 Charing Cross 背后一家嘈杂的 A.B.C. 茶店里,讨论英法文坛的状况。我乘便说起近几年中国文艺复兴的趋向,在小说里感受俄国作者的影响最深,他喜得几于跳了起来,因为他们夫妻最崇拜俄国的几位大家,他曾经特别研究过道施滔摩符斯基著有一本"Dostoyevsky: A Critical Study",曼殊斐儿又是私淑契高夫(Chekhov)(即契诃夫)的,他们常在抱憾俄国文学始终不曾受英国人相当的注意,因之小说的质与式,还脱不尽维多利亚时期的 Philistinism。我又乘便问起曼殊斐儿的近况,他说她这一时身体颇过得去,所以此次敢伴着她回伦敦来住两个星期,他就给了我他们的住址,请我星期四晚上去会她和他们的朋友。

所以我会见曼殊斐儿,真算是凑巧的凑巧。星期三那天我到惠尔斯(H.G.Wells)乡里的家去了(Easten Clebe),下一天和他的夫人一同回伦敦,那天雨下得很大,我记得回寓时浑身都淋湿了。

他们在彭德街的寓处,很不容易找(伦敦寻地方总是麻烦的,我恨极了那个回街曲巷的伦敦),后来居然寻着了,一家小小一楼一底的屋子,麦雷出来替我开门,我颇狼狈的拿着雨伞还拿着一个朋友还我的几卷中国字画。进了门,我脱了雨具。他让我进右首一间屋子,我到那时为止对于曼殊斐儿只是对一个有名的年轻女作家的景仰与期望;至于她的"仙姿灵态"我那时绝对没有想到,我以为她只是与 Rose Macaulay, Virginia Woolf, Roma Wilson, Mrs Lueas, Vanessa Bell

几位女文学家的同流人物。平常男子文学家与美术家，已经尽够怪僻，近代女子文学家更似乎故意养成怪僻的习惯，最显著的一个通习是装饰之务淡朴，务不入时，务"背女性"：头发是剪了的，又不好好的收拾，一团和糟的散在肩上；袜子永远是粗纱的；鞋上不是沾有泥就是带灰，并且大都是最难看的样式；裙子不是异样的短就是过分的长，眉目间也许有一两圈"天才的黄晕"，或是带着最可厌的美国式龟壳大眼镜，但她们的脸上却从不见脂粉的痕迹，手上装饰亦是永远没有的，至多无非是多烧了香烟的焦痕；哗笑的声音十次有九次半盖过同座的男子；走起路来也是挺胸凸肚的，再也辨不出是夏娃的后身；开起口来大半是男子不敢出口的话；当然最喜欢讨论的是 Freudian Complex, Birth Control 或是 George Moore 与 James Joyce 私人印行的新书，例如"A Story-teller's Holiday" "Ulysses"。总之她们的全人格只是一幅妇女解放的讽刺画。（Amy Lowell 听说整天的抽大雪茄！）和这一班立意反对上帝造人的本意的"惟智的"女子在一起，当然也有许多有趣味的地方。但有时总不免感觉她们矫揉造作的痕迹过深，引起一种性的憎忌。

  我当时未见曼殊斐儿以前，固然并没有预想她是这样一流的 Futuristic，但也绝对没有梦想到她是女性的理想化。

  所以我推进那房门的时候，我就盼望她——一个将近中年和蔼的妇人——笑盈盈的从壁炉前沙发上站起来和我握手问安。

  但房里———间狭长的壁炉对门的房——只见鹅黄色恬静的灯光，壁上炉架上杂色的美术的陈设和画件，几张有彩色画套的沙发围列在炉前，却没有一半个人影。麦雷让我一张椅上坐了，伴着我谈天，谈的是东方的观音和耶教的圣母，希腊的 Virgin Diana，埃及的 Isis，波斯的 Mithraism 里的 Virgin 等等之相仿佛，似乎处女的圣母是所有宗教里一个不可少的象征……我们正讲着，只听门上一声剥啄，接着进来了一位年轻的女郎，含笑着站在门口。"难道她就是曼殊斐儿——这样的年轻……"我心里在疑惑。她一头的褐色卷发，盖着一张小圆脸，眼极活泼，口也很灵动，配着一身极鲜艳的衣装——漆鞋，绿丝长袜，银红绸的上衣，酱紫的丝绒围裙——亭亭的立着，像一棵临风的郁金香。

麦雷起来替我介绍，我才知道她不是曼殊斐儿，而是屋主人，不知是密司 Beir，还是 Beek，我记不清了，麦雷是暂寓在她家的；她是个画家，壁挂的画，大都是她自己的，她在我对面的椅上坐了，她从炉架上取下一个小发电机似的东西拿在手里，头上又戴了一个接电话生戴的听箍，向我凑得很近的说话，我先还当是无线电的玩具，随后方知这位秀美的女郎，听觉和我自己的视觉仿佛，要借人为方法来补充先天的不足。（我那时就想起聋美人是个好诗题，对她私语的风情是不可能的了！）

她正坐定，外面的门铃大响——我疑心她的门铃是特别响些，来的是我在法兰先生（Roger Fry）家里会过的 Sydney Waterloo，极诙谐的一位先生，有一次他从他巨大的口袋里一连掏出了七八枝的烟斗，大的小的长的短的各种颜色的，叫我们好笑。他进来就问麦雷，迦赛林（Katherine）今天怎样。我竖起了耳朵听他的回答，麦雷说："她今天不下楼了，天太坏，谁都不受用……"华德鲁就问他可否上楼去看她，麦说可以的，华又问了密司 B 的允许站了起来，他正要走出门，麦雷又赶过去轻轻的说："Sydney, don't talk too much."

楼上微微听得出步响，W 已在迦赛林房中了。一面又来了两个客，一个短的 M 才从游希腊回来，一个轩昂的美丈夫，就是 London Nation and Athenaeum 里每周做科学文章署名 S 的 Sullivan，M 就讲他游希腊的情形，尽背着古希腊的史迹名胜，Parnassus 长 Mycenae 短讲个不住。S 也问麦雷迦赛林如何，麦说今晚不下楼，W 现在楼上。过了半点钟模样，W 笨重的足音下来了，S 就问他迦赛林倦了没有，W 说："不，不像倦，可是我也说不上，我怕她累，所以我下来了。"再等一歇，S

也问了麦雷的允许上楼去,麦也照样叮咛他不要让她乏了。麦问我中国的书画,我乘便就拿那晚带去的一幅赵之谦的"草书法画梅",一幅王觉斯的草书,一幅梁山舟的行书,打开给他们看,讲了些书法大意,密司 B 听得高兴,手捧着她的听盘,挨近我身旁坐着。

但我那时心里却颇有些失望,因为冒着雨存心要来一会 Bliss 的作者,偏偏她又不下楼;同时 W,S,麦雷的烘云托月,又增加了我对她的好奇心,我想运气不好,迦赛林在楼上,老朋友还有进房去谈的特权,我外国人的生客,一定是没有份的了,时已十时过半了,我只得起身告别,走出房门,麦雷陪出来帮我穿雨衣。我一面穿衣,一面说我很抱歉,今晚密司曼殊斐儿不能下来,否则我是很想望会她一面的。不意麦雷竟很诚恳的说:"如其你不介意,不妨请上楼去一见。"我听了这话喜出望外,立即将雨衣脱下,跟着麦雷一步一步的上楼梯……

上了楼梯,叩门,进房,介绍,S 告辞,和 M 一同出房,关门,她请我坐了,我坐下,她也坐下……这么一大串繁复的手续,我只觉得是像电火似的一扯过,其实我只推想应有这些的经过,却并不曾亲切的一一感到;当时只觉得一阵模糊,事后每次回想也只觉得是一阵模糊,我们平常从黑暗的街里走进一间灯烛辉煌的屋子,或是从光薄的屋子里出来骤然对着盛烈的阳光,往往觉得耀光太强,头晕目眩的,得定一定神,方能辨认眼前的事物。用英文说就是 Senses overwhelmed by excessive light,不仅是光,浓烈的颜色,有时也有"潮没"官觉的效能。我想我那时,虽不定是被曼殊斐儿人格的烈光所潮没,她房里的灯光陈设以及她自身衣饰种种各品浓艳灿烂的颜色,已够使我不预防的神经,感觉刹那间的淆惑,那是很可理解的。

她的房给我的印象并不清切,因为她和我谈话时不容我分心去认记房中的布置,我只知道房是很小,一张大床差不多就占了全房大部分的地位,壁是用画纸裱的,挂着好几幅油画大概也是主人画的,她和我同坐在床左贴壁一张沙发榻上。因为我斜倚她正坐的缘故,她似乎比我高得多。(在她面前那一个不是低的,真的!)我疑心那两盏电灯是用红色罩的,否则何以我想起那房,便联想起"红烛高烧"的景象!但背景究属不甚重要,重要的是给我最纯粹的美感的——The purest aesthetic feeling——她;是使我使用上帝给我那把进天堂的秘钥的——她;是使我灵魂的内府里又增加了一部宝藏的——她。但要用不驯服的文字来描写那晚的她,不要说显示她人格的精华,就是忠实的表现我当时的单纯感象,恐怕就够难的一个题目。从前有一个人一次做梦,进天堂去玩了,他异样的欢喜,明天一起身就到他朋友那里去,想描摹他神妙不过的梦境。但是,他站在朋友面前,结住舌头,一个字都说不出来,因为他要说的时候,才觉得他所学的人间适用的字句,绝对不能表现他梦里所见天堂的景色,他气得从此不开口,后来就抑郁而死,我此时妄想用字来活现出一个曼殊斐儿,也差不多有同样的感觉,但我却宁可冒狷渎神灵的罪,免得像那位诚实君子活活的闷死。

她的打扮与她的朋友 B 女士相像;也是铄亮的漆皮鞋,闪色的绿丝袜,枣红丝绒的围裙,嫩黄薄绸的上衣,领口是尖开的,胸前挂一串细珍珠,袖口只齐及肘弯。她的发是黑的,也同密司 B 一样剪短的,但她栉发的式样,却是我在欧美从没有见过的,我疑心她有心仿效中国式,因为她的发不但纯黑,而且直而不卷,整整齐齐的一圈,前面像我们十余年前的"刘海"梳得光滑异常,我虽则说不出所以然,但觉得她发之美也是生平所仅见。

至于她眉目口鼻之清之秀之明净,我其实不能传神于万一,仿佛你对着自然界的杰作,不论是秋月洗净的湖山,霞彩纷披的夕照,南洋里莹澈的星空,或是艺术界的杰作,培德花芬的沁芳南,槐格纳的奥配拉,米仡朗其罗的雕像,卫师德拉(Whistler)或是柯罗(Corot)的画;你只觉得他们整体的美,纯粹的美,完全的美,不能分析的美,可感不可说的美；你仿佛直接无碍的领会了造化最高明的意志，你在最伟大深刻的戟刺中经验了无限的欢喜，在更大的人格中解化了你的性灵。我看了曼殊斐儿像印度最纯澈的碧玉似的容貌，受着她充满了灵魂的电流的凝视，感着她最和软的春风似的神态，所得的总量我只能称之为一整个的美感。她仿佛是个透明体，你只感讶她粹极的灵澈性，却看不见一些杂质。就是她一身的艳服，如其别人穿着也许会引起琐碎的批评，但在她身上，你只是觉得妥贴，像牡丹的绿叶，只是不可少的衬托，汤林生，她生前的一个好友，以阿尔帕斯山巅万古不融的雪，来比拟她清极超俗的美，我以为很有意味的；他说：

> 曼殊斐儿以美称，然美固未足以状其真，世以可人为美，曼殊斐儿固可人矣，然何其脱尽尘寰气，一若高山琼雪，清澈重霄，其美可惊，而其凉亦可感，艳阳被雪，幻成异彩，亦明明可识，然亦似神境在远，不隶人间。曼殊斐儿肌肤明皙如纯牙，其官之秀，其目之黑，其颊之腴，其约发环整如鬃，其神态之闲静，有华族粲者之明粹，而无西艳伉杰之容。其躯体尤苗约，绰如也，若明蜡之静焰，若晨星之澹妙，就语者未尝不自讶其吐息之重浊，而虑是静且澹者之且神化……

汤林生又说她锐敏的目光，似乎直接透入你灵府深处，将你所蕴藏的秘密一齐照彻，所以他说她有鬼气，有仙气，她对着你看，不是见你的面之表，而是见你心之底，但她却不是侦刺你的内蕴，并不是有目的搜罗，而只是同情的体贴。你在她面前，自然会感觉对她无慎密的必要；你不说她也有数，你说了她也不会惊讶。她不会责备，她不会怂恿，她不会奖赞，她不会代你出什么物质利益的主意，她只是默默的听，听完了然后对你讲她自己超于美恶的见解——真理。

这一段从长期交谊中出来深入的话,我与她仅一二十分钟的接近当然不会体会到,但我敢说从她神灵的目光里推测起来,这几句话不但是可能,而且是极近情的。

所以我那晚和她同坐在蓝丝绒的榻上,幽静的灯光,轻笼住她美妙的全体,我像受了催眠似的,只是痴对她神灵的妙眼,一任她利剑似的光波,妙乐似的音浪,狂潮骤雨似的向着我灵府泼淹,我那时即使有自觉的感觉,也只似开茨(Keats)听鹃啼时的:

My heart aches, and a drowsy numbness pains
My sense, as though of hemlock I had drunk
…
"This not through envy of thy happy lot,
But being too happy in thy happiness."①

曼殊斐儿的声音之美,又是一个 Miracle。一个个音符从她脆弱的声带里颤动出来,都在我习于尘俗的耳中,启示着一种神奇的异境,仿佛蔚蓝的天空中一颗一颗的明星先后涌现。像听音乐似的,虽则明明你一生从不曾听过,但你总觉得好像曾经闻到过的,也许在梦里,也许在前生。她的,不仅引起你听觉的美感,而竟似直达你的心灵底里,抚摩你蕴而不宣的苦痛,温和你半冷半僵的希望,洗涤你窒碍性灵的俗累,增加你精神快乐的情调;仿佛凑住你灵魂的耳畔私语你平日所冥想不得的仙界消息。我便此时回想,还不禁内动感激的悲慨,几于零泪;她是去了,她的音声笑貌也似蜃彩似的一瞥不再,我只能学 Aft Vogler 之自慰,虔信:

---

① 我的心在痛,困顿麻木折磨着/我的知觉,我仿佛饮了毒药/……/这并非我嫉妒你的好运/而是你的快乐使我太欢悦。

Whose voice has gone forth, but each survives for the melodies when eternity affirms the conception of an hour.

…

Enough that he heard it once; we shall hear it by and by.[①]

曼殊斐儿,我前面说过,是病肺痨的,我见她时,正离她死不过半年,她那晚说话时,声音稍高,肺管中便如吹荻管似的呼呼作响。她每句语尾收顿时,总有些气促,颧颊间便也多添一层红润,我当时听出了她肺弱的音息,便觉得切心的难过,而同时她天才的兴奋,偏是逼迫她音度的提高,音愈高,肺嘶亦更呖呖,胸间的起伏亦隐约可辨,可怜!我无奈何,只得将自己的声音特别的放低,希冀她也跟着放低些,果然很灵效,她也放低了不少,但不久她又似内感思想的戟刺,重复节节的高引,最后我再也不忍因我而多耗她珍贵的精力,并且也记得麦雷再三叮嘱 W 与 S 的话,就辞了出来。总计我自进房至出房——她站在房门口送我——不过二十分的时间。

我与她所讲的话也很有意味,但大部分是她对于英国当时最风行的几个小说家的批评——例如 Riberea West, Romer Wilson, Hutchingson, Swinnerton 等——恐怕因为一般人不稔悉,那类简约的评语不能引起相当的兴味。麦雷自己是现在英国中年的评衡家最有学有识之一人,——他去年在牛津大学讲的"The Problem of Style"有人誉为安诺德(Mathew Arnold)以后评衡界里最重要的一部贡献——而他总常常推尊曼殊斐儿,说她是评衡的天才,有言必中肯的本能。所以我此刻要把她那晚随兴月旦的珠沫,略过不讲,很觉得有些可惜。她

[①] 她的声音已经飘逝,但对于作曲家来说,每个音符仍然存在,他会让一小时变成永恒……只要他听过一次就足够,我们就有机会再次听到。

说她方才从瑞士回来,在那边和罗素夫妇的寓处相距颇近,常常谈起东方好处,所以她原来对于中国的景仰,更一进而为爱慕的热忱。她说她最爱读 Arthur Waley 所翻的中国诗,她说那样的诗艺在西方真是一个 Wonderful Revelation。她说新近 Amy Lowell 译的很使她失望,她这里又用她爱用的短句——"That's not the thing!"她问我译过没有,她再三劝我应当试试,她以为中国诗只有中国人能译得好的。

她又问我是否也是写小说的,她又问中国顶喜欢契高夫的那几篇,译得怎么样,此外谁最有影响。

她问我最喜欢读那几家小说,我说哈代,康拉德,她的眉梢耸了一耸笑道——

"Isn't it! We have to go back to the old masters for good literature the real thing!"①

她问我回中国去打算怎么样,她希望我不进政治,她愤愤的说现代政治的世界,不论那一国,只是一乱堆的残暴和罪恶。

后来说起她自己的著作。我说她的太是纯粹的艺术,恐怕一般人反而不认识,她说:

"That's just it. Then of course, popularity is never the thing for us."②

我说我以后也许有机会试翻她的小说,愿意先得作者本人的许可。她很高兴的说她当然愿意,就怕她的著作不值得翻译的劳力。

她盼望我早日回欧洲,将来如到瑞士再去找她,她说怎样的爱瑞士风景,琴妮湖怎样的妩媚,我那时就仿佛在湖心柔波间与她荡舟玩景:

Clear, placid Leman!

---

① 不是吗?我们必须回到过去的大师那里,才能读到真正的文学。
② 确实如此。但是流行从来不是我们追求的东西。

…Thy soft murmuring sounds sweet as if a sister's voice reproved.

That I with stern delights should ever have been so moved……①

我当时就满口的答应,说将来回欧一定到瑞士去访她。

末了我说恐怕她已经倦了,深恨与她相见之晚,但盼望将来还有再见的机会,她送我到房门口,与我很诚挚的握别。

将近一月前,我得到消息说曼殊斐儿已经在法国的芳丹卜罗去世,这一篇文字,我早已想写出来,但始终为笔懒,延到如今,岂知如今却变了她的祭文了!

---

① 清澈平静的莱蒙湖啊/……你那温柔的波涛声/就像姐妹的责备声那样动听/对这样的严厉我从未如此快乐与感动过。

第四辑　落叶

我也听见窗外的风声，吹着一棵枣树上的枯叶，一阵一阵的掉下来，在地上卷着，沙沙的发响，有的飞出了外院去，有的留在墙角边转着，那声响真像是叹气。

秋

　　两年前，在北京，有一次，也是这么一个秋风生动的日子，我把一个人的感想比作落叶，从生命那树上掉下来的叶子。落叶，不错，是衰败和凋零的象征，它的情调几乎是悲哀的。但是那些在半空里飘摇，在街道上颠倒的小树叶儿，也未尝没有它们的妩媚，它们的颜色，它们的意味，在少数有心人看来，它们在这宇宙间并不是完全没有地位的。"多谢你们的摧残，使我们得到解放，得到自由。"它们仿佛对无情的秋风说。"劳驾你们了，把我们踹成粉，踩成泥，使我们得到解脱，实现消灭，"它们又仿佛对不经心的人们这么说。因为看着，在春风回来的那一天，这叫卑微的生命的种子又会从冰封的泥土里翻成一个新鲜的世界。它们的力量，虽则是看不见，可是不容疑惑的。

　　我那时感着的沈闷，真是一种不可形容的沈闷。它仿佛是一座大山，我整个的生命叫它压在底下。我那时的思想简直是毒的，我有一首诗，题目就叫《毒药》，开头的两行是——

　　　　今天不是，我唱歌的日子，我口边涎着狞恶的冷笑，不是我说笑的日子，我胸怀间插着发冷光的刀剑；相信我，我的思想是恶毒的，因为这世界是恶毒的，我的灵魂是黑暗的，因为太阳已经灭绝了光彩,我的声调,像是坟堆里的夜枭,因为人间已经杀尽了一切的和谐,我的口音,像是冤鬼责问他的仇人,因为一切的恩已经让路给一切的怨。

我借这一首不成形的咒诅的诗,发泄了我一腔的闷气,但我却并不绝望,并不悲观,在极深刻的沈闷的底里,我那时还摸着了希望。所以我在《婴儿》——那首不成形诗的最后一节——那诗的后段,在描写一个产妇在她生产的受罪中,还能含有希望的句子。

在我那时带有预言性的想象中,我想望着一个伟大的革命。因此我在那篇《落叶》的末尾,我还有勇气来对待人生的挑战,郑重的宣告一个态度,高声的喊一声"Everlasting Yea"。

"Everlasting Yea""Everlasting Yea",一年,一年,又过去了两年。这两年间我那时的想望实现了没有?那伟大的"婴儿"有出世了没有?我们的受罪取得了认识与价值没有?

我不知道,我不知道。我知道的还只是那一大堆丑陋的臃肿的沈闷,压得瘪人的沈闷,笼盖着我的思想,我的生命。它在我的经络里,在我的血液里。我不能抵抗,我再没有力量。

我们靠着维持我们生命的不仅是面包,不仅是饭,我们靠着活命的,是一个诗人的话,是情爱,敬仰心,希望。"We Live by love, admiration and hope"这话又包涵一个条件,就是说这世界这人类是能承受我们的爱,值得我们的敬仰,容许我们的希望的。但现代是什么光景?人性的表现,我们看得见听得到的,到底是怎么回事?我想我们都不是外人,用不着掩饰,实在也无从掩饰,这里没有什么人性的表现,除了丑恶,下流,黑暗。太丑恶了,我们火热的胸膛里有爱不能爱,太下流了,我们有敬仰心不能敬仰,太黑暗了,我们要希望也无从希望。太阳给天狗吃了去,我们只能在无边的黑暗中沈默着,永远的沈默着！这仿佛是经过一次强烈的地震的悲惨,思想,感情,人格,全给震成了无可收拾的断片,也不成系统,再也不得连贯,再也没有发见。但你们在这个时候要我来讲话,这使我感到一种异样的难受。难受,因为我自身的悲惨。难受,尤其因为我感到你们的邀请不止是一个寻常讲演的邀请,你们来邀我,当然不是要什么现成的主义,那我是外行,也不为什么专门的学识,那我是草包,你们明知我是一个诗人,他的家当,除了几座空中的楼阁,至多只是一颗热烈的心。你们邀我来也许在你们中间也有同我一样感到这时代的悲哀,一种不可解脱不能摆脱的况味,所以要我这同是这悲哀沈闷中的同志来,希冀万一,可以给你们打几个幽默的比喻,说一点笑话,给一点子安慰,有这么小小的一半个时辰,彼此可以在同情的温暖中忘却了时间的冷酷。因此我踌躇,我来怕没有什么交代,不来又于心不安。我也曾想选几个离着实际的人生较远些的事儿来和你们谈谈,但是相信我,朋友们,这念头是枉然的,因为不论你思想的起点是星光是月是蝴蝶,只一转身,又逢着了人生的基本问题,冷森森的竖着像是几座拦路的墓碑。

不,我们躲不了它们:关于这时代人生的问号,小的,大的,歪的,正的,像蝴蝶的绕满了我们的周遭。正如在两年前它们逼迫我宣告一个坚决的态度,今天它们还是逼迫着要我来表示一个坚决的态度。也好,我想,这是我再来清理一次我的思想的机会,在我们完全没有能力解决人生问题时,我们只能承认失败。但我们当前的问题究竟是些什么?如其它们有力量压倒我们,我们至少也得抬起头来认一认我们敌人的面目。再说譬如医病,我们先得看清是什么病而后用药,才可以有希望治病。说我们是有病,那是无可置疑的。但病在那一部,最重要的征候是什么,我们却不一定答得上。至少,各人有各人的答案,决不会一致的。就说这时代的烦闷:烦闷也不能凭空来的不是?它也得有种种造成它的原因，它到底是怎么回事，我们也得查个明白。换句话说，我们先得确定我们的问题，然后再试第二步的解决。也许在分析我们病症的研究中，某种对症的医法，就会不期然的显现。我们来试试看。

说到这里，我们可以想象一班乐观派的先生们冷眼的看着我们好笑。他们笑我们无事忙，谈什么人生，谈什么根本问题。人生根本就没有问题，这都是那玄学鬼钻进了懒惰人的脑筋里在那里不相干的捣玄虚来了！做人就是做人，重在这做字上。你天性喜欢工业，你去找工程事情做去就得。你爱谈整理国故，你寻你的国故整理去就得。工作，更多的工作，是惟一的福音。把你的脑力精神一齐放在你愿意做的工作上，你就不会轻易发挥感伤主义，你就不会无病呻吟，你只要尽力去工作，什么问题都没有了。

这话初听倒是又生辣又干脆的，本来末，有什么问题，做你的工好了，何必自寻烦恼！但是你仔细一想的时候，这明白晓畅的福音还是有漏洞的。固然这时代很多的呻吟只是懒鬼的装病，或是虚幻的想象，但我们因此就能说这时代本来是健全的，所谓病痛所谓烦恼无非是心理作用了吗？固然当初德国有一个大诗人，他的伟大的天才使他在什么心智的活动中都找到趣味，他在科学实验室里工作得厌倦了，他就跑出来带住一个女性就发迷，西洋人说的"跌进了恋爱"；回头他又厌倦了或是失恋了，只一感到烦恼，或悲哀的压迫，他又赶快飞进了他的实验室，关上了门，也关上了他自己的感情的门，又潜心他的科学研究去了。在他，所谓工作确是一种救济，一种关栏，一种调剂，但我们怎能比得？我们一班青年感情和理智还不能分清的时候，如何能有这样伟大的克制的工夫？所以我们还得来研究我们自身的病痛，想法可能的补救。

并且这工作论是实际上不可能的。因为假如社会的组织，果然能容得我们各人从各人的心愿选定各人的工作并且有机会继续从事这部分的工作，那还不是一个黄金时代？"民各乐其业，安其生。"还有什么问题可谈的？现代是这样一个时候吗？商人能安心做他的生意，学生能安心读他的书，文学家能安心做他的文学吗？正因为这时代从思想起，什么事情都颠倒了，混乱了，所以才会发生这普通的烦闷病，所以才有问题，否则认真吃饱了饭没有事做，大家甘心自寻烦恼不成。

我们来看看我们的病症。

第一个显明的症候是混乱。一个人群社会的存在与进行是有条件的。这条件是种种体力与智力的活动的和谐的合作，在这诸种活动中的总线索，总指挥，是无形迹可寻的思想，我们简直可以说哲理的思想，它顺着时代或领着时代规定人类努力的方面，并且在可能时给它一种解释，一种价值的估定与意义的发见。思想是一个使命，是引导人类从非意识的以至无意识的活动进化到有意识的活动，这点子意识性的认识与觉悟，是人类文化史上最光荣的一种胜利，也是最透彻的一种快乐。果然是这部分哲理的思想，统辖得住这人群社会全体的活动，这社会就上了正轨；反面说，这部分思想要是失去了它那总指挥的地位，那就坏了，种种体力和智力的活动，就随时随地有发生冲突的可能，这重心的抽去是种种不平衡现象主要的原因。现在的中国就吃亏在没有了这个重心，结果什么都豁了边，都不合适了。我们这老大国家，说也可惨，在这百年来，根本就没有思想可说。从安逸到宽松，从怠惰到着忙，从着忙到瞎闯，从瞎闯到混乱，这几个形容词我想可以概括近百年来中国的思想史，——简单说，它完全放弃了总指挥的地位，没有了统系，没有了目标，没有了和谐，结果是现代的中国：一团混乱。

混乱，混乱，那儿都是的。因为思想的无能，所以引起种种混乱的现象，这是一步。再从这种种的混乱，更影响到思想本体，使它也传染了这混乱。好比一个人因为身体软弱才受外感，得了种种的病，这病的蔓延又回过来销蚀病人有限的精力，使他变成更软弱了，这是第二步。经济，政治，社会，那儿不是蹊跷，那儿不是混乱？这影响到个人方面是理智与感情的不平衡，感情不受理智的节制就是意气，意气永远是浮的，浅的，无结果的；因为意气占了上风，结果是错误的活动。为了不曾辨认清楚的目标，我们的文人变成了政客，研究科学的，做了非科学的官，学生抛弃了学问的寻求，工人做了野心家的牺牲。这种种混乱现象影响到我们青年是造成烦闷心理的原因的一个。

这一个征候——混乱——又过渡到第二个征候——变态。什么是人群社会的常态？人群是感情的结合。虽则尽有好奇的思想家告诉我们人是互杀互害的，或是人的团结是基本于怕惧的本能，虽则就在有秩序上轨道的社会里，我们也看得见恶性的表现，我们还是相信社会的纪纲是靠着积极的感情来维系的。这是说在一常态社会天平上，情爱的分量一定超过仇恨的分量，互助的精神一定超过互害互杀的现象。但在一个社会没有了负有指导使命的思想的中心的情形之下，种种离奇的变态的现象，都是可能产生的了。

一个社会不能供给正常的职业时，它即使有严厉的法令，也不能禁止盗匪的横行。一个社会不能保障安全，奖励恒业恒心，结果原来正当的商人，都变成了拿妻子生命财产来做买空卖空的投机家。我们只要翻开我们的日报，就可以知道这现代的社会是常态是变态。笼统一点说，他们现在只有两个阶级可分，一个是执行恐怖的主体，强盗，军队，土匪，绑匪，政客，野心的政治家，所有得势的投机家都是的，他们实行的，不论明的暗的，直接间接都是一种恐怖主义。还有一个是被恐怖的。

前一阶级永远拿着杀人的利器或是类似的东西在威吓着，压迫着，要求满足他们的私欲，后一阶级永远在地上爬着，发着抖，喊救命，这不是变态吗？这变态的现象表现在思想上就是种种荒谬的主义离奇的主张。笼统说，我们现在听得见的主义主张，除了平庸不足道的，大都是计算领着我们向死路上走的。这不是变态吗？

这种种的变态现象影响到我们青年，又是造成烦闷心理的原因的一个。

这混乱与变态的观众又协同造成了第三种的现象——一切标准的颠倒。人类的生活的条件，不仅仅是衣食住；"人之异于禽兽者几希"，我们一讲到人道，就不能脱离相当的道德观念。这比是无形的空气，他的清鲜是我们健康生活的必要条件。我们不能没有理想，没有信念，我们真生命的寄托决不在单纯的衣食间。我们崇拜英雄——广义的英雄——因为在他们事业上表现的品性里，我们可以感到精神的满足与灵感，鼓舞我们更高尚的天性，勇敢的发挥人道的伟大。你崇拜你的爱人，因为她代表的是女性的美德。你崇拜当代的政治家，因为他们代表的是无私心的努力。你崇拜思想家，因为他们代表的是寻求真理的勇敢。这崇拜的涵义就是标准。时代的风尚尽管变迁，但道义的标准是永远不动摇的。这些道义的准则，我们向时代要求的是随时给我们这些道义准则的具体的表现。仿佛是在渺茫的人生道上给悬着几颗照路的明星。但现在给我们的是什么？我们何尝没有热烈的崇拜心？我们何尝不在这一件那一件事上，或是这一个人物那一个人物的身上安放过我们迫切的期望。但是，但是，还用我说吗！有那一件事不使我们重大的迷惑，失望，悲伤？说到人的方面，那有比普通的人格的破产更可悲悼的？在不知那一种魔鬼主义的秋风里，我们眼见我们心目中的偶像败叶似的一个个全掉了下来！眼见一个个道义的标准，都叫丑恶的人格给沾上了不可清洗的污秽！标准是没有了的。这种种道德方面人格方面颠倒的现象，影响到我们青年，又是造成烦闷心理的原因的一个。

跟着这种种症候还有一个惊心的现象，是一般创作活动的消沈，这也是当然的结果。因为文艺创作活动的条件是和平有秩序的社会状态，常态的生活，以及理想主义的根据。我们现在却只有混乱，变态，以及精神生活的破产。这仿佛是拿毒药放进了人生的泉源，从这里流出来的思想，那还有什么真善美的表现？

这时代病的症候是说不尽的，这是最复杂的一种病，但单就我们上面说到的几点看来，我们似乎已经可以采得一点消息，至少我个人是这么想。——那一点消息就是生命的枯窘，或是活力的衰耗。我们所以得病是为我们生活的组织上缺少了思想的重心，它的使命是领导与指挥。但这又为什么呢？我的解释，是我们这民族已经到了一个活力枯窘的时期。生命之流的本身，已经是近于干涸了；再加之我们现得的病，又是直接克伐生命本体的致命症候，我们怎能受得住？这话可又讲远了，但又不能不从本原上讲起。我们第一要记得我们这民族是老得不堪的一个民族。我们知道什么东西都有它天限的寿命；一种树只能青多少年，过了这期限就得衰，一种花也只能开几度花，过此就为死（虽则从另一种看法，它们都是永生的，因为它们本身虽得死，它们的种子还是有机会继续发长）。我们这棵树在人类的树林里，已经算得是寿命极长的了。我们的血统比较又是纯粹的，就连我们的近邻西藏满蒙的民族都等于不和我们混合。还有一个特点是我们历来因为四民制的结果，士之子恒为士，商之子恒为商，思想这任务完全为士民阶级的专利，又因为经济制度的关系，活力最充足的农民简直没有机会读书，因为士民阶级形成了一种孤单的地位。我们要知道知识是一种堕落，尤其从活力的观点看，这士民阶级是特别堕落的一个阶级，再加之我们旧教育观念的偏窄，单就知识论，我们思想本能活动的范围简直是荒谬的狭小。我们只有几本书，一套无生命的陈腐的文学，是我们惟一的工具。这情形就比是本来是一个海湾，和大海是相通的，但后来因为沙地的胀起，这一湾水渐渐隔离它所从来的海，而变成了湖。这湖原先也许还承受得着几股山水的来源,但后来又经过陵谷的变迁,这部分的来源也断绝了,结果这湖又干成一只小潭,乃至一小潭的止水,长满了青苔与萍梗,钝迟迟的眼看得见就可以完全干涸了去的一个东西。这是我们受教育的士民阶级的相仿情形。现在所谓知识亦无非是这潭死水里的比较泥草松动些风来还多少吹得皱的一洼臭水,别瞧它矜矜自喜,可怜它能有多少前程?还能有多少生命?

所以我们这病,虽则症候不止一种,虽然看来复杂,归根只是中医所谓气血两亏的一种本原病。我们现在所感觉的烦闷,也只见沈浸在这一洼离死不远的臭水里的气闷,还有什么可说的?水因为不流所以滋生了草,这水草的胀性,又帮助浸干这有限的水。同样的,我们的活力因为断绝了来源,所以发生了种种本原性的病症,这些病又回过来侵蚀本源,帮助消尽这点仅存的活力。

病性既是如此,那不是完全绝望了吗?

那也不是这么容易。一棵大树的凋零,一个民族的衰歇,也不是一朝一夕的事儿。我们当然还是要命。只是怎么要法,是我们的问题。我说过我们的病根是在失去了思想的重心,那又是原因于活力的单薄。在事实上,我们这读书阶级形成了一种极孤单的状况,一来因为阶级关系它和民族里活力最充足的农民阶级完全隔绝了,二来因为畸形教育以及社会的风尚的结果,它在生活方面是极端的城市化,腐化,奢侈化,惰化,完全脱离了大自然健全的影响变成自蚀的一种蛀虫,在智力活动方面,只偏向于纤巧的浅薄的诡辩的乃至于程式化的一道,再没有创造的力量的表示,渐次的完全失去了它自身的尊严以及统辖领导全社会活动的无上的权威。这一没有了统帅,种种紊乱的现象就都跟着来了。

这畸形的发展是值得寻味的。一方面你有你的读书阶级,中了过度文明的毒,一天一天往腐化僵化的方向走,但你却不能否认它智力的发达，只因为道义标准的颠倒以及理想主义的缺乏，它的活动也全不是在正理上。就说这一堂的翩翩年少——尤其是文化最发旺的江浙的青年，十个里有九个是弱不禁风的。但问题还不全在体力的单薄，尤其是智力活动本身是有了病，它只有毒性的戟刺，没有健全的来源，没有天然的滋养。纤巧的新奇的思想不是我们需要的，我们要的是从丰满的生命与强健的活力里流露出来纯正的健全的思想，那才是有力量的思想。

同时我们再看看占我们民族十分之八九的农民阶级。他们生活的简单，脑筋的简单，感情的简单，意识的疏浅，文化的定位，几于使他们形成一种仅仅有生物作用的人类。他们的肌肉是发达的，他们是能工作的，但因为教育的不普及，他们智力的活动简直的没有机会，结果按照生物学的公例，因无用而退化，他们的脑筋简直不行了的。乡下的孩子当然比城市的孩子不灵，粗人的子弟当然比不上书香人的子弟，这是一定的。但我们现在为救这文化的性命，非得赶快就有健全的活力来补充我们受足了过度文明的毒的读书阶级不可。也有人说这读书阶级是不可救药的了，希望如其有，是在我们民族里还未经开化的农民阶级。我的意思是我们应得利用这部分未开凿的精力来补充我们开凿过分的士民阶级。讲到实施，第一得先打破这无形的阶级界限以及省分界限。通婚和婚是必要的，比较的说，广东，湖南乃至北方人比江浙人健全得多，乡下人比城里人健全得多，所以江浙人和北方人非得尽量的通婚，城市人非得与农人尽量的通婚不可。但是这话说着容易，实际上是极困难的。讲到结婚，谁愿意放弃自身的艳福，为的是渺茫的民族的前途上，那一个翩翩的少年甘心放着窈窕风流的江南女郎不要，而去乡村找粗蠢的大姑娘作配，谁肯不就近结识血统逼近的姨妹表妹乃至于同学妹，而肯远去异乡到口音不相通的外省人中间去寻配偶？这是难的，我知道。但希望并不见完全没有——这希望完全是在教育上。第一我们得赶快认清这时代病无非是一种本原病，什么混乱的变态的现象，都无非是显示生命的缺乏。这种种病，又都就是直接克伐生命的，所以我们为要文化与思想的健全，不能不想方法开通路子，使这几洼孤立的呆定的死水重复得到天然泉水的接济，重复灵活起来，一切的障碍与淤塞自然会得消灭——思想非得直接从生命的本体里热烈的迸裂出来才有力量，才是力量。这过度文明的人种非得带它回到生命的本源上去不可，它非得重新生过根不可。按着这个目标，我们在教育上就不能不极力推广教育的机会到健全的农民阶级里去，同时奖励阶级间的通婚。假如国家的力量可以干涉到个人婚姻的话，我们尽可以用强迫的方法叫你们这些翩翩的少年都去娶乡下大姑娘子，而同时把我们窈窕风流的女郎去嫁给农民做媳妇。况且谁都知道，我们现在择偶的标准本身就是不健全的。女人要嫁给金钱，奢侈，虚荣，女性的男子；男人的口味也是同样的不妥当。什么都是不健全的，喔，这毒气充塞的文明社会！在我们理想实现的那一天，我们这文化如其有救的话，将来的青年男女一定可以兼有士民与农民的特长，体力与智力得到均平的发展，从这类健全的生命树上，我们可以盼望吃得着美丽鲜甜的思想的果子！

至于我们个人方面，我也有一部分的意见，只是今天时光局促了怕没有机会发挥，但总结一句话，我们要认清我们是什么病，这病毒是在我们一个个你我的身体上，血液里，无容讳言的。只要我们不认错了病多少总有办法。我的意见是要多多接近自然，因为自然是健全的纯正的影响，这里面有无穷尽性灵的滋养与启发与灵感。这完全靠我们各个自觉的修养。我们先得要立志不做时代和时光的奴隶，我们要做我们思想和生命的主人，这暂时的沈闷决不能压倒我们的理想，我们正应得感谢这深刻的沈闷，因为在这里，我们才感悟着一些自度的消息,如我方才说的,我们还是得努力,我们还是得坚持,我们的态度是积极的。正如我两年前《落叶》的结束是喊一声 Everlasting Yea,我今天还是要你们跟着我来喊一声 Everlasting Yea!

一九二九年秋在上海暨南大学讲演稿

落　叶

前天你们查先生来电话要我讲演，我说但是我没有什么话讲，并且我又是最不耐烦讲演的。他说：你来吧，随你讲，随你自由的讲，你爱说什么就说什么。我们这里你知道这次开学情形很困难，我们学生的生活很枯燥很闷，我们要你来给我们一点活命的水。这话打动了我。枯燥，闷，这我懂得。虽则我与你们诸君是不相熟的，但这一件事实，你们感觉生活枯闷的事实，却立即在我与诸君无形的关系间，发生了一种真的深切的同情。我知道烦闷是怎么样一个不成形不讲情理的怪物，他来的时候，我们的全身仿佛被一个大蜘蛛网盖住了，好容易挣出了这条手臂，那条又叫粘住了。那是一个可怕的网子。我也认识生活枯燥，他那可厌的面目，我想你们也都很认识他。他是无所不在的，他附在各个人的身上，他现在各个人的脸上。你望望你的朋友去，他们的脸上有他，你自己照镜子去，你的脸上，我想，也有他，可怕的枯燥，好比是一种毒剂，他一进了我们的血液，我们的性情，我们的皮肤就变了颜色，而且我怕是离着生命远，离着坟墓近的颜色。

我是一个信仰感情的人，也许我自己天生就是一个感情性的人。比如前几天西风到了，那天早上我醒的时候是冻着才醒过来的，我看着纸窗上的颜色比往常的淡了，我被窝里的肢体像是浸在冷水里似的，我也听见窗外的风声,吹着一棵枣树上的枯叶,一阵一阵的掉下来,在地上卷着,沙沙的发响,有的飞出了外院去,有的留在墙角边转着,那声响真像是叹气。我因此就想起这西风,冷醒了我的梦,吹散了树上的叶子,他那成绩在一般饥荒贫苦的社会里一定格外的可惨。那天我出门的时候,果然见街上的情景比往常不同了;穷苦的老头小孩全躲在街角上发抖;他们迟早免不了树上枯叶子的命运。那一天我就觉得特别的闷,差不多发愁了。

因此我听着查先生说你们生活怎样的烦闷,怎样的干枯,我就很懂得,我就愿意来对你们说一番话。我的思想——如其我有思想——永远不是成系统的。我没有那样的天才。我的心灵的活动是冲动性的,简直可以说痉挛性的。思想不来的时候,我不能要他来,他来的时候,就比如穿上一件湿衣,难受极了,只能想法子把他脱下。我有一个比喻,我方才说起秋风里的枯叶;我可以把我的思想比作树上的叶子,时期没有到,他们是不很会掉下来的;但是到时期了,再要有风的力量,他们就只能一片一片的往下落;大多数也许是已经没有生命了的,枯了的,焦了的,但其中也许有几张还留着一点秋天的颜色,比如枫叶就是红的,海棠叶就是五彩的。这叶子实用是绝对没有的;但有人,比如我自己,就有爱落叶的癖好。他们初下来时颜色有很鲜艳的,但时候久了,颜色也变,除非你保存得好。所以我的话,那就是我的思想,也是与落叶一样的无用,至多有时有几痕生命的颜色就是了。你们不爱的尽可以随意的踩过,绝对不必理会;但也许有少数人有缘分的,不责备他们的无用,竟许会把他们捡起来揣在怀里,夹在书里,想延留他们幽澹的颜色。感情,真的感情,是难得的,是名贵的,是应当共有的;我们不应得拒绝感情,或是压迫感情,那是犯罪的行为,与压住泉眼不让上冲,或是掐住小孩不让喘气一样的犯罪。人在社会里本来是不相连续的个体。感情,先天的与后天的,是一种线索,一种经纬，把原来分散的个体织成有文章的整体。但有时线索也有破烂与涣散的时候。所以一个社会里必须有新的线索继续的产出，有破烂的地方去补，有涣散的地方去拉紧，才可以维持这组织大体的匀整，有时生产力特别加增时，我们就有机会或是推广，或是加添我们现有的面积，或是加密，像网球板穿双线似的，我们现成的组织，因为我们知道创造的势力与破坏的势力，建设与溃败的势力，上帝与撒旦的势力，是同时存在的。这两种势力是在一架天平上比着；他们很少平衡的时候，不是这头沈，就是那头沈。是的，人类的命运是在一架大天平上比着，一个巨大的黑影，那是我们集合的化身，在那里看着，他的手里满拿着分两的砝码，一会往这头送，一会又往那头送，地球尽转着，太阳，月亮，星，轮流的照着，我们的运命永远是在天平上称着。

　　我方才说网球拍，不错，球拍是一个好比喻。你们打球的知道网拍上那里几根线是最吃重最要紧，那几根线要是特别有劲的时候，不仅你对敌时拉球，抽球，拍球格外来的有力，出色，并且你的拍子也就格外的经用，少数特强的分子保持了全体的匀整。这一条原则应用到人道上，就是说，假如我们有力量加密，加强我们最普通的同情线，那线如其穿连得到所有跳动的人心时，那时我们的大网子就坚实耐用，天津人说的，就有根。不问天时怎样的坏，管他雨也罢，云也罢，霜也罢，风也罢，管他水流怎样的急，我们假如有这样一个强有力的大网子，那怕不能在时间无尽的洪流里——早晚网起无价的珍品，那怕不能在我们运命的天平上重重的加下创造的生命的分量？

　　所以我说真的感情，真的人情，是难能可贵的，那是社会组织的基本成分。初起也许只是一个人心灵里偶然的震动，但这震动，不论怎样的微弱，就产生了及远的波纹；这波纹要是唤得起同情的反应时，原来细的便拼成了粗的，原来弱的便合成了强的，原来脆性的便结成了韧性的，像一缕缕的苎麻打成了粗绳似的；原来只是微波，现在掀成了大浪，原来只是山罅里的一股细水，现在流成了滚滚的大河，向着无边的海洋里流着。比如耶稣在山头上的训道（Sermon on the Mount）还不是有限的几句话，但这一篇短短的演说，却制定了人类想望的止境，建设了绝对的价值的标准，创造了一个纯粹的完全的宗教。那是一件大事实，人类历史上一件最伟大的事实。再比如释迦牟尼感悟了生老病死的究竟，发大慈悲心，发大勇猛心，发大无畏心，抛弃了他人间的地位，富与贵，家庭与妻子，直到深山里去修道，结果他也替苦闷的人间打开了一条解放的大道，为东方民族的天才下一个最光华的定义。那又是人类历史上的一件奇迹。但这样大事的起源还不止是一个人的心灵里偶然的震动，可不仅仅是一滴最透明的真挚的感情滴落在黑沈沈的宇宙间？

感情是力量，不是知识。人的心是力量的府库，不是他的逻辑。有真感情的表现，不论是诗是文是音乐是雕刻或是画，好比是一块石子掷在平面的湖心里，你站着就看得见他引起的变化。没有生命的理论，不论他论的是什么理，只是拿石块扔在沙漠里，无非在干枯的地面上添一颗干枯的分子，也许掷下去时便听得出一些干枯的声响，但此外只是一大片死一般的沈寂了。所以感情才是成江成河的水泉，感情才是织成大网的线索。

但是我们自己的网子又是怎么样呢？现在时候到了，我们应当张大了我们的眼睛，认明白我们周围事实的真相。我们已经含糊了好久，现在再不容含糊的了。让我们来大声的宣布我们的网子是坏了的，破了的，烂了的；让我们痛快的宣告我们民族的破产，道德，政治，社会，宗教，文艺，一切都是破产了的。我们的心窝变成了蠹虫的家，我们的灵魂里住着一个可怕的大谎！那天平上沈着的一头是破坏的重量，不是创造的重量；是溃败的势力，不是建设的势力；是撒旦的魔力，不是上帝的神灵。霎时间这边路上长满了荆棘，那边道上涌起了洪水，我们头顶有骇人的声音,是雷霆还是炮火呢?我们周围有一哭声与笑声,哭是我们的灵魂受污辱的悲声,笑是活着的人们疯魔了的狞笑,那比鬼哭更听得可怕,更凄惨。我们张开眼来看时,差不多更没有一块干净的土地,那一处不是叫鲜血与眼泪冲毁了的;更没有平安的所在,因为你即使忘得了外面的世界,你还是躲不了你自身的烦闷与苦痛。不要以为这样混沌的现象是原因于经济的不平等,或是政治的不安定,或是少数人的放肆的野心。这种种都是空虚的,欺人自欺的理论,说着容易,听着中听,因为我们只盼望脱卸我们自身的责任,只要不是我的分,我就有权利骂人。但这是,我着重的说,懦怯的行为;这正是我说的我们各个人灵魂里躲着的大谎!你说少数的政客,少数的军人,或是少数的富翁,是现在变乱的原因吗?我现在对你说:先生,你错了,你很大的错了,你太恭维了那少数人,你太瞧不起你自己。让我们一致的来承认,在太阳普遍的光亮底下承认,我们各个人的罪恶,各个人的不洁净,各个人的苟且与懦怯与卑鄙!我们是与最肮脏的一样的肮脏,与最丑陋的一般的丑陋,我们自身就是我们运命的原因。除非我们能起拔了我们灵魂里的大谎,我们就没有救度;我们要把祈祷的火焰把那鬼烧净了去,我们要把忏悔的眼泪把那鬼冲洗了去,我们要有勇敢来承当罪恶;有了勇敢来承当罪恶,方有胆量来决斗罪恶。再没有第二条路走。如其你们可以容恕我的厚颜,我想念我自己近作的一首诗给你们听,因为那首诗,正是我今天讲的话的更集中的表现:

毒药

今天不是我歌唱的日子,我口边涎着狞恶的微笑,不是我说笑的日子,我胸怀间插着发冷光的利刃;相信我,我的思想是恶毒的,因为这世界是恶毒的。我的灵魂是黑暗的,因为太阳已经灭绝了光彩,我的声调是像坟堆里的夜鸮,因为人间已经杀尽了一切的和谐,我的

口音像是冤鬼责问他的仇人,因为一切的恩已经让路给一切的怨;

但是相信我。真理是在我的话里,虽则我的话像是毒药。真理是永远不含糊的,虽则我的话里仿佛有两头蛇的舌,蝎子的尾尖,蜈蚣的触须;只因为我的心里充满着比毒药更强烈,比咒诅更狠毒,比火焰更猖狂,比死更深奥的不忍心与怜悯心与爱心,所以我说的话是毒性的,咒诅的,燎灼的,虚无的;

相信我,我们一切的准绳已经埋没在珊瑚土打紧的墓宫里,你们最劲洌的祭肴的香味也穿不透这严封的地层:一切的准则是死了的;

我们一切的信心像是顶烂在树枝上的风筝,我们手里擎着这迸断了的鹞线:一切的信心是烂了的;

相信我,猜疑的巨大的黑影,像一块乌云似的,已经笼盖着人间一切的关系:人子不再悲哭他新死的亲娘,兄弟不再来携着他姊妹的手,朋友变成了寇仇,看家的狗回头来咬他主人的腿:是的,猜疑淹没了一切;

在路旁坐着啼哭的,在街心里站着的,在你窗前探望的,都是被奸污的处女:池潭里只见些烂破的鲜艳的荷花;

在人道恶浊的涧水里流着,浮荇似的,五具残缺的尸体,他们是仁义礼智信,向着时间无尽的海澜里流去;

这海是一个不安静的海,波涛狰狞的翻着,在每个浪头的小白帽上分明的写着人欲与兽性;

到处是奸淫的现象:贪心搂抱着正义,猜忌逼迫着同情,懦怯狎亵着勇敢,肉欲侮弄着恋爱,暴力侵凌着人道,黑暗践踏着光明;

听呀,这一片淫猥的声响,听呀,这一片残暴的声响;

虎狼在热闹的市街里,强盗在你们妻子的床上,罪恶在你们深奥的灵魂里……

白　旗

　　来，跟着我来，拿一面白旗在你们的手里——不是上面写着激动怨毒，鼓励残杀字样的白旗，也不是涂着不洁净血液的标记的白旗，也不是画着忏悔与咒语的白旗（把忏悔画在你们的心里）；

　　你们排列着，噤声的，严肃的，像送丧的行列，不容许脸上留存一丝的颜色，一毫的笑容，严肃的，噤声的，像一队决死的兵士；

　　现在时辰到了，一齐举起你们手里的白旗，像举起你们的心一样，仰看着你们头顶的青天，不转瞬的，惶恐的，像看着你们自己的灵魂一样；

　　现在时辰到了，你们让你们熬着，壅着，迸裂着，滚沸着的眼泪流，直流，狂流，自由的流，痛快的流，尽性的流，像山水出峡似的流，像暴雨倾盆似的流……

　　现在时辰到了，你们让你们咽着，压迫着，挣扎着，汹涌着的声音嚎，直嚎，狂嚎，放肆的嚎，凶狠的嚎，像飓风在大海波涛间的嚎，像你们丧失了最亲爱的骨肉时的嚎……

　　现在时辰到了，你们让你们回复了的天性忏悔，让眼泪的滚油煎净了的，让悲恸的雷霆震醒了的天性忏悔，默默的忏悔，悠久的忏悔，沈彻的忏悔，像冷峭的星光照落在一个寂寞的山谷里，像一个黑衣的尼僧匐伏在一座金漆的神龛前；

　　……

　　在眼泪的沸腾里，在嚎恸的酣彻里，在忏悔的沈寂里，你们望见了上帝永久的威严。

婴　儿

　　我们要盼望一个伟大的事实出现，我们要守候一个馨香的婴儿出世：——

你看他那母亲在她生产的床上受罪！

她那少妇的安详，柔和，端丽，现在在剧烈的阵痛里变形成不可信的丑恶：你看她那遍体的筋络都在她薄嫩的皮肤底里暴涨着，可怕的青色与紫色，像受惊的水青蛇在田沟里急泅似的，汗珠贴在她的前额上像一颗颗的黄豆，她的四肢与身体猛烈的抽搐着，畸屈着，奋挺着，纠旋着，仿佛她垫着的席子是用针尖编成的，仿佛她的帐围是用火焰织成的；

一个安详的，镇定的，端庄的，美丽的少妇，现在在绞痛的惨酷里变形成魔鬼似的可怖：她的眼，一时紧紧的阖着，一时巨大的睁着，她那眼，原来像冬夜池潭里反映着的明星，现在吐露着青黄色的凶焰，眼珠像是烧红的炭火，映射出她灵魂最后的奋斗，她的唇，原来是朱红色的，现在像是炉底的冷灰，她的口颤着，撅着，扭着，死神的热烈的亲吻不容许她一息的平安，她的发是散披着，横在口边，漫在胸前，像揪乱的麻丝，她的手指间紧抓着几穗拧下来的乱发；

这母亲在她生产的床上受罪：——

但她还不曾绝望，她的生命挣扎着血与肉与骨与肢体的纤微，在危崖的边沿上，抵抗着，搏斗着，死神的逼迫；

她还不曾放手，因为她知道（她的灵魂知道！）这苦痛不是无因的，因为她知道她的胎宫里孕育着一点比她自己更伟大的生命的种子，包涵着一个比一切更永久的婴儿；

因为她知道这苦痛是婴儿要求出世的征候，是种子在泥土里爆裂成美丽的生命的消息，是她完成她自己生命的使命的时机；

因为她知道这忍耐是有结果的，在她剧痛的昏瞀中她仿佛听着上帝准许人间祈祷的声音，她仿佛听着天使们赞美未来的光明的声音；

因此她忍耐着，抵抗着，奋斗着……她抵拼绷断她遍体的纤微，她要赎出在她那胎宫里动荡着的生命,在她一个完全,美丽的婴儿出世的盼望中,最锐利最沈酣的痛感逼成了最锐利最沈酣的快感……

这也许是无聊的希冀,但是谁不愿意活命,即使到了绝望最后的边沿,我们也还要妄想希望的手臂从黑暗里伸出来挽着我们。我们不能不想望这苦痛的现在,只是准备着一个更光荣的将来,我们要盼望一个洁白的肥胖的活泼的婴儿出世!

新近有两件事实,使我得到很深的感触。让我来说给你们听听。

前几时有一天俄国公使馆挂旗,我也去看了。加拉罕站在台上,微微的笑着,他的脸上发出一种严肃的青光,他侧仰着他的头看旗上升时,我觉着了他的人格的尊严,他至少是一个有胆有略的男子,他有为主义牺牲的决心,他的脸上至少没有苟且的痕迹,同时屋顶那根旗杆上,冉冉的升上了一片的红光,背着遥远没有一斑云彩的青天。那面簇新的红旗在风前料峭的袅荡个不定。这异样的彩色与声响引起了我异样的感想。是腼腆,是骄傲,还是鄙夷,如今这红旗初次面对着我们偌大的民族?在场人也有拍掌的,但只是断续的拍掌,这就算是我想我们初次见见红旗的敬意;但这又是鄙夷,骄傲,还是惭愧呢?那红色是一个伟大的象征,代表人类史里最伟大的一个时期;不仅标示俄国民族流血的成绩,却也为人类立下了一个勇敢尝试的榜样。在那旗子抖动的声响里我不仅仿佛听出了这近十年来那斯拉夫民族失败与胜利的呼声,我也想象到百数十年前法国革命时的狂热,一七八九年七月四日那天巴黎市民攻破巴士梯亚牢狱时的疯癫。自由,平等,友爱!友爱,平等,自由!你们听呀,在这呼声里人类理想的火焰一直从地面上直冲破天顶,历史上再没有更重要更强烈的转变的时期。卡莱尔(Carlyle)在他的法国革命史里形容这件大事有三句名句,他说, "To describe this scene transcends the talent of mortals. After four hours of worldbedlam it surrenders.The Bastille is down！"他说："要形容这一景超过了凡人的力量。过了四小时的疯狂他（那大牢）投降了。巴士梯亚是下了！"打破一个政治犯的牢狱不算是了不得的大事，但这事实里有一个象征。巴士梯亚是代表阻碍自由的势力，巴黎士民的攻击是代表全人类争自由的势力，巴士梯亚的"下"是人类理想胜利的凭证。自由，平等，友爱！友爱，平等，自由！法国人在百几十年前猖狂的叫着。这叫声还在人类的性灵里荡着。我们不好像听见吗，虽则隔着百几十年光阴的旷野。如今凶恶的巴士梯亚又在我们的面前堵着；我们如其再不发疯，他那牢门上的铁钉，一个个都快刺透我们的心胸了！

这是一件事。还有一件是我六月间伴着泰戈尔到日本时的感想。早七年我过太平洋时曾经到东京去玩过几个钟头，我记得到上野公园去，上一座小山去下望东京的市场，只见连绵的高楼大厦，一派富盛繁华的景象。这回我又到上野去了，我又登山去望东京城了，那分别可太大了！房子，不错，原是有的；但从前是几层楼的高房，还有不少有名的建筑，比如帝国剧场帝国大学等等，这次看见的，说也可怜，只是薄皮松板暂时支着应用的鱼鳞似的屋子，白松松的像一个烂发的花头，再没有从前那样富盛与繁华的气象。十九的城子都是叫那大地震吞了去烧了去的。我们站着的地面平常看是再坚实不过的，但是等到他起兴时小小的翻一个身，或是微微的张一张口，我们脆弱的文明与脆弱的生命就够受。我们在中国的差不多是不能想着世界上，在醒着的不是梦里的世界上，竟可以有那样的大灾难。

我们中国人是在灾难里讨生活的，水，旱，刀兵，盗劫，那一样没有，但是我敢说我们所有的灾难合起来，也抵不上我们邻居一年前遭受的大难。那事情的可怕，我敢说是超过了人类忍受力的止境。我们国内居然有人以日本人这次大灾为可喜的，说他们活该，我真要请协和医院大夫用X光检查一下他们那几位，究竟他们是有没有心肝的。

因为在可怕的运命的面前，我们人类的全体只是一群在山里逢着雷霆风雨时的绵羊，那里还能容什么种族政治等等的偏见与意气？我来说一点情形给你们听听，因为虽则你们在报上看过极详细的记载，不曾亲自察看过的总不免有多少距离的隔膜。我自己未到日本前与看过日本后，见解就完全的不同。你们试想假定我们今天在这里集会，我讲的，你们听的，假如日本那把戏轮着我们头上来时，要不了的搭的搭的搭的三秒钟我与你们与讲台与屋子就永远诀别了地面，像变戏法似的，影踪都没了。那是事实，横滨有好几所五六层高的大楼，全是在三四秒时间内整个儿与地面拉一个平，全没了。你们知道圣书里面形容天降大难的时候，不要说本来脆弱的人类完全放弃了一切的虚荣，就是最凶猛的野兽与飞禽也会在霎时间变化了性质，老虎会来小猫似的挨着你躲着，利喙的鹰鹞会得躲入鸡棚里去窝着，比鸡还要驯服。在那样非常的变动时，他们也好似觉悟了这彼此同是生物的亲属关系，在天怒的跟前同是剥夺了抵抗力的小虫子，这里面就发生了同命运的同情。你们试想就东京一地说，二三百万的人口，几十百年辛勤的成绩，突然面对着最后审判的实在，就在今天我们回想起当时他们全城子像一个滚沸的油锅时的情景，原来热闹的市场变成了光焰万丈的火盆，在这里面人类最集中的心力与体力的成绩全变了燃料，在这里面艺术，教育，政治，社会人的骨与肉与血都化成了灰烬，还有百十万男女老小的哭嚷声，这哭声本体就可以摇动天地，——我们不要说亲身经历，就是坐在椅子上想象这样不可信的情景时，也不免觉得害怕不是？那可不是顽儿的事情。单只描写那样的大变，恐怕至少就须要荷马或是莎士比亚的天才。你们试想在那时候，假如你们亲身经历时，你的心理该是怎么样？你还恨你的仇人吗？你还不饶恕你的朋友吗？你还沾恋你个人的私有吗？你还有欺哄人的机会吗？你还有什么希望吗？你还不搂住你身旁的生物，管他是你的妻子，你的老子，你的听差，你的妈，你的冤家,你的老妈子,你的猫,你的狗,把你灵魂里还剩下的光明一齐放射出来,和着你同难的同胞在这普遍的黑暗里来一个最后的结合吗?

但运命的手段还不是那样的简单。他要是把你的一切都扫灭了,那倒也是一个痛快的结束;他可不然。他还让你活着,他还有更苛刻的试验给你。大难过了,你还喘着气;你的家,你的财产,都变了你脚下的灰,你的爱亲与妻与儿女的骨肉还有烧不烂的在火堆里燃着,你没有了一切;但是太阳又在你的头上光亮的照着,你还是好好的在平定的地面上站着,你疑心这一定是梦,可又不是梦,因为不久你就发见与你同难的人们,他们也一样的疑心他们身受的是梦。可真不是梦;是真的。你还活着,你还喘着气,你得重新来过,根本的完全的重新来过。除非是你自愿放手,你的灵魂里再没有勇敢的分子。那才是你的真试验的时候。这考卷可不容易交了,要到那时候你才知道你自己究竟有多大能耐,值多少,有多少价值。

我们邻居日本人在灾后的实际就是这样。全完了,要来就得完全来过,尽你自身的力量不够,加上你儿子的,你孙子的,你孙子的儿子的儿子的孙子的努力,也许可以重新撑起这份家私,但在这努力的经程中,谁也保不定天与地不再捣乱;你的几十年只要他的几秒钟。问题所以是你干不干?就只干脆的一句话,你干不干,是或否?同时也许无情的运命,扭着他那丑陋可怕的脸子在你的身旁冷笑,等着你最后的回话。你干不干,他仿佛也涎着他的怪脸问着你!

我们勇敢的邻居们已经交了他们的考卷;他们回答了一个干脆的干字,我们不能不佩服。我们不能不尊敬他们精神的人格。不等那大震灾的火焰缓和下去,我们邻居们第二次的奋斗已经庄严的开始了。不等运命的残酷的手臂松放,他们已经宣言他们积极的态度对运命宣战。这是精神的胜利,这是伟大,这是证明他们有不可摇的信心,不可动的自信力；证明他们是有道德的与精神的准备的，有最坚强的毅力与忍耐力的，有内心潜在着的精力的，有充分的后备军的，好比说，虽则前敌一起在炮火里毁了，这只是给他们一个出马的机会。他们不但不悲观，不但不消极，不但不绝望，不但不矮着嗓子乞怜，不但不倒在地下等救，在他们看来这大灾难，只是一个伟大的戟刺，伟大的鼓励，伟大的灵感，一个应有的试验，因此他们新来的态度只是双倍的积极，双倍的勇猛，双倍的兴奋，双倍的有希望；他们仿佛是经过大战的大将，战阵愈急迫愈危险，战鼓愈打得响亮，他的胆量愈大，往前冲的步子愈紧，必胜的决心愈强。这，我说，真是精神的胜利，一种道德的强制力，伟大的，难能的，可尊敬的，可佩服的。泰戈尔说的，国家的灾难，个人的灾难，都是一种试验：除是灾难的结果压倒了你的意志与勇敢，那才是真的灾难，因为你更没有翻身的希望。

　　这也并不是说他们不感觉灾难的实际的难受，他们也是人，他们虽勇，心究竟不是铁打的。但他们表现他们痛苦的状态是可注意的；他们不来零碎的呼叫，他们采用一种雄伟的庄严的仪式。此次震灾的周年纪念时，他们选定一个时间，举行他们全国的悲哀；在不知是几秒或几分钟的期间内，他们全国的国民一致的静默了，全国民的心灵在那短时间内融合在一阵忏悔的，祈祷的，普遍的肃静里。（那是何等的凄伟！）然后，一个信号打破了全国的静默，那千百万人民又一致的高声悲号，悲悼他们曾经遭受的惨运；在这一声弥漫的哀号里，他们国民，不仅发泄了蓄积着的悲哀，这一声长号，也表明他们一致重新来过的伟大的决心。（这又是何等的凄伟！）

　　这是教训，我们最切题的教训。我个人从这两件事情——俄国革命与日本地震——感到极深刻的感想；一件是告诉我们什么是有意义有价值的牺牲，那表面紊乱的背后坚定的站着某种主义或是某种理想，激动人类潜伏着一种普遍的想望，为要达到那想望的境界，他们就不顾冒怎样剧烈的险与难，拉倒已成的建设，踏平现有的基础，抛却生活的习惯，尝试最不可测量的路子。这是一种疯癫，但是有目的的疯癫；单独的看，局部的看，我们尽可以下种种非难与责备的批评，但全部的看，历史的看时，那原来纷乱的就有了条理，原来散漫的就成了片段，甚至于在经程中一切反理性的分明残暴的事实都有了他们相当的应有的位置，在这部大悲剧完成时，在这无形的理想"物化"成事实时，在人类历史清理结账时，所得便超过所出，赢余至少是盖得过损失的。我们现在自己的悲惨就在问题不集中，不清楚，不一贯；我们缺少——用一个现成的比喻——那一面半空里升起来的彩色旗（我不是主张红旗我不过比喻罢了！）使我们有眼睛能看的人都不由的不仰着头望；缺少那青天里的一个霹雳，使我们有耳朵能听的不由得惊心。正因为缺乏这样一个一贯的理想与标准（能够表现我们潜在意识所想望的），我们有的那一部疯癫性——历史上所有的大运动都脱不了疯癫性的成分——就没有机会充分的外现，我们物质生活的累赘与沾恋，便有力量压迫住我们精神性的奋斗；不是我们天生不肯牺牲，也不是天生懦怯，我们在这时期内的确不曾寻着值得或是强迫我们牺牲的那件理想的大事，结果是精力的散漫，志气的怠惰，苟且心理的普遍，悲观主义的盛行，一切道德标准与一切价值的毁灭与埋葬。

　　人原来是行为的动物，尤其是富有集合行为力的，他有向上的能力，但他也是最容易堕落的，在他眼前没有正当的方向时，比如猛兽监禁在铁笼子里。在他的行为力没有发展的机会时，他就会随地躺了下来，管他是水潭是泥潭，过他不黑不白的猪奴的生活。这是最可惨的现象，最可悲的趋向。如其我们容忍这种状态继续存在时，那时每一对父母每次生下一个洁净的小孩，只是为这卑劣的社会多添一个堕落的分子，那是莫大的亵渎的罪业；所有的教育与训练也就根本的失去了意义，我们还不如盼望一个大雷霆下来毁尽了这三江或四江流域的人类的痕迹!

再看日本人天灾后的勇猛与毅力,我们就不由得不惭愧我们的穷,我们的乏,我们的寒伧。这精神的穷乏才是真可耻的,不是物质的穷乏。我们所受的苦难都还不是我们应有的试验的本身,那还差得远着哪;但是我们的丑态已经恰好与人家的从容成一个对照。我们的精神生活没有充分的涵养,所以临着稀小的纷扰便没有了主意,像一个耗子似的,他的天才只是害怕,他的伎俩只是小偷;又因为我们的生活没有深刻的精神的要求,所以我们合群生活的大网子就缺少最吃分量最经用的那几条普遍的同情线,再加之原来的经纬已经到了完全破烂的状态,这网子根本就没有了联结,不受外物侵损时已有溃败的可能,那里还能在时代的急流里,捞起什么有价值的东西?说也奇怪,这几千年历史的传统精神非但不曾供给我们社会一个顽固的基础,我们现在到了再不容隐讳的时候,谁知道发见我们的桩子,只是在黄河里造桥,打在流沙里的!

难怪悲观主义变成了流行的时髦!但我们年轻人,我们的身体里还有生命跳动,脉管里多少还有鲜血的年轻人,却不应当沾染这最致命的时髦,不应当学那随地躺得下去的猪,不应当学那苟且专家的耗子,现在时候逼迫了,再不容我们刹那的含糊。我们要负我们应负的责任,我们要来补织我们已经破烂的大网子,我们要在我们各个人的生活里抽出人道的同情的纤维来合成强有力的绳索,我们应当发见那适当的象征,像半空里那面大旗似的,引起普遍的注意;我们要修养我们精神的与道德的人格,预备忍受将来最难堪的试验。简单的一句话,我们应当在今天——过了今天就再没有那一天了——宣布我们对于生活基本的态度。是是还是否;是积极还是消极;是生道还是死道;是向上还是堕落?在我们年轻人一个字的答案上就挂着我们全社会的运命的决定。我盼望我至少可以代表大多数青年,在这篇讲演的末尾,高叫一声——用两个有力量的外国字——

"Everlasting yea！"

一九二四年秋在北京师范大学的演讲

我们病了怎么办

"在理想的社会中,我想,"西滢在闲话里说,"医生的进款应当与人们的康健做正比例。他们应当像保险公司一样,保证他们的顾客的健全,一有了病就应当罚金或赔偿的。"在撒牟勃德腊(Samuel Butler)的乌托邦里,生病只当作犯罪看待,疗治的场所是监狱,不是医院,那是留着伺候犯罪人的。真的为什么人们要生病,自己不受用,旁人也麻烦?我有时看了不知病痛的猫狗们的快乐自在,便不禁回想到我们这造孽的文明的人类。且不说那尾巴不曾蜕化的远祖,就说湘西的苗子,太平洋群岛上的保立尼新人之类,他们所知道所受用的健康与安逸,已不是我们所谓文明人所能梦想。咳,堕落的人们,病痛变了你们的本分,至于健康,那是例外的例外了!

不妨事,你说,病了有医,有药,怕什么的?看近代的医学药学够多么飞快的进步?就北京说吧,顶体面顶费钱的屋子是什么?医院!顶体面顶赚钱的职业是什么?医生!设备,手术,调理,取费,没一样不是上乘!病,病怕什么的——只要你有钱,更好你兼有势!

是的,我们对科学,尤其是对医学的信仰,是无涯涘的;我们对外国人,尤其是对西医的信仰,是无边际的。中国大夫其实是太难了,开口是玄学,闭口也还是玄学,什么脾气侵肺,肺气侵肝,肝气侵肾,肾气又回侵脾,有谁,凡是有哀皮西(指ABC——编者注)脑筋的,听得惯这一套废话?冲他们那寸把长乌木镶边的指甲,鸦片烟带牙污的口气,就不能叫你放心,不说信任!同样穿洋服的大夫们够多漂亮,说话够多有把握,什么病就是什么病,该吃黄丸子的就不该吃黑丸子,这够多干脆,单冲他们那身上收拾的干净,脸上表情的镇定与威权,病人就觉得爽气得多!"医者意也"是一句古话;但得进了现代的大医院,我们才懂得那话的意思。

多谢那些平均算一秒钟滚进一只金元宝之类的大大王们,他们有了钱没法用就想"留芳",正如做皇帝的想成仙,拿了无数的钱分到苦恼的半开化的民族的国度里,造教堂推广福音来救度他们的病痛。而且这也不是白来;他们往回收的不是名,就是利,很多时候是名利双收。为什么不,我有了钱也这么来。

我个人向来也是无条件信仰西洋医学,崇拜外国医院的,但新近接连听着许多话不由我不开始疑问了。我只说疑问,不说停止崇拜,那还远着哪。在北京有的医院别号是"高等台基",有的雅称是某大学分院,这已够新鲜,但还不妨事,医院是医病的机关,只要它这一点能名副其实的做到,你管得它其他附带的作用。但在事实上可巧它们往往是在最主要的功用上使我们失望,那是我们为全社会计,为它们自身名誉计,有时不得不出声来提醒它们一声。我们只说提醒,决不敢用忠告甚至警告责备一类的字样;因为我们怎能不感念他们在这里方便我们的好意。

我们提另来说协和。因为协和,就我所知道的,岂不是在本城的医院中算是资本最雄厚,设备最丰富,人才最济济的一个机关?并且它也是在办事上最认真的一个地方,我们可以相信。它一年所花的钱,一年所医治的人,虽则我不知实在,想来一定是可惊的数目。但我们要看看它的成绩。说来也怪,也许原因是人们的本性是忘恩,也许它的"人缘"特别不佳,凡是请教过协和的病人,就我所知,简直可说是一致,也许多少不一,有怨言。这怨言的性质却不一致,综了说有这几种:

种族界限

这是说看病先看你脸皮是白是黄:凡是外国人,说句公平话,他们所得的待遇就应有尽有,一点也不含糊,但要是不幸你是黄脸的,那就得趁大夫们的高兴了,他们爱怎么样理你就怎么样理你。据说院内雇用的中国人,上自助手下至打扫的,都在说这话——中外国病人的分别大着哪!原来是,这是有根据的,诺狄克民优胜的谬见一天不打破,我们就得一天忍受这类不平等的待遇。外国医院设在中国的,第一个目的当然是伺候外国人,轮得着你们,已算是好了,谁叫你们自不争气,有病人自己不会医!

势力分别

同是中国人,还有分别;但这分别又是理由极充分的:有钱有势的病人照例得着上等的待遇,普通乃至贫苦的病人只当得病人看。这是人类的通性什么地方什么时候都有表见的,谁来低哆谁就没有幽默,虽则在理论上说,至少医院似乎应分是"一视同仁"的。我们听见过进院的产妇放在屋子里没有人顾问,到时候小孩子自己下来了,医生还不到一类的故事!

科学精神

这是说拿病人当试验品,或当标本看。你去看你的眼,一个大夫或是学生来检看了一下出去了;二一个大夫或是学生又来查看了一下出去了;三一个大夫或是学生再来一次,但究竟谁负责看这病,你得绕大弯儿才找得出来,即使你能的话。他们也许是为他们自己看病来了,但很不像是替病人看病。那也有理,但在这类情形之下,西滢在他的闲话说得趣,付钱的应分是医院,不该是病人!

大意疏忽

一般人的逻辑是不准确的,他们往往因为一个医生偶尔的疏忽便断定他所代表的学理与方法是要不得的。很多人从极细小题外的原因推定科学的不成立。这是危险的。就医病说,从新医术跳回党参黄岐,从党参黄岐跳回祝由科符水,从符水到请猪头烧纸,是常见的事;我们忧心文明,期望"进步"的不该奖励这类"开倒车"的趋向。但同时不幸对科学有责任的新派大夫们,偏容易大意,结果是多少误事。查验的疏忽,诊断的错误,手术的马虎,在在是使病人失望的原因。但医院是何等事,一举措间的分别可以交关人命,我们即使大量,也不能忍受无谓的灾殃。

最近一个农业大学学生的死,据报载是:(一)原因于不及时医治;(二)原因于手术时不慎致病菌入血。这类的情形我们如何能不抗议?

再如梁任公先生这次的白丢腰子,几乎是太笑话了。梁先生受手术之前,见着他的知道,精神够多健旺,面色够光采。协和最能干的大夫替他下了不容疑义的诊断,说割了一个腰子病就去根。腰子割了,病没有割。那么病原在牙;再割牙,从一根割起割到七根,病还是没有割。那么病在胃吧;饿瘪了试试——人瘪了,病还是没有瘪!那究竟为什么出血呢?最后的答话其实是太妙了,说是无原因的出血:Essential Hoematuria。所以闹了半天的发现是既不是肾脏肿疡(Kidney Farmour),又不是齿牙一类的作祟;原因是无原因的!我们是完全外行,怎懂得这其中的玄妙,内行错了也只许内行批评,那轮着外行多嘴!

但这是协和的责任心。这是他们的见解,他们的本领手段!

后面附着梁仲策先生的笔记,关于这次医治的始末,尤其是当事人的态度,记述甚详,不少耐人寻味的地方,你们自己看去,我不来多加案语。但一点是分明的,协和当事人免不了诊断疏忽的责备。我们并不完全因为梁先生是梁先生所以特别提出讨论,但这次因为是梁先生在协和已经是特别卖力气,结果尚不免几乎出大乱子,我们对于协和的信仰,至少我个人的,多少不免有修正的必要了。"尽信医则不如无医",诚哉是言也!但我们却不愿一班人因此而发生出轨的感想:就是对医学乃至科学本身怀疑,那是错了,当事人也许有时没交代,但近代医学是有交代的,我们决不能混为一谈。并且外行终究是外行,难说梁先生这次的经过,在当事人自有一种折服人的说法,我们也不得而知。但假如有理可说的话,我们为协和计,为替梁先生割腰子的大夫计,为社会上一般人对协和乃至西医的态度计,正巧梁先生的医案已经几于尽人皆知,我们即不敢要求,也想望协和当事人能给我们一个相当的解说。让我们外行借此长长见识也是好的!

要不然我们此后岂不个个人都得踌躇着:我们病了怎么办?

海滩上种花

　　朋友是一种奢华：且不说酒肉势利，那是说不上朋友，真朋友是相知，但相知谈何容易，你要打开人家的心，你先得打开你自己的，你要在你的心里容纳人家的心，你先得把你的心推放到人家的心里去；这真心或真性情的相互的流转，是朋友的秘密，是朋友的快乐。但这是说你内心的力量够得到，性灵的活动有富余，可以随时开放，随时往外流，像山里的泉水，流向容得住你的同情的沟槽；有时你得冒险，你得花本钱，你得抵拼在巉岈的乱石间，触刺的草缝里耐心的寻路，那时候艰难，苦痛，消耗，在在是可能的，在你这水一般灵动，水一般柔顺的寻求同情的心能找到平安欣快以前。

　　我所以说朋友是奢华，"相知"是宝贝，但得拿真性情的血本去换，去拼。因此我不敢轻易说话，因为我自己知道我的来源有限，十分的谨慎尚且不时有破产的恐惧；我不能随便"花"。前天有几位小朋友来邀我跟你们讲话，他们的恳切折服了我，使我不得不从命，但是小朋友们，说也惭愧，我拿什么来给你们呢？

　　我最先想来对你们说些孩子话，因为你们都还是孩子。但是那孩子的我到那里去了？仿佛昨天我还是个孩子，今天不知怎的就变了样。什么是孩子要不为一点活泼的天真，但天真就比是泥土里的嫩芽，天冷泥土硬就压住了它的生机——这年头问谁去要和暖的春风?

孩子是没了。你记得的只是一个不清切的影子,模糊得很,我这时候想起就像是一个瞎子追念他自己的容貌,一样的记不周全;他即使想急了拿一双手到脸上去印下一个模子来,那模子也是个死的。真的没了。一天在公园里见一个小朋友不提多么活动,一忽儿上山,一忽儿爬树,一忽儿溜冰,一忽儿干草里打滚,要不然就跳着憨笑;我看着羡慕,也想学样,跟他一起玩,但是不能,我是一个大人,身上穿着长袍,心里存着体面,怕招人笑,天生的灵活换来矜持的存心——孩子,孩子是没有的了,有的只是一个年岁与教育蛀空了的躯壳,死僵僵的,不自然的。

我又想找回我们天性里的野人来对你们说话。因为野人也是接近自然的;我前几年过印度时得到极刻心的感想,那里的街道房屋以及土人的体肤容貌,生活的习惯,虽则简,虽则陋,虽则不夸张,却处处与大自然——上面碧蓝的天,火热的阳光,地下焦黄的泥土,高矗的椰树——相调谐,情调,色彩,结构,看来有一种意义的一致,就比是一件完美的艺术的作品。也不知怎的,那天看了他们的街,街上的牛车,赶车的老头露着他的赤光的头颅与紫姜色的圆肚,他们的庙,庙里的圣像与神座前的花,我心里只是不自在,就仿佛这情景是一个熟悉的声音的叫唤,叫你去跟着他,你的灵魂也何尝不活跳跳的想答应一声"好,我来了",但是不能,又有碍路的挡着你,不许你回复这叫唤声启示给你的自由。困着你的是你的教育;我那时的难受就比是一条蛇摆脱不了困住他的一个硬性的外壳——野人也给压住了,永远出不来。

所以今天站在你们上面的我不再是融会自然的野人,也不是天机活灵的孩子:我只是一个"文明人",我能说的只是"文明话"。但什么是文明只是堕落?文明人的心里只是种种虚荣的念头,他到处忙不算,到处都得计较成败。我怎么能对着你们不感觉惭愧?不了解自然不仅是我的心,我的话也是的。并且我即使有话说也没法表现,即使有思想也不能使你们了解;内里那点子性灵就比是在一座石壁里牢牢的砌住,一丝光亮都不透,就凭这双眼望见你们,但有什么法子可以传达我的意思给你们,我已经忘却了原来的语言,还有什么话可说的?

但我的小朋友们还是逼着我来说谎(没有话说而勉强说话便是谎)。知识,我不能给;要知识你们得请教教育家去,我这里是没有的。智慧,更没有了:智慧是地狱里的花果,能进地狱更能出地狱的才采得着智慧,不去地狱的便没有智慧——我是没有的。

我正发窘的时候,来了一个救星——就是我手里这一小幅画,等我来讲道理给你们听。这张画是我的拜年片,一个朋友替我制的。你们看这个小孩子在海边沙滩上独自的玩,赤脚穿着草鞋,右手提着一枝花,使劲把它往沙里栽,左手提着一把浇花的水壶,壶里水点一滴滴的往下掉着。离着小孩不远看得见海里翻动着的波澜。

你们看出了这画的意思没有?

在海砂里种花。在海砂里种花!那小孩这一番种花的热心怕是白费的了。砂碛是养不活鲜花的,这几点淡水是不能帮忙的;也许等不到小孩转身,这一朵小花已经支不住阳光的逼迫,就得交卸他有限的生命,枯萎了去。况且那海水的浪头也快打过来了,海浪冲来时不说这朵小小的花,就是大根的树也怕站不住——所以这花落在海边上是绝望的了,小孩这番力量准是白花的了。

你们一定很能明白这个意思。我的朋友是很聪明的,他拿这画意来比我们一群呆子,乐意在白天里做梦的呆子,满心想在海砂里种花的傻子。画里的小孩拿着有限的几滴淡水想维持花的生命,我们一群梦人也想在现在比沙漠还要干枯比沙滩更没有生命的社会里，凭着最有限的力量，想下几颗文艺与思想的种子，这不是一样的绝望，一样的傻？想在海砂里种花，想在海砂里种花，多可笑呀！但我的聪明的朋友说，这幅小小画里的意思还不止此；讽刺不是她的目的。她要我们更深一层看。

在我们看来海砂里种花是傻气，但在那小孩自己却不觉得。他的思想是单纯的，他的信仰也是单纯的。他知道的是什么？他知道花是可爱的，可爱的东西应得帮助他发长；他平常看见花草都是从地土里长出来的，他看来海砂也只是地，为什么海砂里不能长花他没有想到，也不必想到，他就知道拿花来栽，拿水去浇，只要那花在地上站直了他就欢喜，他就乐，他就会跳他的跳，唱他的唱，来赞美这美丽的生命，以后怎么样，海砂的性质，花的运命，他全管不着！我们知道小孩们怎样的崇拜自然，他的身体虽则小，他的灵魂却是大着，他的衣服也许脏，他的心可是洁净的。这里还有一幅画，这是自然的崇拜，你们看这孩子在月光下跪着拜一朵低头的百合花，这时候他的心与月光一般的清洁，与花一般的美丽，与夜一般的安静。我们可以知道到海边上来种花那孩子的思想与这月下拜花的孩子的思想会得跪下的——单纯，清洁，我们可以想象那一个孩子把花栽好了也是一样来对着花膜拜祈祷——他能把花暂时栽了起来便是他的成功，此外以后怎么样不是他的事情了。

你们看这个象征不仅美，并且有力量；因为它告诉我们单纯的信心是创作的泉源——这单纯的烂漫的天真是最永久最有力量的东西，阳光烧不焦他，狂风吹不倒他，海水冲不了他，黑暗掩不了他——地面上的花朵有被摧残有消灭的时候，但小孩爱花种花这一点，"真"却有的是永久的生命。

我们来放远一点看。我们现有的文化只是人类在历史上努力与牺牲的成绩。为什么人们肯努力肯牺牲？因为他们有天生的信心；他们的灵魂认识什么是真什么是善什么是美，虽则他们的肉体与智识有时候会诱惑他们反着方向走路；但只要他们认明一件事情是有永久价值的时候，他们就自然的会得兴奋，不期然的自己牺牲，要在这忽忽变动的声色的世界里，赎出几个永久不变的原则的凭证来。耶稣为什么不怕上十字架？密尔顿何以瞎了眼还要做诗？贝德花芬何以聋了还要制音乐？密仡郎其罗为什么肯积受几个月的潮湿不顾自己的皮肉与靴子连成一片的用心思，为的只是要解决一个小小的美术问题？为什么永远有人到冰洋尽头雪山顶上去探险？为什么科学家肯在显微镜底下或是数目字中间研究一般人眼看不到心想不通的道理消磨他一生的光阴？

为的是这些人道的英雄都有他们不可摇动的信心；像我们在海砂里种花的孩子一样，他们的思想是单纯的——宗教家为善的原则牺牲，科学家为真的原则牺牲，艺术家为美的原则牺牲——这一切牺牲的结果便是我们现有的有限的文化。

你们想想在这地面上做事难道还不是一样的傻气——这地面还不与海砂一样不容你生根，在这里的事业还不是与鲜花一样的娇嫩？——潮水过来可以冲掉，狂风吹来可以折坏，阳光晒来可以薰焦我们小孩子手里拿着往砂里栽的鲜花，同样的，我们文化的全体还不一样有随时可以冲掉，折坏，薰焦的可能吗？巴比伦的文明现在那里？磅礴城曾经在地下埋过千百年，克利脱的文明直到最近五六十年间才完全发见。并且有时一件事实体的存在并不能证明他生命的继续。这区区地球的本体就有一千万个毁灭的可能。人们怕死不错，我们怕死人，但最可怕的不是死的死人，是活的死人，单有躯壳生命没有灵性生活是莫大的悲惨；文化也有这种情形，死的文化倒也罢了，最可怜的是勉强喘着气的半死的文化。你们如其问我要例子，我就不迟疑的回答你说，朋友们，贵国的文化便是一个喘着气的活死人！时候已经很久的了，自从我们最后的几个祖宗为了不变的原则牺牲他们的呼吸与血液，为了不死的生命牺牲他们有限的存在，为了单纯的信心遭受当时人的讪笑与侮辱。时候已经很久的了，自从我们最后听见普遍的声音像潮水似的充满着地面。时候已经很久的了，自从我们最后看见强烈的光明像彗星似的扫掠过地面。时候已经很久的了，自从我们最后为某种主义流过火热的鲜血。时候已经很久的了，自从我们的骨髓里有胆量，我们的说话里有分量。这是一个极伤心的反省！我真不知道这时代犯了什么不可赦的大罪，上帝竟狠心的赏给我们这样恶毒的刑罚？你看看去这年头那去找一个完全的男子或是一个完全的女子——你们去看去，这年头那一个男子不是阳痿，那一个女子不是鼓胀！要形容我们现在受罪的时期，我们得发明一个比丑更丑比脏更脏比下流更下流比苟且更苟且比懦怯更懦怯的一类生字去！朋友们，真的我心里常常害怕，害怕下回东风带来的不是我们盼望中的春天，不是鲜花青草蝴蝶飞鸟，我怕他带来一个比冬天更枯槁更凄惨更寂寞的死天——因为丑陋的脸子不配穿漂亮的衣服，我们这样丑陋的变态的人心与社会凭什么权利可以问青天要阳光，问地面要青草，问飞鸟要音乐，问花朵要颜色？你问我明天天会不会放亮？我回答说我不知道，竟许不！

归根是我们失去了我们灵性努力的重心，那就是一个单纯的信仰，一点烂漫的童真！不要说到海滩去种花——我们都是聪明人谁愿意做傻瓜去——就是在你自己院子里种花你都懒怕动手哪！最可怕的怀疑的鬼与厌世的黑影已经占住了我们的灵魂！

所以朋友们，你们都是青年，都是春雷声响不曾停止时破绽出来的鲜花，你们再不可堕落了——虽则陷阱的大口满张在你的跟前，你不要怕，你把你的烂漫的天真倒下去，填平了它，再往前走——你们要保持那一点的信心，这里面连着来的就是精力与勇敢与灵感——你们再不怕做小傻瓜,尽量在这人道的海滩边种你的鲜花去——花也许会消灭,但这种花的精神是不烂的!

一九二五年在燕京大学附属中学的演讲稿

一封信
——给抱怨生活干燥的朋友

得到你的信,像是掘到了地下的珍藏,一样的希罕,一样的宝贵。看你的信,像是看古代的残碑,表面是模糊的,意致却是深微的。

又像是在尼罗河旁边暮夜,在月亮正照着金字塔的时候,梦见一个穿黄金袍服的帝王,对着我作谜语,我知道他的意思,他说,我无非是一个体面的木乃伊;

又像是我在这重山脚下半夜梦醒时,听见松林里夜鹰的Soprano,可怜的遭人厌毁的鸟,他虽则没有子规那样天赋的妙舌,但我却懂得他的怨愤,他的理想,他的急调是他的嘲讽与咒诅;我知道他怎样的鄙蔑一切,鄙蔑光明,鄙蔑烦嚣的燕雀,也鄙弃自喜的画眉;

又像是我在普陀山发现的一个奇景;外面看是一大块岩石,但里面却早被海水蚀空,只剩罗汉头似的一个脑壳,每次海涛向这岛身搂抱时,发出极奥妙的音响,像是情话,像是咒诅,像是祈祷,在雕空的石笋,钟乳间呜咽,像是大和琴的谐音在皋雪格的古寺的花椽,石楹间回荡——但除非你有耐心与勇气,攀下几重的石岩,俯身下去凝神的察看与倾听,你也许永远不会想象,不必说发现这样的秘密;

又像是……但是我知道,朋友,你已经听够了我的比喻。也许你愿意听我自然的嗓音与不做作的语调,不愿意收受用幻想的亮箔包裹着的话,虽则,我不能不补一句,你自己就是最喜欢从一个弯曲的白银喇叭里,吹弄你的古怪的调子。

你说:"风大土大,生活干燥。"这话仿佛是一阵奇怪的凉风,使我感觉一个恐怖的战栗;像一团飘零的秋叶,使我的灵魂里掉下一滴悲悯的清泪。

我的记忆里,我似乎自信,并不是没有葡萄酒的颜色与香味,并不是没有妩媚的微笑的痕迹,我想我总可以抵抗你那句灰色的语调的影响——

是的,昨天下午我在田里散步的时候,我不是分明看见两块凶恶的黑云消灭在太阳猛烈的光焰里,五只小山羊,兔子一样的白净,听着她们妈的吩咐在路旁寻草吃,三个捉草的小孩在一个稻屯前抛掷镰刀;自然的活泼给我不少的鼓舞,我对着白云里蠢着的宝塔喊说我知道生命是有意趣的。

今天太阳不曾出来。一捆捆灰色的云在空中紧紧的挨着,你的那句话碰巧又添上了几重云蒙,我又疑惑我昨天的宣言了。

我也觉得奇怪,朋友,何以你那句话在我的心里,竟像白垩涂在玻璃上,这半透明的沈闷是一种很巧妙的刑罚;我差不多要喊痛了。

我向我的窗外望,暗沈沈的一片,也没有月亮,也没有星光,日光更不必想,他早已离别了,那边黑蔚蔚的是林子,树上,我知道,是夜鸦的寓处,树下累累的在初夜的微芒中排列着,我也知道,是坟墓,僵的白骨埋在硬的泥里,磷火也不见一星,这样的静,这样的惨,黑夜的胜利是完全的了。

我闭着眼向我的灵府里问讯,呀,我竟寻不到一个与干燥脱离的生活的意象,干燥像一个影子,永远跟着生活的脚后,又像是葱头的葱管,永远附着在生活的头顶,这是一件奇事。

朋友,我抱歉,我不能答复你的话,虽则我很想,我不是爽恺的西风,吹不散天上的云罗,我手里只有一把粗拙的泥锹,如其有美丽的理想或是希望要埋葬时,我的工作倒是现成的——我也有过我的经验。

朋友,我并且恐怕,说到最后,我只得收受你的影响,因为你那句话已经凶狠的咬入我的心里,像一个有毒的蝎子,已经沈沈的压在我的心上,像一块盘陀石,我只能忍耐,我只能忍耐……

二月二十六日

就使打破了头，也还要保持我灵魂的自由

照群众行为看起来，中国人是最残忍的民族。

照个人行为看起来，中国人大多数是最无耻的个人。慈悲的真义是感觉人类应感觉的感觉，和有胆量来表现内动的同情。中国人只会在杀人场上听小热昏，决不会在法庭上贺喜判决无罪的刑犯；只想把洁白的人齐拉入混浊的水里，不会原谅拿人格的头颅去撞开地狱门的牺牲精神。只是"幸灾乐祸""投井下石"，不会冒一点险去分肩他人为正义而奋斗的负担。

从前在历史上，我们似乎听见过有什么义呀侠呀，什么当仁不让，见义勇为的榜样呀，气节呀，廉洁呀，等等。如今呢，只听见神圣的职业者接受蜜甜的"冰炭敬"，磕拜寿祝福的响头，到处只见拍卖人格"贱卖灵魂"的招贴。这是革命最彰明的成绩，这是华族民国最动人的广告！

"无理想的民族必亡"，是一句不刊的真言。我们目前的社会政治走的只是卑污苟且的路，最不能容许的是理想，因为理想好比一面大镜子，若然摆在面前，一定照出魑魅魍魉的丑迹。莎士比亚的丑鬼卡立朋（Caliban）有时在海水里照出自己的尊容，总是恼羞成怒的。

所以每次有理想主义的行为或人格出现，这卑污苟且的社会一定

不能容忍；不是拳打脚踢，也总是冷嘲热讽，总要把那三闾大夫硬推入汨罗江底，他们方才放心。

我们从前是儒教国，所以从前理想人格的标准是智仁勇。现在不知道变成了什么国了，但目前最普通人格的通性，明明是愚暗残忍懦怯，正得一个反面。但是真理正义是永生不灭的圣火；也许有时遭被蒙盖掩翳罢了。大多数的人一天二十四点钟的时间内，何尝没有一刹那清明之气的回复？但是谁有胆量来想他自己的想，感觉他内动的感觉，表现他正义的冲动呢？

蔡元培所以是个南边人说的"戆大"，愚不可及的一个书呆子，卑污苟且社会里的一个最不合时宜的理想者。所以他的话是没有人能懂的；他的行为是极少数人——如真有——敢表同情的；他的主张，他的理想，尤其是一盆飞旺的炭火，大家怕炙手，如何敢去抓呢？

"小人知进而不知退。"

"不忍为同流合污之苟安。"

"不合作主义。"

"为保持人格起见……"

"生平仅知是非公道，从不以人为单位。"

这些话有多少人能懂，有多少人敢懂？

这样的一个理想者，非失败不可；因为理想者总是失败的。若然理想胜利，那就是卑污苟且的社会政治失败——那是一个过于奢侈的希望了。

有知识有胆量能感觉的男女同志，应该认明此番风潮是个道德问题；随便彭允彝京津各报如何淆惑，如何谣传，如何去牵涉政党，总不能掩没这风潮里面一点子理想的火星。要保全这点子小小的火星不灭，是我们的责任，是我们良心上的负担；我们应该积极同情这番拿人格头颅去撞开地狱门的精神！

我过的端阳节

我方才从南口回来。天是真热,朝南的屋子里都到九十度以上,两小时的火车竟如在火窖中受刑,坐起一样的难受。我们今天一早在野鸟开唱以前就起身,不到六时就骑骡出发,除了在永陵休息半小时以外,一直到下午一时余,只是在高度的日光下赶路。我一到家,只觉得四肢的筋肉里像用细麻绳扎紧似的难受,头里的血,像沸水似的急流,神经受了烈性的压迫,仿佛无数烧红的铁条蛇盘似的绞紧在一起……

一进阴凉的屋子,只觉得一阵眩晕从头顶直至踵底,不仅眼前望不清楚,连身子也有些支持不住。我就向着最近的藤椅上瘫了下去,两手按住急颤的前胸,紧闭着眼,纵容内心的混沌,一片暗黄,一片茶青,一片墨绿,影片似的在倦绝的眼膜上扯过……

直到洗过了澡,神志方才回复清醒,身子也觉得异常的爽快,我就想了……

人啊,你不自己惭愧吗?

野兽,自然的,强悍的,活泼的,美丽的;我只是羡慕你。

什么是文明:只是腐败了的野兽!你若是拿住一个文明惯了的人类,剥了他的衣服装饰,夺了他作伪的工具——语言文字,把他赤裸裸的放在荒野里看看——多么"寒碜"的一个畜生呀！恐怕连长耳朵的小骡儿，都瞧他不起哪！

白天，狼虎放平在丛林里睡觉，他躲在树荫底下发痧；晚上清风在树林中演奏轻微的妙乐，鸟雀儿在巢里做好梦，他倒在一块石上发烧咳嗽——着了凉了！

也不等狼虎去商量他有限的皮肉，也不必小雀儿去嘲笑他的懦弱；单是他平常歌颂的艳阳与凉风，甘霖与朝露，已够他的受用：在几小时之内可使他脑子里消灭了金钱，名誉，经济，主义等等的虚景，在一半天之内，可使他心窝里消灭了人生的情感悲乐种种的幻象，在三两天之内——如其那时还不曾受淘汰——可使他整个的超出了文明人的丑态，那时就叫他放下两只手来替脚平分走路的负担，他也不以为离奇，抵拼撕破皮肉爬上树去采果子吃，也不会感觉到体面的观念……

平常见了活泼可爱的野兽，就想起红烧野味之美。现在你失去了文明的保障，但求彼此平等待遇两不相犯，已是万分的侥幸……

文明只是个荒谬的状况；文明人只是个凄惨的现象，——

我骑在骡上嚷累叫热，跟着哑巴的骡夫，比手势告诉我他整天的跑路，天还不算顶热，他一路很快活的不时采一朵野花，拆一茎麦穗，笑他古怪的笑，唱他哑巴的歌；我们到了客寓喝冰汽水喘息，他路过一条小涧时，扑下去喝一个贴面饱，同行的有一位说："真的，他们这样的胡喝，就不会害病，真贱！"

回头上了头等车坐在皮椅上嚷累叫热，又是一瓶两瓶的冰水，还怪嫌车里不安电扇；同时前面火车头里司机的加煤的，在一百四五十度的高温里笑他们的笑，谈他们的谈……

田里刈麦的农夫拱着棕黑色的裸背在工作，从清早起已经做了八九时的工，热烈的阳光在他们的皮上像在打出火星来似的，但他们却不曾嚷腰酸，叫头痛……

我们不敢否认人是万物之灵；我们却能断定人是万物之淫；

什么是现代的文明；只是一个淫的现象；

淫的代价是活力之腐败与人道之丑化。

前面是什么，没有别的，只是一张黑沈沈的大口，在我们运定的道上张开等着，时候到了把我们整个的吞了下去完事！

六月二十日

第五辑　伤逝

　　人生也许是个空虚的幻梦,但在这幻象中,生与死,恋爱与痛苦,毕竟是陡起的奇峰,应得激动我们彷徨者的注意,在此中也许有可以感悟到一些幻里的真,虚中的实,这浮动的水泡不曾破裂以前,也应得饱吸自由的日光,反射几丝颜色!

悼沈叔薇

沈叔薇是我的一个表兄,从小同学,高小中学(杭州一中)都是同班毕业的,他是今年九月死的。

叔薇,你竟然死了,我常常的想着你,你是我一生最密切的一个人,你的死是我的一个不可补偿的损失。我每次想到生与死的究竟时,我不定觉得生是可欲,死是可悲,我自己的经验与默察只使我相信生的底质是苦不是乐,是悲哀不是幸福,是泪不是笑,是拘束不是自由:因此从生入死,在我有时看来,只是解化了实体的存在,脱离了现象的世界,你原来能辨别苦乐,忍受磨折的性灵,在这最后的呼吸离窍的俄顷,又投入了一种异样的冒险。我们不能轻易的断定那一边没有阳光与人情的温慰,亦不能设想苦痛的灭绝。但生死间终究有一个不可掩讳的分别,不论你怎样的看法。出世是一件大事,死亡亦是一件大事。一个婴儿出母胎时他便与这生的世界开始了关系,这关系却不能随着他去后的躯壳埋掩,这一生与一死,不论相间的距离怎样的短,不论他生时的世界怎样的仄——这一生死便是一个不可销毁的事实:比如海水每多一次潮涨海滩便多受一次泛滥,我们全体的生命的滩沙里,我想,也存记着最微小的波动与影响……

而况我们人又是有感情的动物。在你活着的时候,我可以携着你的手,谈我们的谈,笑我们的笑,一同在野外仰望天上的繁星,或是共感秋风与落叶的悲凉……叔薇,你这几年虽则与我不易相见,虽则彼此处世的态度更不如童年时的一致,但我知道,我相信在你的心里还留着一部分给我的情意,因为你也在我的胸中永占着相当的关切。我忘不了你,你也忘不了我。每次我回家乡时,我往往在不曾解卸行装前已经亟亟的寻求,欣欣的重温你的伴侣。但如今在你我间的距离,不再是可以度量的里程,却是一切距离中最辽远的一种距离——生与死的距离。我下次重归乡土,再没有机会与你携手谈笑,再不能与你相与恣纵早年的狂态,我再到你们家去,至多只能抚摩你的寂寞的灵帏,仰望你的惨澹的遗容,或是手拿一把鲜花到你的坟前凭吊!

叔薇,我今晚在北京的寓里,在一个冷静的秋夜,倾听着风催落叶的秋声,咀嚼着为你兴起的哀思,这几行文字,虽则是随意写下,不成章节,但在这舒写自来情感的俄顷,我仿佛又一度接近了你生前温驯的,谐趣的人格,仿佛又见着了你瘦脸上的枯涩的微笑——比在生前更谐合的更密切的接近。

我没有多少的话对你说,叔薇,你得宽恕我:当你在世时我们亦很少相互馨吐的机会。你去世的那一天我来看你,那时你的头上,你的眉目间,已经刻画着死的晦色,我叫了你一声叔薇,你也从枕上侧面来回叫我一声志摩,那便是我们在永别前最后的缘分!我永远忘不了那时病榻前的情景!

我前面说生命不定是可喜,死亦不定可畏:叔薇,你的一生尤其不曾尝味过生命里可能的乐趣,虽则你是天生的达观,从不曾慕羡虚荣的人间;你如其继续的活着,支撑着你的多病的筋骨,委蛇你无多沾恋的家庭,我敢说这样的生转不如撒手去了的干净!况且你生前至爱的骨肉,亦久已不在人间;你的生身的爹娘,你的过继的爹娘(你的姑母），你的姊姊——可怜娟姊，我始终不曾一度凭吊——还有你的爱妻，他们都在坟墓的那一边满开着他们天伦的怀抱，守候着他们最爱的"老五"，共享永久的安闲……

你的表弟志摩
十一月一日早三时

我的彼得

新近有一天晚上,我在一个地方听音乐,一个不相识的小孩,约莫八九岁光景,过来坐在我的身边,他说的话我不懂,我也不易使他懂我的话,那可并不妨事,因为在几分钟内我们已经是很好的朋友,他拉着我的手,我拉着他的手,一同听台上的音乐。他年纪虽则小,他音乐的兴趣已经很深:他比着手势告我他也有一张提琴,他会拉,并且说那几个是他已经学会的调子。他那资质的敏慧,性情的柔和,体态的秀美,不能使人不爱;而况我本来是喜欢小孩们的。

但那晚虽则结识了一个可爱的小友,我心里却并不快爽;因为不仅见着他使我想起你,我的小彼得,并且在他活泼的神情里我想见了你,彼得,假如你长大的话,与他同年龄的影子。你在时,与他一样,也是爱音乐的;虽则你回去的时候刚满三岁,你爱好音乐的故事,从你襁褓时起,我屡次听你妈与你的"大大"讲,不但是十分的有趣可爱,竟可说是你有天赋的凭证,在你最初开口学话的日子,你妈已经写信给我,说你听着了音乐便异常的快活,说你在坐车里常常伸出你的小手在车栏上跟着音乐按拍;你稍大些会得淘气的时候,你妈说,只要把话匣开上,你便在旁边乖乖的坐着静听,再也不出声不闹:——并且你有的是可惊的口味,是贝德花芬是槐格纳你就爱,要是中国的戏片,你便盖没了你的小耳决意不让无意味的锣鼓,打搅你的清听!你的大大(她多疼你!)讲给我听你得小提琴的故事:怎样那晚上买琴来的时候,你已经在你的小床上睡好,怎样她们为怕你起来闹赶快灭了灯亮把琴放在你的床边,怎样你这小机灵早已看见,却偏不作声,等你妈与大大都上了床,你才偷偷的爬起来,摸着了你的宝贝,再也忍不住的你技痒,站在漆黑的床边,就开始你"截桑柴"的本领,后来怎样她们干涉了你,你便乖乖的把琴抱进你的床去,一起安眠。她们又讲你怎样欢喜拿着一根短棍站在桌上摹仿音乐会的导师,你那认真的神情常常叫在座人大笑。此外还有不少趣话,大大记得最清楚,她都讲给我听过;但这几件故事已够见证你小小的灵性里早长着音乐的慧根。实际我与你妈早经同意想叫你长大时留在德国学习音乐;——谁知道在你的早殇里我们失去了一个可能的毛赞德(Mozart):在中国音乐最饥荒的日子,难得见这一点希冀的青芽,又教运命无情的脚根踏倒,想起怎不可伤?

　　彼得,可爱的小彼得,我"算是"你的父亲,但想起我做父亲的往迹,我心头便涌起了不少的感想;我的话你是永远听不着了,但我想借这悼念你的机会,稍稍疏泄我的积愫,在这不自然的世界上,与我境遇相似或更不如的当不在少数,因此我想说的话或许还有人听,竟许有人同情。就是你妈,彼得,她也何尝有一天接近过快乐与幸福,但她在她同样不幸的境遇中证明她的智断,她的忍耐,尤其是她的勇敢与胆量;所以至少她,我敢相信,可以懂得我话里意味的深浅,也只有她,我敢说,最有资格指证或相诠释——在她有机会时——我的情感的真际。

　　但我的情愫!是怨,是恨,是忏悔,是怅惘?对着这不完全,不如意的人生,谁没有怨,谁没有恨,谁没有怅惘?除了天生颟顸的,谁不曾在他生命的经途中——葛德说的——和着悲哀吞他的饭,谁不曾拥着半夜的孤衾饮泣?我们应得感谢上苍的是他不可度量的心裁,不但在生物的境界中他创造了不可计数的种类,就这悲哀的人生也是因人差异,各各不同,——同是一个碎心,却没有同样的碎痕,同是一滴眼泪,却难寻同样的泪晶。

彼得我爱,我说过我是你的父亲。但我最后见你的时候你才不满四月,这次我再来欧洲你已经早一个星期回去,我见着的只你的遗像,那太可爱,与你一撮的遗灰,那太可惨。你生前日常把弄的玩具——小车,小马,小鹅,小琴,小书——你妈曾经件件的指给我看,你在时穿着的衣,裤,鞋,帽,你妈与你大大也曾含着眼泪从箱里理出来给我抚摩,同时她们讲你生前的故事,直到你的影像活现在我的眼前,你的脚踪仿佛在楼板上踹响。你是不认识你父亲的,彼得,虽则我听说他的名字常在你的口边,他的肖像也常受你小口的亲吻,多谢你妈与你大大的慈爱与真挚,她们不仅永远把你放在她们心坎的底里,她们也使我——没福见着你的父亲,知道你,认识你,爱你,也把你的影像,活泼,美慧,可爱,永远镂上了我的心版。

那天在柏林的会馆里,我手捧着那收存你遗灰的锡瓶,你妈与你七舅站在旁边止不住滴泪,你的大大哽咽着,把一个小花圈挂上你的门前——那时间我,你的父亲,觉着心里有一个尖锐的刺痛,这才初次明白曾经有一点血肉从我自己的生命里分出,这才觉着父性的爱像泉眼似的在性灵里汨汨的流出;只可惜是迟了,这慈爱的甘液不能救活已经萎折了的鲜花,只能在他纪念日的周遭永远无声的流转。

彼得,我说我要借这机会稍稍爬梳我年来的郁积;但那也不见得容易;要说的话仿佛就在口边,但你要它们的时候,它们又不在口边:像是长在大块岩石底下的嫩草,你得有力量翻起那岩石才能把它不伤损的连根起出——谁知道那根长得多深!

是恨,是怨,是忏悔,是怅惘?许是恨,许是怨,许是忏悔,许是怅惘。荆棘刺入了行路人的胫踝，他才知道这路的难走；但为什么有荆棘？是它们自己长着，还是有人存心种着的？也许是你自己种下的？至少你不能完全抱怨荆棘：一则因为这道是你自愿才来走的；再则因为那刺伤是你自己的脚踏上了荆棘的结果，不是荆棘自动来刺你。——但又谁知道？因此我有时想，彼得，像你倒真是聪明：你来时是一团活泼，光亮的天真，你去时也还是一个光亮，活泼的灵魂；你来人间真像是短期的作客，你知道的是慈母的爱，阳光的和暖与花草的美丽，你离开了妈的怀抱，你回到了天父的怀抱，我想他听你欣欣的回报这番作客——只尝甜浆，不吞苦水——的经验，他上年纪的脸上一定满布着笑容——你的小脚踝上不曾碰着过无情的荆棘，你穿来的白衣不曾沾着一斑的泥污。

但我们，比你住久的，彼得，却不是来作客；我们是遭放逐，无形的解差永远在后背催逼着我们赶道：为什么受罪，前途是那里，我们始终不曾明白，我们明白的只是底下流血的胫踝，只是这无恩的长路，这时候想回头已经太迟，想中止也不可能，我们真的羡慕，彼得，像你那谪期的简净。

在这道上遭受的，彼得，还不止是难，不止是苦，最难堪的是逐步相追的嘲讽，身影似的不可解脱。我既是你的父亲，彼得，比方说，为什么我不能在你的生前，日子虽短，给你应得的慈爱，为什么要到这时候，你已经去了不再回来，我才觉着骨肉的关连？并且假如我这番不到欧洲，假如我在万里外接到你的死耗，我怕我只能看作水面上的云影，来时自来，去时自去：正如你生前我不知欣喜，你在时我不知爱惜，你去时也不能过分动我的情感。我自分不是无情，不是寡恩，为什么我对自身的血肉，反是这般不近情的冷漠？彼得，我问为什么，这问的后身便是无限的隐痛；我不能怨，我不能恨，更无从悔，我只是怅惘，我只能问！明知是自苦的揶揄，但我只能忍受。

而况揶揄还不止此，我自身的父母，何尝不赤心的爱我；但他们的爱却正是造成我痛苦的原因：我自己也何尝不笃爱我的亲亲，但我不仅不能尽我的责任，不仅不曾给他们想望的快乐，我，他们的独子，也不免加添他们的烦愁，造作他们的痛苦，这又是为什么？在这里，我也是一般的不能恨，不能怨，更无从悔，我只是怅惘——我只能问。昨天我是个孩子，今天已是壮年：昨天腮边还带着圆润的笑涡，今天头上已见星星的白发；光阴带走的往迹，再也不容追赎，留下在我们心头的只是些揶揄的鬼影；我们在这道上偶尔停步回想的时候，只能投一个虚圈的"假使当初"，解嘲已往的一切。但以往的教训，即使有，也不能给我们利益，因为前途还是不减启程时的渺茫，我们还是不能选择自由的途径——到那天我们无形的解差喝住的时候，我们惟一的权利，我猜想，也只是再丢一个虚圈更大的"假使"，圆满这全程的寂寞，那就是止境了。

我的祖母之死

一

一个单纯的孩子,
过他快活的时光,
兴冲冲的,活泼泼的,
何尝识别生存与死亡?

这四行诗是英国诗人华茨华斯(William Wordsworth)一首有名的小诗叫作"我们是七人"(We are Seven)的开端,也就是他的全诗的主意。这位爱自然,爱儿童的诗人,有一次碰着一个八岁的小女孩,发鬈蓬松的可爱,他问她兄弟姊妹共有几人,她说我们是七个,两个在城里,两个在外国,还有一个姊妹一个哥哥,在她家里附近教堂的墓园里埋着。但她小孩的心里,却不分清生与死的界限,她每晚携着她的干点心与小盘皿,到那墓园的草地里,独自的吃,独自的唱,唱给她的在土堆里眠着的兄姊听,虽则他们静悄悄的莫有回响,她烂漫的童心却不曾感到生死间有不可思议的阻隔;所以任凭华翁多方的譬解,她只是睁着一双灵动的小眼,回答说:"可是,先生,我们还是七人。"

二

其实华翁自己的童真,也不让那小女孩的完全。他曾经说:"在孩童时期,我不能相信我自己有一天也会得悄悄的躺在坟里,我的骸骨会得变成尘土。"又一次他对人说:"我做孩子时最想不通的,是死的这回事将来也会得轮到我自己身上。"

孩子们天生是好奇的,他们要知道猫儿为什么要吃耗子,小弟弟从那里变出来的,或是究竟先有鸡还是先有鸡蛋;但人生最重大的变端——死的现象与实在,他们也只能含糊的看过,我们不能期望一个个小孩子们都是搔头穷思的丹麦王子。他们临到丧故,往往跟着大人啼哭;但他只要眼泪一干,就会到院子里踢毽子,赶蝴蝶,即使在屋子里长眠不醒了的是他们的亲爹或亲娘,大哥或小妹,我们也不能盼望悼死的悲哀可以完全翳蚀了他们稚羊小狗似的欢欣。你如其对孩子说,你妈死了,你知道不知道——他十次里有九次只是对着你发呆;但他等到要妈叫妈,妈偏不应的时候,他的嫩颊上就会有热泪流下。但小孩天然的一种表情,往往可以给人们最深的感动。我生平最忘不了的一次电影,就是描写一个小孩爱恋已死母亲的种种天真的情景。她在园里看种花,园丁告诉她这花在泥里,浇下水去,就会长大起来。那天晚上天下大雨,她睡在床上,被雨声惊醒了,忽然想起园丁的话,她的小脑筋里就发生了绝妙的主意。她偷偷的爬出了床,走下楼梯,到书房里去拿下桌上供着的她死母的照片,一把揣在怀里,也不顾倾倒着的大雨,一直走到园里,在地上用园丁的小锄掘松了泥土,把她怀里的亲妈,谨慎的取了出来,栽在泥里,把松泥掩护着;她做完了工就蹲在那里守候——一个三四岁的女孩,穿着白色的睡衣,在深夜的暴雨里,蹲在露天的地上,专心笃意的盼望已经死去的亲娘,像花草一般,从泥土里发长出来!

三

我初次遭逢亲属的大故,是二十年前我祖父的死,那时我还不满六岁。那是我生平第一次可怕的经验,但我追想当时的心理,我对于死的见解也不见得比华翁的那位小姑娘高明。我记得那天夜里,家里人吩咐祖父病重,他们今夜不睡了,但叫我和我的姊妹先上楼睡去,回头要我们时他们会来叫的。我们就上楼去睡了,底下就是祖父的卧房,我那时也不十分明白,只知道今夜一定有很怕的事,有火烧,强盗抢,做怕梦,一样的可怕。我也不十分睡着,只听得楼下的急步声,碗碟声,唤婢仆声,隐隐的哭泣声,不息的响音。过了半夜,他们上来把我从睡梦里抱了下去,我醒过来只听得一片的哭声,他们已经把长条香点起来,一屋子的烟,一屋子的人,围拢在床前,哭的哭,喊的喊,我也挨了过去,在人丛里偷看大床里的好祖父。

忽然听说醒了醒了,哭喊声也歇了,我看见父亲爬在床里,把病父抱持在怀里,祖父倚在他的身上,双眼紧闭着,口里衔着一块黑色的药物,他说话了,很清的声音,虽则我不曾听明他说的什么话,后来知道他经过了一阵昏晕,他又醒了过来对家人说:"你们吃吓了,这算是小死。"他接着又说了好几句话,随讲音随低,呼气随微,去了,再不醒了,但我却不曾亲见最后的弥留,也许是我记不起,总之我那时早已跪在地板上,手里擎着香,跟着大众高声的哭喊了。

四

此后我在亲戚家收殓虽则看得不少,但死的实在的状况却不曾见过。我们念书人的幻想力是比较的丰富,但往往因为有了幻想力,就不管生命现象的实在,结果是书呆子,陆放翁说的"百无一用是书生"。人生的范围是无穷的:我们少年时精力充足什么都不怕尝试,只愁没有出奇的事情做,往往抱怨这宇宙太窄,青天太低,大鹏似的翅膀飞不痛快,但是……但是平心的说,且不论奇的,怪的,特别的,离奇的,我们姑且试问人生里最基本的事实,最单纯的,最普遍的,最平庸的,最近人情的经验,我们究竟能有多少的把握,我们能有多少深彻的了解,我们是否都亲身经历过?譬如说:生产,恋爱,痛苦,悲,死,妒,恨,快乐,真疲倦,真饥饿,渴,毒焰似的渴,真的幸福,冻的刑罚,忏悔,种种的情热。我可以说,我们平常人生观,人类,人道,人情,真理,哲理,本能等等名词不离口吻的念书人们,什么文学家,什么哲学家——关于真正人生基本的事实的实在,知道的——恐怕是极微至鲜,即使不等于圆圈。我有一个朋友,他和他夫人的感情极厚,一次他夫人临到难产,因为在外国,所以进医院什么都得他自己照料,最后医生宣言只有用手术一法,但性命不能担保,他没有法子,只好和他半死的夫人诀别(解剖时亲属不准在旁的)。满心毒魔似的难受,他出了医院,走在道上,走上桥去,像得了离魂病似的,心脉舂臼似的跳着,最后他听着了教堂和缓的钟声,他就不自主的跟着钟声,进了教堂,跟着在做礼拜的跪着,祷告,忏悔,祈求,唱诗,流泪(他并不是信教的人),他这样的挨过时刻,后来回转医院时,一步步都是惨酷的磨难,比上行刑场的犯人,加倍的难受,他怕见医生与看护妇,仿佛他的运命是在他们的手掌里握着。事后他对人说:"我这才知道了人生一点子的意味!"

五

所以不曾经历过精神或心灵的大变的人们,只是在生命的户外徘徊,也许偶尔猜想到几分墙内的动静,但总是浮的浅的,不切实的,甚至完全是隔膜的。人生也许是个空虚的幻梦,但在这幻象中,生与死,恋爱与痛苦,毕竟是陡起的奇峰,应得激动我们彷徨者的注意,在此中也许有可以感悟到一些幻里的真,虚中的实,这浮动的水泡不曾破裂以前,也应得饱吸自由的日光,反射几丝颜色!

我是一只不羁的野驹,我往往纵容想象的猖狂,诡辩人生的现实;比如凭借凹折的玻璃,觉察当前景色。但时而复再,我也能从烦嚣的杂响中听出清新的乐调,在炫耀的杂彩里,看出有条理的意匠。这次祖母的大故,老家庭的生活,给我不少静定的时刻,不少深刻的反省。我不敢说我因此感悟了部分的真理,或是取得了若干的智慧;我只能说我因此与实际生活更深了一层的接触,益发激动我对于人生种种好奇的探讨,益发使我惊讶这迷谜的玄妙,不但死是神奇的现象,不但生命与呼吸是神奇的现象,就连日常的生活与习惯与迷信,也好像放射着异样的光闪,不容我们擅用一两个形容词来概状,更不容我们倡言什么主义来抹煞———个革新者的热心,碰着了实在的寒冰!

六

我在我的日记里翻出一封不曾写完不曾付寄的信,是我祖母死后第二天的早上写的。我那时在极强烈的极鲜明的时刻内,很想把那几日经过感想与疑问,痛快的写给一个同情的好友,使他在数千里外也能分尝我强烈的鲜明的感情。那位同情的好友我选中了通伯。但那封信却只起了一个呆重的头,一为丧中忙,二为我那时眼热不耐用心,始终不曾写就,一直挨到现在再想补写,恐怕强烈已经变弱,鲜明已经透暗,逃亡的思绪,不易追获的了。我现在把那封残信录在这里,再来追摹当时的情景。

通伯:

我的祖母死了!从昨夜十时半起,直到现在,满屋子只是号啕呼抢的悲音,与和尚道士女僧的礼忏鼓磬声。二十年前祖父丧时的情形,如今又在眼前了。忘不了的情景!你愿否听我讲些?

我一路回家,怕的是也许已经见不到老人,但老人却在生死的交关仿佛存心的弥留着,等待她最钟爱的孙儿——即不能与他开言诀别,也使他尚能把握她依然温暖的手掌,抚摩她依然跳动着的胸怀,凝视她依然能自开自阖虽则不再能表情的目睛。她的病是脑充血的一种,中医称为"卒中"(最难救的中风)。她十日前在暗房里颠仆倒地,从此不再开口出言,登仙似的结束了她八十四岁的长寿,六十年良妻与贤母的辛勤,她现在已经永远的脱辞了烦恼的人间,还归她清静自在的来处。我们承受她一生的厚爱与荫泽的儿孙,此时亲见,将来追念,她最后的神化,不能自禁中怀的摧痛,热泪暴雨似的盆涌,然痛心中却亦隐有无穷的赞美,热泪中依稀想见她功成德备的微笑,无形中似有不朽的灵光,永远的临照她绵衍的后裔……

七

旧历的乞巧那一天,我们一大群快活的游踪,驴子灰的黄的白的,轿子四个脚夫抬的,正在山海关外纡回的曲折的绕登角山的栖贤寺,面对着残圮的长城,巨虫似的爬山越岭,隐入烟霭的迷茫。那晚回北戴河海滨住处,已经半夜,我们还打算天亮四点钟上莲峰山去看日出,我已经快上床,忽然想起了,出去问有信没有,听差递给我一封电报,家里来的四等电报。

我就知道不妙,果然是"祖母病危速回"!我当晚就收拾行装,赶早上六时车到天津,晚上才上津浦快车。正嫌路远车慢,半路又为水发冲坏了轨道过不去,一停就停了十二点钟有余,在车里多过了一夜,直到第三天的中午方才过江上沪宁车。这趟车如其准点到上海,刚好可以接上沪杭的夜车,谁知道又误了点,误了不多不少的一分钟,一面我们的车进站,他们的车头鸣的一声叫,别断别断的去了!我若然悬空身子,还可以冒险跳车,偏偏我的一双手又被行李雇定了,所以只得定着眼睛送它走。

所以直到八月二十二日的中午我方才到家。我给通伯的信说"怕是已经见不着老人",在路上那几天真是难受,缩不短的距离没有法子,但是那急人的水发,急人的火车,几面凑拢来,叫我整整的迟一昼夜到家!试想病危了的八十四岁的老人,这二十四点钟不是容易过的,说不定她刚巧在这个期间内有什么动静,那才叫人抱憾哩!但是结果还算没有多大的差池——她老人家还在生死的交关等着!

八

奶奶——奶奶——奶奶!奶——奶!你的孙儿回来了,奶奶!没有回音。老太太阖着眼,仰面躺在床里,右手拿着一把半旧的雕翎扇很自在的扇动着。老太太原来就怕热,每年暑天总是扇子不离手的,那几天又是特别的热。这还不是好好的老太太,呼吸顶匀净的,定是睡着了,谁说危险!奶奶,奶奶!

她把扇子放下了,伸手去摸着头顶上挂着的冰袋,一把抓得紧紧的,呼了一口长气,像是暑天赶道儿的喝了一碗凉汤似的,这不是她明明的有感觉不是?我把她的手拿在我的手里,她似乎感觉我手心的热,可是她也让我握着,她开眼了!右眼张得比左眼开些,瞳子却是发呆,我拿手指在她的眼前一挑,她也没有瞬,那准是她瞧不见了——奶奶,奶奶,——她也真没有听见,难道她真是病了,真是危险,这样爱我疼我宠我的好祖母,难道真会得……我心里一阵的难受,鼻子里一阵的酸,滚热的眼泪就迸了出来。这时候床前已经挤满了人,我的这位,我的那位，我一眼看过去，只见一片惨白忧愁的面色，一双双装满了泪珠的眼眶。我的妈更看得憔悴。她们已经伺候了六天六夜，妈对我讲祖母这回不幸的情形，怎样的她夜饭前还在大厅上吩咐事情，怎样的饭后进房去自己擦脸，不知怎样的闪了下去，外面人听着响声才进去，已经是不能开口了，怎样的请医生，一直到现在还没有转机……

一个人到了天伦骨肉的中间，整套的思想情绪，就变换了式样与颜色。你的不自然的口音与语法没有用了；你的耀眼的袍服可以不必穿了；你的洁白的天使的翅膀，预备飞翔出人间到天堂的，不便在你的慈母跟前自由的开豁；你的理想的楼台亭阁，也不轻易的放进这二百年的老屋；你的佩剑，要塞，以及种种的防御，在争竞的外界即使是必要的，到此只是可笑的累赘。在这里，不比在其余的地方，他们所要求于你的，只是随熟的声音与笑貌，只是好的，纯粹的本性，只是一个没有斑点子的赤裸裸的好心。在这些纯爱的骨肉的经纬中心，不由得你不从你的天性里抽出最柔糯亦最有力的几缕丝线来加密或是缝补这幅天伦的结构。

所以我那时坐在祖母的床边，含着两朵热泪，听母亲叙述她的病况，我脑中发生了异常的感想，我像是至少逃回了二十年的光阴，正如我膝前子侄辈一般的高矮，回复了一片纯朴的童真，早上走来祖母的床前，揭开帐子叫一声软和的奶奶，她也回叫了我一声，伸手到里床去摸给我一个蜜枣或是三片状元糕，我又叫了一声奶奶，出去玩了，那是如何可爱的辰光，如何可爱的天真，但如今没有了，再也不回来了。现在床里躺着的，还不是我的亲爱的祖母，十个月前我伴着到普陀登山拜佛清健的祖母，但现在何以不再答应我的呼唤，何以不再能表情，不再能说话，她的灵性那里去了，她的灵性那里去了？

九

　　一天，一天，又是一天——在垂危的病榻前过的时刻，不比平常飞驶无碍的光阴，时钟上同样的一声嘀嗒，直接的打在你的焦急的心里，给你一种模糊的隐痛——祖母还是照样的眠着，右手的脉自从起病以来已是极微仅有的，但不能动弹的却反是有脉的左侧，右手还是不时在挥扇，但她的呼吸还是一例的平匀，面容虽不免瘦削，光泽依然不减，并没有显著的衰象，所以我们在旁边看她的，差不多每分钟都盼望她从这长期的睡眠中醒来，打一个呵欠，就开眼见人，开口说话——果然她醒了过来，我们也不会觉得离奇，像是原来应当似的。但这究竟是我们亲人绝望中的盼望，实际上所有的医生，中医，西医，针医，都已一致的回绝，说这是"不治之症"。中医说这脉象是凭证，西医说脑壳里血管破裂，虽则植物性机能——呼吸，消化——不曾停止，但言语中枢已经断绝——此外更专门更玄学更科学的理论我也记不得了。所以暂时不变的原因，就在老太太本来的体元太好了，拳术家说的"一时不能散工"，并不是病有转机的兆头。

　　我们自己人也何尝不明白这是个绝症；但我们却总不忍自认是绝望：这"不忍"便是人情。我有时在病榻前，在凄悒的静默中，发生了重大的疑问。科学家说人的意识与灵感，只是神经系最高的作用，这复杂，微妙的机械，只要部分有了损伤或是停顿，全体的动作便发生相当的影响；如其最重要的部分受了扰乱，他不是变成反常的疯癫，便是完全的失去意识。照这一说，体即是用，离了体即没有用；灵魂是宗教家的大谎，人的身体一死什么都完了。这是最干脆不过的说法，我们活着时有这样有那样已经尽够麻烦，尽够受，谁还有兴致，谁还愿意到坟墓的那一边再去发生关系，地狱也许是黑暗的，天堂是光明的，但光明与黑暗的区别无非是人类专擅的假定，我们只要摆脱这皮囊，还归我清静,我就不愿意头戴一个黄色的空圈子,合着手掌跪在云端里受罪!

　　再回到事实上来,我的祖母——一位神智最清明的老太太——究竟在那里?我既然不能断定因为神经部分的震裂她的灵感性便永远的消灭,但同时她又分明的失却了表情的能力,我只能设想她人格的自觉性,也许比平时消淡了不少,却依旧是在着,像在梦魇里将醒未醒时似的,明知她的儿女孙曾不住的叫唤她醒来,明知她即使要永别也总还有多少的嘱咐,但是可怜她的睛球再不能反映外界的印象,她的声带与口舌再不能表达她内心的情意,隔着这脆弱的肉体的关系,她的性灵再不能与她最亲的骨肉自由的交通——也许她也在整天整夜的伴着我们焦急,伴着我们伤心,伴着我们出泪,这才是可怜,这才真叫人悲戚哩!

十

　　到了八月二十七那天,离她起病的第十一天,医生吩咐脉象大大的变了,叫我们当心,这十一天内每天她只咽入很困难的几滴稀薄的米汤,现在她的面上的光泽也不如早几天了,她的目眶更陷落了,她的口部的筋肉也更宽弛了,她右手的动作也减少了,即使拿起了扇子也不再能很自然的扇动了——她的大限的确已经到了。但是到晚饭后,反是没有什么显象。同时一家人着了忙,准备寿衣的,准备冥银的,准备香灯等等的。我从里走出外,又从外走进里,只见匆忙的脚步与严肃的面容。这时病人的大动脉已经微细的不可辨,虽则呼吸还不至怎样的急促。这时一门的骨肉已经齐集在病房里,等候那不可避免的时刻。到了十时光景,我和我的父亲正坐在房的那一头一张床上,忽然听得一个哭叫的声音说——"大家快来看呀,老太太的眼睛张大了!"这尖锐的喊声,仿佛是一大桶的冰水浇在我的身上,我所有的毛管一齐竖了起来，我们跟跄的奔到了床前，挤进了人丛。果然，老太太的眼睛张大了，张得很大了！这是我一生从不曾见过，也是我一辈子忘不了的眼见的神奇（恕罪我的描写！）。但是两眼，面容也是绝对的神变了（transfigured），她原来皱缩的面上，发出一种鲜润的彩泽，仿佛半淤的血脉，又一度充满了生命的精液，她的口，她的两颊，也都回复了异样的丰润；同时她的呼吸渐渐的上升，急进的短促，现在已经几乎脱离了气管，只在鼻孔里脆响的呼出了。但是最神奇不过的是一双眼睛！她的瞳孔早已失去了收敛性，呆顿的放大了。但是最后那几秒钟！不但眼眶是充分的张开了，不但黑白分明，瞳孔锐利的紧敛了，并且放射着一种不可形容，不可信的辉光，我只能称他为"生命最集中的灵光"！这时候床前只是一片的哭声，子媳唤着娘，孙子唤着祖母，婢仆争喊着老太太，几个稚龄的曾孙，也跟着狂叫太太……但老太太最后的开眼，仿佛是与她亲爱的骨肉，作无言的诀别，我们都在号泣的送终，她也安慰了，她放心的去了。在几秒钟内，死的黑影已经移上了老人的面部，遏灭了生命的异彩，她最后的呼气，正似水泡破裂，电光杳灭，菩提的一响，生命呼出了窍，什么都止息了。

十一

我满心充塞了死象的神奇，同时又须顾管我有病的母亲，她那时出性的号啕，在地板上滚着，我自己反而哭不出来；我自己也觉得奇怪，眼看着一家长幼的涕泪滂沱，耳听着狂沸似的呼抢号叫，我不但不发生同情的反应，却反而达到了一个超感情的，静定的，幽妙的意境，我想象的看见祖母脱离了躯壳与人间，穿着雪白的长袍，冉冉的上升天去，我只想默默的跪在尘埃，赞美她一生的功德，赞美她一生的圆寂。这是我的设想！我们内地人却没有这样纯粹的宗教思想；他们的假定是不论死的是高年厚德的老人或是无知无愆的幼孩，或是罪大恶极的凶人，临到弥留的时刻总是一例的有无常鬼，摸壁鬼，牛头马面，赤发獠牙的阴差等等到门，拿着镣链枷锁，来捉拿阴魂到案。所以烧纸帛是平他们的暴戾，最后的呼抢是没奈何的诀别。这也许是大部分临死时实在的情景，但我们却不能概定所有的灵魂都不免遭受这样的凌辱。譬如我们的祖老太太的死，我只能想象她是登天，只能想象她慈祥的神化——像那样鼎沸的号啕，固然是至性不能自禁，但我总以为不如匐伏隐泣或默祷，较为近情，较为合理。

理智发达了，感情便失了自然的浓挚；厌世主义的看来，眼泪与笑声一样是空虚的，无意义的。但厌世主义姑且不论，我却不相信理智的发达，会得妨碍天然的情感；如其教育真有效力，我以为效力就在剥削了不合理性的"感情作用"，但决不会有损真纯的感情；他眼泪也许比一般人流得少些，但他等到流泪的时候，他的泪才是应流的泪。我也是智识愈开流泪愈少的一个人，但这一次却也真的哭了好几次。一次是伴我的姑母哭的，她为产后不曾复元，所以祖母的病一直瞒着她，一直到了祖母故后的早上方才通知她。她扶病来了，她还不曾下轿，我已经听出她在啜泣，我一时感觉一阵的悲伤，等到她出轿放声时，我也在房中歔欷不住。又一次是伴祖母当年的赠嫁婢哭的。她比祖母小十一岁，今年七十三岁，亦已是个白发的婆子，她也来哭她的"小姐"，她是见着我祖母的花烛的惟一的一个人，她的一哭我也哭了。

再有是伴我的父亲哭的。我总是觉得一个身体伟大的人，他动情感的时候，动人的力量也比平常人伟大些。我见了我父亲哭泣，我就忍不住要伴着淌泪。但是感动我最强烈的几次，是他一人倒在床里，反复的啜泣着，叫着妈，像一个小孩似的，我就感到最热烈的伤感，在他伟大的心胸里浪涛似的起伏，我就感到母子的感情的确是一切感情的起源与总结，等到一失慈爱的荫庇，仿佛一生的事业顿时莫有了根底，所有的快乐都不能填平这惟一的缺陷；所以他这一哭，我也真哭了。

但是我的祖母果真是死了吗？她的躯体是的。但她是不死的。诗人勃兰恩德（Bryant）说：

> So live, that when thy summons comes to join the innumerable caravan which moves to that mysterious realm where each one takes his chamber in the silent halls of death, then go not, like the quarry slave at night scourged to his dungeon, but sustained and soothed.
>
> By an unfaltering truth, approach thy grave like one that wraps the drapery of his couch, about him, and lies down to pleasant dreams.①

如果我们的生前是尽责任的，是无愧的，我们就会安坦的走近我们的坟墓，我们的灵魂里不会有惭愧或悔恨的啮痕。人生自生至死，如勃兰恩德的比喻，真是大队的旅客在不尽的沙漠中进行，只要良心有个安顿，到夜里你卧倒在帐幕里也就不怕噩梦来缠绕。

我的祖母，在那旧式的环境里，到我们家来五十九年，真像是做了长期的苦工，她何尝有一日的安闲，不必说子女的嫁娶，就是一家的柴米油盐，扫地抹桌，那一件事不在八十岁老人早晚的心上！我的伯父快近六十岁了，但他的起居饮食，还差不多完全是祖母经管的，初出世的曾孙如其有些身热咳嗽，老太太晚上就睡不安稳；她爱我宠

---

① 活下去吧，当你受到召唤，去加入向那神秘的领域行进的无穷无尽的旅行队伍，去死亡的府第入住的时候，不要像那逃奴，在深夜里被鞭子抽着回到他的地牢，而应该是镇定与平静的。/ 因为对真理的毫不动摇的信念，你在走近坟墓的时候要像一个上床睡觉的人，把毯子卷卷好，躺下准备做一夜的美梦。

我的深情,更不是文字所能描写,她那深厚的慈荫,真是无所不包,无所不蔽。但她的身心即使劳碌了一生,她的报酬却在灵魂无上的平安;她的安慰就在她的儿女孙曾,只要我们能够步她的前例,各尽天定责任,她在冥冥中也就永远的微笑了。

十一月二十四日

伤双栝老人

看来你的死是无可置疑的了,宗孟先生,虽则你的家人们到今天还没法寻回你的残骸。最初消息来时,我只是不信,那其实是太奇特,太荒唐,太不近情。我曾经几回梦见你生还,叙述你历险的始末,多活现的梦境!但如今在栝树凋尽了青枝的庭院,再不闻"老人"的謦欬;真的没了,四壁的白联仿佛在微风中叹息。这三四十天来,哭你有你的内眷,姊妹,亲戚,悼你的私交;惜你有你的政友与国内无数爱君才调的士夫。志摩是你的一个忘年的小友。我不来敷陈你的事功,不来历叙你的言行;我也不来再加一份涕泪吊你最后的惨变。

魂兮归来!此时在一个风满天的深夜握笔,就只两件事闪闪的在我心头:一是你的谐趣天成的风怀,一是髫年失怙的诸弟妹,他们,你在时,那一息不是你的关切,便如今,料想你彷徨的阴魂也常在他们的身畔飘逗。平时相见,我倾倒你的语妙,往往含笑静听,不叫我的笨涩羼杂你的莹澈,但此后,可恨这生死间无情的阻隔,我再没有那样的清福了!只当你是在我跟前,只当是消磨长夜的闲谈,我此时对你说些琐碎,想来你不至厌烦吧。

先说说你的弟妹。你知道我与小孩子们说得来,每回我到你家去,他们一群四五个,连着眼珠最黑的小五,浪一般的拥上我的身来,牵住我的手,攀住我的头,问这样,问那样;我要走时他们就着了忙,抢帽子的,锁门的,嗄着声音苦求的——你也曾见过我的狼狈。自从你的噩耗到后,可怜的孩子们,从不满四岁到十一岁,那懂得生死的意义,但看了大人们严肃的神情,他们也都发了呆,一个个木鸡似的在人前愣着。有一天听说他们私下在商量,想组织一队童子军,冲出山海关去替爸爸报仇!

"栝安"那虚报到的一个早上,我正在你家。忽然间一阵天翻似的闹声从外院陡起,一群孩子拥着一位手拿电纸的大声的欢呼着,冲锋似的陷进了上房。果然是大胜利,该得庆祝的:"爹爹没有事!""爹爹好好的!"徽那里平安电马上发了去,省她急。福州电也发了去,省他们跋涉。但这欢喜的风景竟定活不到三天,又叫接着来的消息给完全煞尽!

当初送你同去的诸君回来,证实了你的死信。那晚,你的骨肉一个个走进你的卧房,各自默恻侧的坐下,啊,那一阵子最难堪的噤寂,千万种痛心的思潮在各个人的心头,在这沈默的暗惨中,激荡,汹涌,起伏。可怜的孩子们也都泪滢滢的攒聚在一处,相互的偎着,半懂得情景的严重。霎时间,冲破这沈默,发动了决声的号啕,骨肉间至性的悲哀——你听着吗,宗孟先生,那晚有半轮黄月斜觑着北海白塔的凄凉?

我知道你不能忘情这一群童稚的弟妹。前晚我去你家时见小四小五在灵帏前翻着筋斗,正如你在时他们常在你的跟前献技。"你爹呢?"我拉住他们问。"爹死了,"他们嘻嘻的回答,小五搂住了小四,一和身又滚作一堆!他们将来的养育是你身后惟一的问题——说到这里,我不由得想起了你离京前最后几回的谈话。政治生活,你说你不但尝够而且厌烦了。这五十年算是一个结束,明年起你准备谢绝俗缘,亲自教课膝前的子女;这一清心你就可以用功你的书法,你自觉你腕下的精力，老来只是健进，你打算再花二十年工夫，打磨你艺术的天才；文章你本来不弱，但你想望的却不是什么等身的著述，你只求沥一生的心得，淘成三两篇不易衰朽的纯晶。这在你是一种觉悟；早年在国外初识面时，你每每自负你政治的异禀，即在年前避居津地时你还以为前途不少有为的希望，直至最近政态诡变，你才内省厌倦，认真想回复你书生逸士的生涯。我从最初惊讶你清奇的相貌，惊讶你更清奇的谈吐，我便不阿附你从政的热心，曾经有多少次我讽劝你趁早回航，领导这新时期的精神，共同发见文艺的新土。即如前半年泰戈尔来时，你那兴会正不让我们年轻人；你这半百翁登台演戏，不辞劳倦的精神正不知给了我们多少的鼓舞！

不，你不是"老人"；你至少是我们后生中间的一个。在你的精神里，我们看不见苍苍的鬓发，看不见五十年光阴的痕迹；你的依旧是二三十年前"春痕"故事里的"逸"的风情——"万种风情无地着"，是你最得意的名句，谁料这下文竟命定是"辽原白雪葬华颠"！

谁说你不是君房的后身？可惜当时不曾记下你摇曳多姿的吐属，蓓蕾似的满缀着警句与谐趣，在此时回忆，只如天海远处的点点帆影，再也认不分明。你常常自称厌世人。果然，这世界，这人情，那禁得起你锐利的理智的解剖与抉剔？你的锋芒，有人说，是你一生最吃亏的所在。但你厌恶的是虚伪，是矫情，是顽老，是乡愿的面目，那还不是该的？谁有你的豪爽，谁有你的倜傥，谁有你的幽默？你的锋芒，即使露，也决不是完全在他人身上应用，你何尝放过你自己来？对己一如对人，你丝毫不存姑息，不存隐讳。这就够难能，在这无往不是矫揉的日子。再没有第二人，除了你，能给我这样脆爽的清谈的愉快。再没有第二人在我的前辈中，除了你，能使我感受这样的无"执"无"我"精神。

最可怜是远在海外的徽徽，她，你曾经对我说，是你惟一的知己；你，她也曾对我说，是她惟一的知己。你们这父女不是寻常的父女。"做一个有天才的女儿的父亲,"你曾说,"不是容易享的福,你得放低你天伦的辈分先求做到友谊的了解。"徽,不用说,一生崇拜的就只你,她一生理想的计划中,那件事离得了聪明不让她自己的老父?但如今,说也可怜,一切都成了梦幻,隔着这万里途程,她那弱小的心灵如何载得起这奇重的哀惨!这终天的缺陷,叫她问谁补去?佑着她吧,你不昧的阴灵,宗孟先生,给她健康,给她幸福,尤其给她艺术的灵术——同时提携她的弟妹,共同增荣雪池双梧的清名!

十五年二月二日新月社

吊刘叔和

一向我的书桌上是不放相片的。这一月来有了两张,正对我的坐位,每晚更深时就只他们俩看着我写,伴着我想;院子里偶尔听着一声清脆,有时是虫,有时是风卷败叶,有时,我想象,是我们亲爱的故世人从坟墓的那一边吹过来的消息。

伴着我的一个是小,一个是"老":小的就是我那三月间死在柏林的彼得,老的是我们钟爱的刘叔和,"老老"。彼得坐在他的小皮椅上,抿紧着他的小口,圆睁着一双秀眼,仿佛性急要妈拿糖给他吃,多活灵的神情!但在他右肩的空白上分明题着这几行小字:"我的小彼得,你在时我没福见你,但你这可爱的遗影应该可以伴我终身了。"老老是新长上几根看得见的上唇须,在他那件常穿的缎褂里欠身坐着,严正在他的眼内,和蔼在他的口颔间。

让我来看。有一天我邀他吃饭,他来电说病了不能来,顺便在电话中他说起我的彼得。(在襁褓时的彼得,叔和在柏林也曾见过。)他说我那篇悼儿文做得不坏;有人素来看不起我的笔墨的,他说,这回也相当的赞许了。我此时还分明记得他那天通电时着了寒发沙的嗓音!我当时回他说多谢你们夸奖,但我却觉得凄惨因为我同时不能忘记那篇文字的代价。是我自己的爱儿。过了几天适之来说:"老老病了,并且他那病相不好,方才我去看他,他说适之我的日子已经是可数的了。"他那时住在皮宗石家里。我最后见他的一次,他已在医院里。他那神色真是不好,我出来就对人讲,他的病中医叫作湿瘟,并且我分明认得它,他那眼内的钝光,面上的涩色,一年前我那表兄沈叔薇弥留时我曾经见过——可怕的认识,这侵蚀生命的病征。可怜少鳏的老老,这时候病榻前竟没有温存的看护;我与他说笑:"至少在病苦中有妻子毕竟强似没妻子,老老,你不懊丧续弦不及早吗?"那天我喂了他一餐,他实在是动弹不得;但我向他道别的时候,我真为他那无告的情形不忍。(在客地的单身朋友们,这是一个切题的教训,快些成家,不要过于挑剔了吧;你放平在病榻上时才知道没有妻子的悲惨!——到那时,比如叔和,可就太晚了。)

叔和没了,但为你,叔和,我却不曾掉泪。这年头也不知怎的,笑自难得,哭也不得容易。你的死当然是我们的悲痛,但转念这世上惨澹的生活其实是无可沾恋,趁早隐了去,谁说一定不是可羡慕的幸运?况且近年来我已经见惯了死,我再也不觉着它的可怕。可怕是这烦嚣的尘世:蛇蝎在我们的脚下,鬼祟在市街上,霹雳在我们的头顶,噩梦在我们的周遭。在这伟大的迷阵中,最难得的是遗忘;只有在简短的遗忘时我们才有机会恢复呼吸的自由与心神的愉快。谁说死不就是个悠久的遗忘的境界?谁说墓窟不就是真解放的进门?

但是随你怎样看法,这生死间的隔绝,终究是个无可奈何的事实,死去的不能复活,活着的不能到坟墓的那一边去探望。

到绝海里去探险我们得合伙,在大漠里游行我们得结伴;我们到世上来做人,归根说,还不只是惴惴的来寻访几个可以共患难的朋友,这人生有时比绝海更凶险,比大漠更荒凉,要不是这点子友人的同情我第一个就不敢向前迈步了,叔和真是我们的一个。他的性情是不可信的温和:"顶好说话的老老";但他每当论事,却又绝对的不苟同,他的议论,在他起劲时,就比如山壑间雨后的乱泉,石块压不住它,蔓草掩不住它。谁不记得他那永远带伤风的嗓音,他那永远不平衡的肩背,他那怪样的激昂的神情?通伯在他那篇《刘叔和》里说起当初在海外老老与傅孟真的豪辩,有时竟连"呐呐不多言"的他,也"免不了加入他们的战队"。这三位衣常敝,履无不穿的"大贤"在伦敦东南隅的陋巷,点煤汽油灯的斗室里,真不知有多少次借光柏拉图与卢骚与斯宾塞的迷力,欺骗他们告空虚的肠胃——至少在这一点他们三位是一致同意的!但通伯却忘了告诉我们他自己每回入战团时的特别情态,我想我应得替他补白。我方才用乱泉比老老,但我应得说他是一窜野火,焰头是斜着去的;傅孟真,不用说,更是一窜野火,更猖獗,焰头是斜着来的;这一去一来就发生了不得开交的冲突。在他们最不得开交时,劈头下去了一剪冷水,两窜野火都吃了惊,暂时翳了回去。那一剪冷水就是通伯;他是出名浇冷水的圣手。

啊,那些过去的日子!枕上的梦痕,秋雾里的远山。我此时又想起初渡太平洋与大西洋时的情景了。我与叔和同船到美国,那时还不熟;后来同在纽约一年差不多每天会面的,但最不可忘的是我与他同渡大西洋的日子。那时我正迷上尼采,开口就是那一套沾血腥的字句。

我仿佛跟着查拉图斯脱拉登上了哲理的山峰,高空的清气在我的肺里,杂色的人生横亘在我的眼下,船过必司该海湾的那天,天时骤然起了变化:岩片似的黑云一层层累叠在船的头顶,不漏一丝天光,海也整个翻了,这里一座高山,那边一个深谷,上腾的浪尖与下垂的云爪相互的纠拿着;风是从船的侧面来的,夹着铁梗似粗的暴雨,船身左右侧的倾欹着。这时候我与叔和在水发的甲板上往来的走——那里是走,简直是滚,多强烈的震动!霎时间雷电也来了,铁青的云板里飞舞着万道金蛇,涛响与雷声震成了一片喧阗,大西洋险恶的威严在这风暴中尽情的披露了,"人生,"我当时指给叔和说,"有时还不止这凶险,我们有胆量进去吗?"那天的情景益发激动了我们的谈兴,从风起直到风定,从下午直到深夜,我分明记得,我们俩在沈酣的论辩中遗忘了一切。

今天国内的状况不又是一幅大西洋的天变?我们有胆量进去吗?难得是少数能共患难的旅伴;叔和,你是我们的一个,如何你等不得浪静就与我们永别了?叔和,说他的体气,早就是一个弱者;但如其一个不坚强的体壳可以包容一团坚强的精神,叔和就是一个例。叔和生前没有仇人,他不能有仇人;但他自有他不能容忍的对象:他恨混淆的思想,他恨腌臜的人事。他不轻易斗争;但等他认定了对敌出手时,他是最后回头的一个。叔和,我今天又走上了风雨中的甲板,我不能不悼惜我侣伴的空位!

十月十五日

第六辑　一束情书

今晚天上有半轮的下弦月；
我想携着她的手，
往明月多处走——
一样是清光，我想，圆满或残缺。

爱眉小札

1925年8月9日—31日北京
1925年9月5日—17日上海

八月九日

"幸福还不是不可能的",这是我最近的发见。

今天早上的时刻,过得甜极了。我只要你;有你我就忘却一切,我什么都不想什么都不要了,因为我什么都有了。与你在一起没有第三人时,我最乐。坐着谈也好,走道也好,上街买东西也好。厂甸我何尝没有去过,但那有今天那样的甜法;爱是甘草,这苦的世界有了它就好上口了。眉你真玲珑,你真活泼,你真像一条小龙。

我爱你朴素,不爱你奢华。你穿上一件蓝布袍,你的眉目间就有一种特异的光彩,我看了心里就觉着不可名状的欢喜。朴素是真的高贵。你穿戴齐整的时候当然是好看,但那好看是寻常的,人人都认得的,素服时的眉,有我独到的领略。

"玩人丧德,玩物丧志",这话确有道理。

我恨的是庸凡,平常,琐细,俗;我爱个性的表现。

我的胸膛并不大,决计装不下整个或是甚至部分的宇宙。我的心河也不够深,常常有露底的忧愁。我即使小有才,决计不是天生的,我信是勉强来的;所以每回我写什么多少总是难产,我惟一的靠傍是刹那间的灵通。我不能没有心的平安,眉,只有你能给我心的平安。在你完全的蜜甜的高贵的爱里,你享受无上的心与灵的平安。

　　凡事开不得头,开了头便有重复,甚至成习惯的倾向。在恋中人也得提防小漏缝儿,小缝儿会变大窟窿,那就糟了。我见过两相爱的人因为小事情误会斗口,结果只有损失,没有利益。我们家乡俗谚有:"一天相骂十八头,夜夜睡在一横头。"意思说是好夫妻也免不了吵。我可不信,我信合理的生活,动机是爱,知识是指南针;爱的生活也不能纯粹靠感情,彼此的了解是不可少的。爱是帮助了解的力,了解是爱的成熟,最高的了解是灵魂的化合,那是爱的圆满功德。

　　没有一个灵性不是深奥的,要懂得真认识一个灵性,是一辈子的工作。这工夫愈下愈有味,像逛山似的,惟恐进得不深。

　　眉,你今天说想到乡间去过活,我听了顶欢喜,可是你得准备吃苦。总有一天我引你到一个地方,使你完全转变你的思想与生活的习惯。你这孩子其实是太娇养惯了!我今天想起丹农雪乌的《死的胜利》的结局;但中国人,那配!眉,你我从今起对爱的生活负有做到他十全的义务。我们应得努力。眉,你怕死吗?眉,你怕活吗?活比死难得多!眉,老实说,你的生活一天不改变,我一天不得放心。但北京就是阻碍你新生命的一个大原因,因此我不免发愁。

　　我从前的束缚是完全靠理性解开的;我不信你的就不能用同样的方法。万事只要自己决心;决心与成功间是最短的距离。

　　往往一个人最不愿意听的话,是他最应得听的话。

八月十日

我六时就醒了，一醒就想你来谈话，现在九时半了，难道你还不曾起身，我等急了。

我有一个心，我有一个头，我心动的时候，头也是动的。我真应得谢天，我在这一辈子里，本来自问已是陈死人，竟然还能尝着生活的甜味，曾经享受过最完全，最奢侈的时辰，我从此是一个富人，再没有抱怨的口实，我已经知足。这时候，天坍了下来，地陷了下去，霹雳种在我的身上，我再也不怕死，不愁死，我满心只是感谢。即使眉你有一天（恕我这不可能的设想）心换了样，停止了爱我，那时我的心就像莲蓬似的栽满了窟窿，我所有的热血都从这些窟窿里流走——即使有那样悲惨的一天，我想我还是不敢怨的，因为你我的心曾经一度灵通，那是不可灭的。上帝的意思到处是明显的，他的发落永远是平正的；我们永远不能批评，不能抱怨。

八月十一日

这过的是什么日子！我这心上压得多重呀！眉，我的眉，怎么好呢？刹那间有千百件事在方寸间起伏，是忧，是虑，是瞻前，是顾后，这笔上那能写出？眉，我怕，我真怕世界与我们是不能并立的，不是我们把他们打毁成全我们的活，就是他们打毁我们，逼迫我们的死。眉，我悲极了，我胸口隐隐的生痛，我双眼盈盈的热泪，我就要你，我此时要你，我偏不能有你，喔，这难受——恋爱是痛苦的，是的眉，再也没有疑义。眉，我恨不得立刻与你死去，因为只有死可以给我们想望的清静，相互的永远占有。眉，我来献全盘的爱给你，一团火热的真情，整个儿给你，我也盼望你也一样拿整个，完全的爱还我。

世上并不是没有爱，但大多是不纯粹的，有漏洞的，那就不值钱，平常，浅薄。我们是有志气的，决不能放松一屑屑，我们得来一个直纯的榜样。眉，这恋爱是大事情，是难事情，是关生死超生死的事情——如其要到真的境界，那才是神圣，那才是不可侵犯。有同情的朋友是难得的，我们现有少数的朋友，就思想见解论，在中国是第一流。他们都是真爱你我，看重你我，期望你我的。他们要看我们做到一般人做不到的事，实现一般人梦想的境界。他们，我敢说，相信你我有这天赋，有这能力；他们的期望是最难得的，但同时你我负着的责任，那不是玩儿。对己，对友，对社会，对天，我们有奋斗到底，做到十全的责任！眉，你知道我近来心事重极了，晚上睡不着不说，睡着了就来怖梦，种种的顾虑整天像刀光似的在心头乱刺，眉，你又是在这样的环境里嵌着，连自由谈天的机会都没有，咳，这真是那里说起！眉，我每晚睡在床上寻思时，我仿佛觉着发根里的血液一滴滴的消耗，在忧郁的思念中黑发变成苍白。一天二十四时，心头那有一刻的平安——除了与你单独相对的俄顷，那是太难得了。眉，我们死去吧，眉，你知道我怎样的爱你，啊眉！比如昨天早上你不来电话，从九时半到十一时我简直像是活抱着炮烙似的受罪，心那么的跳，那么的痛，也不知为什么，说你也不信，我躺在榻上直咬着牙，直翻身喘着哪！后来再也忍不住了，自己拿起了电话，心头那阵的狂跳，差一点把我晕了。谁知你一直睡着没有醒，我这自讨苦吃多可笑，但同时你得知道，眉，在恋中人的心理是最复杂的心理，说是最不合理可以，说是最合理也可以。眉，你肯不肯亲手拿刀割破我的胸膛，挖出我那血淋淋的心留着，算是我给你最后的礼物？

今朝上睡昏昏的只是在你的左右。那怖梦真可怕，仿佛有人用妖法来离间我们，把我迷在一辆车上，整天整夜的飞行了三昼夜，旁边坐着一个瘦长的严肃的妇人，像是运命自身，我昏昏的身体动不得，口开不得，听凭那妖车带着我跑，等得我醒来下车的时候有人来对我说你已另订约了。我说不信,你带约指的手指忽在我眼前闪动。我一见就往石板上一头冲去,一声悲叫,就死在地下——正当你电话铃响把我振醒,我那时虽则醒了,但那一阵的凄惶与悲酸,像是灵魂出了窍似的,可怜呀,眉!我过来正想与你好好的谈半句钟天,偏偏你又得出门就诊去,以后一天就完了,四点以后过的是何等不自然而局促的时刻!我与"先生"谈,也是凄凉万状,我们的影子在荷池圆叶上晃着,我心里只是悲惨,眉呀,你快来伴我死去吧!

八月十二日

这在恋中人的心境真是每分钟变样,绝对的不可测度。昨天那样的受罪,今儿又这般的上天,多大的分别!像这样的艳福,世上能有几个人享着;像这样奢侈的光阴,这宇宙间能有几多?却不道我年前口占的"海外缠绵香梦境,销魂今日竟燕京",应在我的甜心眉的身上!B明白了,我真又欢喜又感激!他这来才够交情,我从此完全信托他了。眉,你的福分可也真不小,当代贤哲你瞧都在你的妆台前听候差遣。眉,你该睡着了吧,这时候,我们又该梦会了!说也真怪,这来精神异常的抖擞,真想做事了,眉,你内助我,我要向外打仗去!

八月十四日

昨晚不知那儿来的兴致,十一点钟跑到W家里,本想与奚谈天,他买了新鲜核桃,葡萄,莎果,莲蓬请我,谁知讲不到几句话,太太回来了,那就是完事。接着W和M也来了,一同在天井里坐着闲话,大家嚷饿,就吃蛋炒饭,我吃了两碗,饭后就嚷打牌,我说那我就得住夜,住夜就得与他们夫妇同床,M连骂"要死快哩,疯头疯脑",但结果打完了八圈牌,我的要求居然做到,三个人一头睡下,熄了灯,M躲紧在W的胸前,格支支的笑个不住,我假装睡着,其实他说话等等我全听分明,到天亮都不曾落忽。

眉,娘真是何苦来。她是聪明,就该聪明到底;她既然看出我们俩都是痴情人容易钟情,她就该得想法大处落墨,比如说禁止你与我往来,不许你我见面,也是一个办法;否则就该承认我们的情分,给我们一条活路才是道理。像这样小鹈鹈的溜着眼珠当着人前提防,多说一句话该,多看一眼该,多动一手该,这可不是真该,实际毫无干系,只叫人不舒服,强迫人装假,真是何苦来。眉,我总说有真爱就有勇气,你爱我的一片血诚,我身体磨成了粉都不能怀疑,但同时你娘那里既不肯冒险,他那里又不肯下决断,生活上也没有改向,单叫我含糊的等着,你说我心上那能有平安,这神魂不定又那能做事?因此我不由不私下盼望你能进一步爱我,早晚想一个坚决的办法出来,使我早一天定心,早一天能堂皇的做人,早一天实现我一辈子理想中的新生活。眉,你爱我究竟是怎样的爱法?

我不在时你想我,有时很热烈的想我,那我信!但我不在时你依旧有你的生活,并不是怎样的过不去;我在你当然更高兴,但我所最要知道的是,眉呀,我是否你"完全的必要",我是否能给你一些世上再没有第二人能给你的东西,是否在我的爱你的爱里你得到了你一生最圆满,最无遗憾的满足?这问题是最重要不过的,因为恋爱之所以为恋爱就在她那绝对不可改变不可替代的一点;罗米欧爱玖丽德,愿为她死,世上再没有第二个女子能动他的心;玖丽德爱罗米欧,愿为他死,世上再没有第二个男子能占她一点子的情,他们那恋爱之所以不朽,又高尚,又美,就在这里。他们俩死的时候彼此都是无遗憾的,因为死成全他们的恋爱到最完全最圆满的程度,所以这"Die upon a kiss"是真钟情人理想的结局,再不要别的。反面说,假如恋爱是可以替代的,像是一枝牙刷烂了可以另买,衣服破了可以另制,她那价值也就可想。"定情"——the spiritual engagement, the great mutual giving up——是一件伟大的事情，两个灵魂在上帝的眼前自愿的结合，人间再没有更美的时刻——恋爱神圣就在这绝对性，这完全性，这不变性；所以诗人说：……the light of a whole life dies, when love is done.

恋爱是生命的中心与精华；恋爱的成功是生命的成功，恋爱的失败，是生命的失败，

这是不容疑义的。

眉，我感谢上苍，因为你已经接受了我；这来我的灵性有了永久的寄托，我的生命有了最光荣的起点，我这一辈子再不能想望关于我自身更大的事情发见，我一天有你的爱，我的命就有根，我就是精神上的大富翁。因此我不能不切实的认明这基础究竟是多深，多坚实，有多少抵抗侵凌的实力——这生命里多的是狂风暴雨！

所以我不怕你厌烦我要问你究竟爱到什么程度。有了我的爱，你是否可以自慰已经得到了生命与生命中的一切？反面说，要没有我的爱，是否你的一生就没有了光彩？我再来打譬喻：你爱吃莲肉，爱吃鸡豆肉；你也爱我的爱！在这几天我信莲肉，鸡豆，爱都是你的需要；在这情形下爱只像是一个"加添的必要"——An additional necessity，不是绝对的必要，比如有气，比如饮食，没了一样就没有命的。有莲时吃莲，有鸡豆时吃鸡豆，有爱时"吃"爱。好，再过几时时新就换样，你又该吃蜜桃，吃大石榴了，那时假定我给你的爱也跟着莲与鸡豆完了，但另有与石榴同时的爱现成可以"吃"——你是否能照样过你的活，照样生活里有跳有笑的？再说明白的，眉呀，我祈望我的爱是你的空气，你的饮食，有了就活，缺了就没有命的一样东西；不是鸡豆或是莲肉，有时吃固然痛快，过了时也没有多大交关，石榴柿子青果跟着来替口味多着吧！眉，你知道我怎样的爱你，你的爱现在已是我的空气与饮食，到了一半天不可少的程度，因此我要知道在你的世界里我的爱占一个什么地位。

May, I miss your passionately appealing gazingsand soul—communicating glances which once so overwhelmed and in gratiated me.Suppose I die suddenly tomorrow morning.Suppose I change my heart and love somebody else, what then would you feel and what would you do ? These are very cruel supposition.I know, but all the same I can't help making them, such being the lover's psychology.

Do you know what would I have done if in my coming back, I should have found my love no longer mine！ Try and imagine the situation and tell me what you think.

日记已经第六天了，我写上了一二十页，不管写的是什么，你一个字都还没有出世哪！但我却不怪你，因为你真是贵忙；我自己就负你空忙大部分的责。但我盼望你及早开始你的日记，纪念我们同玩厂甸那一个蜜甜的早上。我上面一大段问你的话，确是我每天郁在心里的一点意思，眉，你不该答复我一两个字吗？眉，我写日记的时候我的意绪益发蚕丝似的绕着你；我笔下多写一个眉字，我口里低呼一声我的爱，我的心为你多跳了一下。你从前给我写的时候也是同样的情形我知道，因此我益发盼望你继续你的日记，也使我多得一点欢喜，多添几分安慰。

我想去买一只玲珑坚实的小箱，存你我这几月来交换的信件，算是我们定情的一个纪念，你意思怎样？

八月十六日

真怪，此刻我的手也直抖擞，从没有过的，眉我的心，你说怪不怪，跟你的抖擞一样？想是你传给我的，好，让我们同病；叫这剧烈的心震震死了岂不是完事一宗？事情的确是到门了，眉，是往东走或往西走你赶快得定主意才是，再要含糊时大事就变成了顽笑，那可真不是玩！他那口气是最分明没有的了；那位京友我想一定是双心，决不会第二个人。他现在的口气似乎比从前有主意得多，他已经准备"依法办理"；你听他的话"今年决不拦阻你"。好，这回像人了！他像人，我们还不争气吗？眉，这事情清楚极了，只要你的决心，娘，别说一个，十个也不能拦阻你。我的意思是我们同到南边去（你不愿我的名字混入第一步，固然是你的好意，但你知道那是不成功的，所以与其拖泥带浆还不如走大方的路，来一个干脆，只是情是真的，我们有什么见不得人面的地方？）找着 P 做中间人，解决你与他的事情，第二步当然不用提及，虽则谁不明白。眉，你这回真不能再做小孩了，你得硬一硬心，一下解决了这大事免得成天怀鬼胎过不自然的痛苦的日子。要知道你一天在这尴尬的境地里嵌着，我也心理上一天站不直，那能真心去做事，害得谁都不舒服，真是何苦来？眉，救人就是自救，自救就是救人。我最恨的是苟且，因循，懦怯，在这上面无论什么事就是找不到基础的。有志事竟成，没有错儿。奋勇上前吧，眉，你不用怕，有我整个儿在你旁边站着，谁要动你分毫，有我拼着性命保护你，你还怕什么？

今晚我认账，心上有点不舒服，但我有解释，理由很长，明天见面再说吧。我的心怀里，除了挚爱你的一片热情外，我决不容留任何夹杂的感想；这册爱眉小札里，除了登记因爱而流出的思想外，我也决不愿夹杂一些不值得的成分。眉，我是太痴了，自顶至踵全是爱，你得明白我，你得永远用你的柔情包住我这一团的热情，决不可有一丝的漏缝，因为那时就有爆裂的危险。

八月十八日

十一点过了。肚子还是疼，又招了凉怪难受的，但我一个人占空院子（宏这回真走了），夜沈沈的，那能睡得着？这时候饭店凉台上正凉快,舞场中衣香鬓影多浪漫多作乐呀!这屋子闷热得凶,蚊虫也不饶人,我脸上腕上脚上都叫咬了。我的病我想一半是昨晚少睡,今天打球后又喝冰水太多,此时也有些倦意,但眉你不是说回头给我打电话吗?我那能睡呢!听差们该死,走的走,睡的睡,一个都使唤不来。你来电时我要是睡着了那又不成。所以我还是起来涂我最亲爱的爱眉小札吧。方才我躺在床上又想这样那样的。怪不得老话说"疾病则思亲",我才小不舒服,就动了感情,你说可笑不?我倒不想父母,早先我有病时总想妈妈,现在连妈妈都退后了,我只想我那最亲爱的,最钟爱的小眉。我也想起了你病的那时候,天罚我不叫我在你的身旁,我想起就痛心,眉,我怎样不知道你那时热烈的想我要我。我在意大利时有无数次想出了神,不是使劲的自咬手臂,就是拿拳头捶着胸,直到真痛了才知道。今晚轮着我想你了,眉!我想象你坐在我的床头,给我喝热水,给我吃药,抚摩着我生痛的地方,让我好好的安眠,那都幸福呀!我愿意生一辈子病,叫你坐一辈子的床头。哦那可不成,太自私了,不能那样设想。昨晚我问你我死了你怎样,你说你也死,我问真的吗,你接着说的比较近情些。你说你或许不能死,因为你还有娘,但你会把自己"关"起来,再不与男人们来往。眉,真的吗?门关得上,也打得开,是不是?我真傻,我想的是什么呀,太空幻了!我方才想假使我今晚肚子疼是盲肠炎,一阵子涌上来在极短的时间内痛死了我,反正这空院子里鬼影都没,天上只有几颗冷淡的星,地下只有几茎野草花。我要是真的灵魂出了窍,那时我一缕精魂飘飘荡荡的好不自在,我一定跟着凉风走,自己什么主意都没有;假如空中吹来有音乐的声响,我的鬼魂许就望着那方向飞去——许到了饭店的凉台上。啊,多凉快的地方,多好听的音乐,多热闹的人群!啊,那又是谁,一位妙龄女子,她慵慵的倚着一个男子肩头在那像水泼似的地平上翩翩的舞,多美丽的舞影呀!但她是谁呢,为什么我这缥缈的三魂无端又感受一个劲烈的颤栗?她是谁呢,那样的美,那样的风情,让我移近去看看,反正这鬼影是没人觉察,不会招人讨厌的不是?现在我移近了她的跟前——慵慵的倚着一个男子肩头款款舞踏着的那位女郎。她到底是谁呀,你,孤单的鬼影,究竟认清了没有?她不是旁人;不是皇家的公主,不是外邦的少女;她不是别人,她就是她——你生前沥肝脑去恋爱的她!你自己不幸,这大早就变了鬼,她又不知道,你不通知她那能知道——那圆舞的音乐多香柔呀!好,我去通知她吧。那鬼影踌躇了一晌,咽住了他无形的悲泪,益发移近了她,举起一个看不见的指头,向着她暖和的胸前轻轻的一点——啊,她打了一个寒噤,她抬起了头,停了舞,张大了眼睛,望着透光的鬼影睁眼的看,在那一瞥间她见着了,她也明白了,她知道完了——她手掩着面,她悲切切的哭了。

她同舞的那位男子用手去揽着她,低下头去软声声安慰她——在泼水似的地平上,他拥着掩面悲泣的她慢慢走回坐位去坐下了。音乐还是不断的奏着。

十二点了。你还没有消息,我再上床去躺着想吧。

十二点三刻了。还是没有消息。水管的水声,像是沥淅的秋雨,真恼人。为什么心头这一阵阵的凄凉;眼泪——线条似的挂下来了!写什么,上床去吧。

一点了。一个秋虫在阶下鸣,我的心跳;我的心一块块的迸裂;痛!写什么,还是躺着去,孤单的痴人!

一点过十分了。还这么早,时候过得真慢呀!

这地板多硬呀,跪着双膝生痛;其实何苦来,祷告又有什么用处?人有没有心是问题;天上有没有神道更是疑问了。

志摩啊你真不幸!志摩啊你真可怜!早知世界是这样的,你何必投娘胎出世来!这一腔热血迟早有一天呕尽。

一点二十分!

一点半——Marvellous！！

一点三十五分——Life is too charming, in-deed, Haha！！

一点三刻——O' is that the way woman love！ Is that the way woman love！

一点五十五分——天呀！

两点五分——我的灵魂里的血一滴滴的在那里掉……

两点十八分——疯了！

两点三十分——

两点四十分——"The pity of it, the pity of it, Iago！" Christ, what a hell is packed into that line！ Eachsyllahle

Blessed, when you say it.……

两点五十分——静极了。

三点七分——

三点二十五分——火都没了！

三点四十分——心茫然了！

五点欠一刻——咳！

六点三十分

七点二十七分

八月十九日

眉，你救了我，我想你这回真的明白了，情感到了真挚而且热烈时，不自主的往极端方向走去，亦难怪我昨夜一个人发狂似的想了一夜，我何尝成心和你生气，我更不会存一丝的怀疑，因为那就是怀疑我自己的生命，我只怪嫌你太孩子气，看事情有时不认清亲疏的区别，又太顾虑，缺乏勇气。须知真爱不是罪（就怕爱而不真，做到真字的绝对义那才做到爱字），在必要时我们得以身殉，与烈士们爱国，宗教家殉道，同是一个意思。你心上还有芥蒂时，还觉得"怕"时，那你的思想就没有完全叫爱染色，你的情没有到晶莹剔透的境界，那就比一块光泽不纯的宝石，价值不能怎样高的。昨晚那个经验，现在事后想来，自有它的功用，你看我活着不能没有你，不单是身体，我要你的性灵，我要你身体完全的爱我，我也要你的性灵完全的化入我的，我要的是你的绝对的全部——因为我献给你的也是绝对的全部，那才当得起一个爱字。在真的互恋里，眉，你可以尽量，尽性的给，把你一切的所有全给你的恋人，再没有任何的保留，隐藏更不须说；这给，你要知道，并不是给，像你送人家一件袍子或是什么，非但不是给掉，这给是真的爱，因为在两情的交流中，给与爱再没有分界；实际是你给的多你愈富有，因为恋情不是像金子似的硬性，它是水流与水流的交抱，有明月穿上了一件轻快的云衣，云彩更美，月色亦更艳了。眉，你懂得不是，我们买东西尚且要挑剔，怕上当，水果不要有蛀洞的，宝石不要有斑点的，布绸不要有皱纹的，爱是人生最伟大的一件事实，如何少得一个完全；一定得整个换整个，整个化入整个，像糖化在水里，才是理想的事业，有了那一天，这一生也就有了交代了。

  眉，方才你说你愿意跟我死去，我才放心你爱我是有根了；事实不必有，决心不可不有，因为实际的事变谁都不能测料，到了临场要没有相当准备时，原来神圣的事业立刻就变成了丑陋的顽笑。

  世间多的是没志气的人，所以只听见顽笑，真的能认真的能有几个人；我们不可不格外自勉。

  我不仅要爱的肉眼认识我的肉身，我要你的灵眼认识我的灵魂。

八月二十日

  我还觉得虚虚的，热没有退净，今晚好好睡就好了，这全是自讨苦吃。

我爱那重帘，要是帘外有浓绿的影子，那就更有趣了。

你这无谓的应酬真叫人太不耐烦，我想想真有气，成天遭强盗抢。老实说，我每晚睡不着也就为此，眉，你真的得小心些，要知道"防微杜渐"在相当时候是不可少的。

八月二十一日

眉，醒起来，眉，起来，你一生最重要的交关已经到门了，你再不可含糊，你再不可因循，你成人的机会到了，真的到了。他已经把你看作泼水难收，当着生客们的面前，尽量的羞辱你；你再没有志气，也不该犹豫了；同时你自己也看得分明，假如你离成了，决不能再在北京耽下去。我是等着你，天边去，地角也去，为你我什么道儿都欣欣的不踌躇的走去。听着：你现在的选择，一边是苟且暧昧的图生，一边是认真的生活；一边是肮脏的社会，一边是光荣的恋爱；一边是无可理喻的家庭，一边是海阔天空的世界与人生；一边是你的种种的习惯，寄妈舅母，各类的朋友，一边是我与你的爱。认请楚了这回，我最爱的眉呀，"差以毫厘，谬以千里""一失足成千古恨"，你真的得下一个完全自主的决心，叫爱你期望你的真朋友们，一致起敬你才好呢！

眉，为什么你不信我的话，到什么时候你才听我的话！你不信我的爱吗？你给我的爱不完全吗？为什么你不肯听我的话，连极小的事情都不依从我——倒是别人叫你上那儿你就梳头打扮了快走。你果真是我，不能这样没胆量，恋爱本是光明事，为什么要这样子偷偷的，多不痛快。

眉，要知道你只是偶尔的觉悟，偶尔的难受，我呢，简直是整天整晚的叫忧愁割破了我的心。O May！ love me; give me all your love, let us become one; try to live into my love for you, let my love fill you, nourish you, caress your daring body and hug your daring soul too; let my love stream over you, merge you thoroughly, let me rest happy and confident in your passion for me! ①

> 忧愁他整天拉着我的心，
> 像一个琴师操练他的琴；
> 悲哀像是海礁间的飞涛；
> 看他那汹涌听他那呼号。

八月二十二日

　　眉，今儿下午我实在是饿荒了，压不住上冲的肝气，就这么说吧，倒叫你笑话酸劲儿大，我想想是觉着有些过分的不自持，但同时你当然也懂得我的意思。我盼望，聪明的眉呀，你知道我的心胸不能算不坦白，度量也不能说是过分的窄，我最恨是琐碎地方认真，但大家要分明，名分与了解有了就好办，否则就比如一盘不分疆界的棋，叫人无从下手了。

　　很多事情是庸人自扰，头脑清明所以是不能少的。

　　你方才跳舞说一句话很使我自觉难为情，你说："我们还有什么客气？"难道我真的气度不宽，我得好好的反省才是。

　　眉，我没有怪你的地方，我只要你的思想与我的合并成一体，绝对的泯缝，那就不易见错儿了。

　　我们得互相体谅；在你我间的一切都得从一个爱字里流出。

---

① 哦，眉！爱我吧，给我你全部的爱，让我们融为一体。试着住进我对你的爱中，让我的爱填满你，滋养你，拥抱你迷人的身体和灵魂。让我的爱像溪流一样在你身上流淌，与你全部融合，让我在你的爱中充满快乐和自信。

我一定听你的话，你叫我几时回南我就回南，你叫我几时往北我就几时往北。

今天本想当人前对你说一句小小的怨语，可没有机会，我想说："小眉真对不起人，把人家万里路外叫了回来，可连一个清静谈话的机会都没给人家！"下星期西山去一定可以有机会了，我想着就起劲，你呢，眉？

我较深的思想一定得写成诗才能感动你，眉，有时我想就只你一个人真的懂我的诗，爱我的诗，真的我有时恨不得拿自己血管里的血写一首诗给你，叫你知道我爱你是怎样的深。

眉，我的诗魂的滋养全得靠你，你得抱着我的诗魂像抱亲孩子似的，他冷了你得给他穿，他饿了你得喂他食——有你的爱他就不愁饿不愁冻，有你的爱他就有命！

眉，你得引我的思想往更高更大更美处走；假如有一天我思想堕落或是衰败时就是你的羞耻，记着了，眉！

已经三点了，但我不对你说几句话我就别想睡。这时你大概早睡着了，明儿九时半能起吗？我怕还是问题。

你不快活时我最受罪，我应当是第一个有特权有义务给你慰安的人不是？下回无论你怎样受了谁的气不受用时，只要我在你旁边看你一眼或是轻轻的对你说一两个小字，你就应得宽解；你永远不能对我说"Shut　up"（当然你决不会说的，我是说笑话），叫我心里受刀伤。

我们男人，尤其是像我这样的痴子，真也是怪，我们的想头不知是那样转的，比如说去秋那"一双海电"，为什么这一来就叫一万二千度的热顿时变成了冰，烧得着天的火立刻变成了灰，也许我是太痴了，人间绝对的事情本是少有的。All or Nothing 到如今还是我做人的标准。

眉，你真是孩子，你知道你的情感的转向来得多快，一会儿气得话都说不出，一会儿又嚷吃面包了！

今晚与你跳的那一个舞，在我是最 enjoy 不过了，我觉得从没有经验过那样浓艳的趣味——你要知道你偶尔唤我时我的心身就化了！

八月二十三日

昨晚来今雨轩又有慷慨激昂的"援女学联会"，有一个大胡子矮矮的，他像是大军师模样，三五个女学生一群男学生站在一起谈话，女的哭哭噪噪，一面擦眼泪，一面高声的抗议，我只听见"像这样还有什么公理呢？"又说："谁失踪了，谁受重伤了，谁准叫他们打死了，唉，一定是打死了，乌乌乌乌……"

眉倒看得好玩，你说女人真不中用，一来就哭，你可不知道女人的哭才是她的真本领哩！

今天一早就下雨，整天阴霾到底，你不乐，我也不快；你不愿见人，并且不愿见我；你不打电话，我知道你连我的声音都不愿听见，我可一点也不怪你，眉，我懂得你的抑郁，我只抱歉我不能给你我应分的慰安。十一点半了，你还不曾回家，我想象你此时坐在一群叫嚣不相干的俗客中间，看他们放肆的赌，你尽愣着，眼泪向里流着，有时你还得赔笑脸，眉，你还不厌吗，这种无谓的生活，你还不造反吗？眉？

我不知道我对你说着什么话才好，好像我所有的话全说完了，又像是什么话都没有说，眉呀，你望不见我的心吗？这凄凉的大院子今晚又是我单个儿占着，静极了，我觉得你不在我的周围，我想飞上你那里去，一时也像飞不到的样子，眉，这是受罪，真是受罪！方才"先生"说他这一时不很上我们这儿来，因为他看了我们不自然的情形觉着不舒服，原来事情没有到门大家见面打哈哈倒没有什么，这回来可不对了，悲惨的颜色，紧急的情调，一时都来了，但见面时还得装作，那就是痛苦，连旁观人都受着的，所以他不愿意来，虽则他很 Miss 你。他明天见娘谈话去，他再不见效，谁都不能见效了，他真是好朋友，他见到，他也做到，我们将来怎样答谢他才好哩。S来信有这几句话——我觉得自己无助的可怜，但是一看小曼，我觉得自己运气比她高多了，如果我精神上来，多少可以做些事业，她却难上难，一不狠心立志，险得很。岁月蹉跎，如何能保守健康精神与身体，志摩，你们都是她的至近朋友，怎不代她设想设想？使她蹉磨下去，真是可惜，我是巾帼到底不好参与家事……

八月二十四日

这来你真的很不听话眉，你知道不？也许我不会说话，你不爱听，也许你心烦听不进，今晚在真光我问你记否去年第一次在剧场觉得你的发鬖擦着我的脸（我在海拉尔寄回一首诗来纪念那初度尖锐的官感，在我是不可忘的），你理都没有理会我，许是你看电影出了神，我不能过分怪你。

今晚北海真好，天上的双星那样的晶清，隔着一条天河含情的互睇着；满池的荷叶在微风里透着清馨；一弯黄玉似的初月在西天挂着；无数的小虫相应的叫着；我们的小舫在荷叶丛中刺着，我就想你，要是你我俩坐着一只船在湖心里荡着，看星，听虫，嗅荷馨，忘却了一切，多幸福的事，我就怨你这一时心不静，思想不清，我要你到山里去也就为此。你一到山里心胸自然开豁得多，我敢说你多忘了一件杂事，你就多一分心思留给你的爱；你看看地上的草色，看看天上的星光，摸摸自己的胸膛，自问究竟你的灵魂得到了寄托没有，你的爱得到了代价没有，你的一生寻出了意义没有？你在北京城里是不会有清明思想的——大自然提醒我们内心的愿望。

我想我以后写下的不拿给你看了，眉，一则因为天天看烦得很，反正是这一路的话，这爱长爱短老听也是怪腻烦的；

二则我有些不甘愿,因为分明这来你并不怎样看重我的"心声"。我每天的写,有工夫就写,倒像是我惟一的功课,很多是夜阑人静半夜三更写的,可是你看也就翻过算数,到今天你那本子还是白白的,我问你劝你的话你也从不提及,可见你并不曾看进去,我写当然还是写,但我想不要每天缴卷似的送过去了,我也得装装马虎,等你自己想起时问起时真的要看时再给你不迟。我记得(你记得吗,眉?)才几个月前你最初与我秘密通讯时,你那时的诚恳,焦急,需要,怎样抱怨我不给你多写,你要看我的字就比掉在岸上的鱼想水似的急,——咳,那时间我的肝肠都叫你摇动了,眉!难道这几个月来你已经看够了不成?我的话准没有先前的动听,所以你也不再着急要,虽则我自问我对你一往的深情真是一天深似一天,我想看你的字,想听你的话,想搂抱你的思想,正比你几个月前想要我的有增无减——眉,这是什么道理?我知道我如其尽说这一套带怨意的话,你一定看得更不耐烦,我真是愈来愈蠢了,什么新鲜的念头,讨人欢喜招人乐的俏皮话一句也想不着,这本子一页又一页只是板着脸子说的郑重话,那能怪你不爱看——我自个儿活该不是?下回我想来一个你给我的信的一个研究——我要重新接近你那时的真与挚,热烈与深刻。眉,你知道你那时偶尔看一眼,那一眼里含着多少的深情呀!现在你快正眼都不爱觑我了,眉,这是什么道理?你说你心烦,所以连面都不愿见我——我懂得,我不怪你,假如我再跑了一次看看——我不在跟前时也许你的思想倒会分给我一些——你说人在身边,何必再想,真是!这样来我愿意我立即死了,那时我倒可以希望占有你一部分纯洁的思想的快乐。眉,你几时才能不心烦?你一天心烦,我也一天不心安,因为我们俩的思想镶不到一起,随我怎样的用力用心——

　　眉,假如我逼着你跟我走,那是说到和平办法真没有希望时,你将怎样发付我?不,我情愿收回这问句,因为你也许忍心拿一把刀插在爱你的摩的心里!

咳,"以不了了之",什么话!我倒不信,徐志摩不是懦夫,到相当时候我有我的颜色,无耻的社会你们看着吧!

眉,只要你有一个日本女子一半的痴情与侠气——你早跟我飞了,什么事都解决了。乱丝总得快刀斩,眉,你怎的想不通呀!

上海有时症,天又热,我也有些怕去。

八月二十五日

眉,你快乐时就比花儿开,我见了直乐!

八月二十七日

两天不亲近爱眉小札了,真觉得抱歉。

香山去只增添加深我的懊丧与惆怅,眉,没有一分钟过去不带着想你的痴情,眉,上山,听泉,折花,望远,看星,独步,嗅草,捕虫,寻梦,——那一处没有你,眉,那一处不惦着你眉,那一个心跳不是为着你眉!

我一定得造成你眉;旁人的闲话我愈听愈恼,愈愤愈自信!眉,交给我你的手,我引你到更高处去,我要你托胆的完全信任的把你的手交给我。

我没有别的方法,我就有爱;没有别的天才,就是爱;没有别的能耐,只是爱;没有别的动力,只是爱。

我是极空洞的一个穷人,我也是一个极充实的富人——

我有的只是爱。

眉,这一潭清洌的泉水;你不来洗濯谁来;你不来解渴谁来;你不来照形谁来!

我白天想望的,晚间祈祷的,梦中缠绵的,平时神往的——只是爱的成功,那就是生命的成功。

是真爱不能没有力量;是真爱不能没有悲剧的倾向。

眉,"先生"说你意志不坚强,所以目前逢着有阻力的环境倒是好的,因为有阻力的环境是激发意志最强的一个力量,假如阻力再不能激发意志时,那事情也就不易了。这时候各界的看法各各不同,眉,你觉出了没有?有绝对怀疑的;有相对怀疑的;有部分同情的;有完全同情的(那很少,除是老K);有嫉忌的;有阴谋破坏的(那最危险);有肯积极助成的;有愿消极帮忙的……都有。但是,眉,听着,一切都跟着你我自身走;只要你我有意志,有气,有勇,加在一个真的情爱上,什么事不成功?真的!

有你在我的怀中,虽则不过几秒钟,我的心头便没有忧愁的踪迹;你不在我的当前,我的心就像挂灯似的悬着。

你为什么不抽空给我写一点?不论多少,抱着你的思想与抱着你的温柔的肉体,同样是我这辈子无上的快乐。

往高处走,眉,往高处走!

我不愿意你过分"爱物",不愿意你随便花钱,无形中养成"想什么非要到什么不可"的习惯;我将来决不会怎样赚钱的,即使有机会我也不来,因为我认定奢侈的生活不是高尚的生活。

爱,在俭朴的生活中,是有真生命的,像一朵朝露浸着的小草花;在奢华的生活中,即使有爱,不能纯粹,不能自然,像是热屋子里烘出来的花,一半天就衰萎的忧愁。

论精神我主张贵族主义;谈物质我主张平民主义。

眉,你闲着时候想一想,你会不会有一天厌弃你的摩。

不要怕想,想是领到"通"的路上去的。

爱朋友怜惜与照顾也得有个限度,否则就有界限不分明的危险。

小的地方要防，正因为小的地方容易忽略。

八月二十八日

这生活真闷死得人，下午等你消息不来时我反扑在床上，凄凉极了，心跳得飞快，在迷惘中呻吟着"Let me die, let me die.O Love！"

眉，你的舌头上生疱，说话不利便；我的舌头上不生疱，说话一样的不能出口，我只能连声的叫他，眉，眉，你听着了没有？

为谁憔悴？眉，今天有不少人说我。

老太爷防贼有功，应赏反穿黄马褂！

心里只是一束乱麻，叫我如何定心做事。

"南边去防口实"，咳眉，这回再要"以不了了之"，我真该投身西湖做死鬼去了。

我本想在南行前写完这本日记的，但看情形怕不易了，眉，这本子里不少我的呕心血的话，你要是随便翻过的话，我的心血就白呕了！

八月二十九日

眉，今天今晚我释然得很。

八月三十一日

眉，今晚我只是"爽然"！"如此星辰非昨夜，为谁风露立终宵"，多凄凉的情调呀！北海月色荷香，再会了！

织女与牛郎，清浅一水隔，相对两无言，盈盈复脉脉。

九月五日　上海

前几天真不知是怎样过的，眉呀，昨晚到站时"谭谭"背给我听你的来电，他不懂得末尾那个眉字，瞎猜是密码还是什么，我真忍不住笑了——好久不笑了眉，你的摩？

"先生"真可人，"一切如意——珍重——眉"，多可爱呀，救命王菩萨，我的眉！这世界毕竟不是骗人的，我心里又漾着一阵甜味儿，痒齐齐怪难受的，飞一个吻给我至爱的眉，我感谢上苍，真厚待我，眉终究不负我，忍不住又独自笑了。昨夜我住在蒋家，覆去翻来老想着你，那睡得着，连着蜜甜的叫你嗔你亲你，你知道不，我的爱？

今天挨过好不容易，直到十一时半你的信才来，阿弥陀佛，我上天了。我一壁开信就见看你肥肥的字迹我就乐想躲着眉，我妈坐在我对桌，我爸躺在床上同声笑着骂了："谁来看你信，这鬼鬼祟祟的干么！"我倒怪不好意思的，念你信时我面上一定很有表情，一忽儿紧皱着眉头，一忽儿笑逐颜开，妈准递眼风给爸笑话我哪！

眉，我真心的小龙，这来才是推开云雾见青天了！我心花怒放就不用提了，眉，我恨不得立刻搂着你，亲你一个气都喘不回来，我的至宝，我的心血，这才是我的好龙儿哪！

你那里是披心沥胆，我这里也打开心肠来收受你的至诚——同时我也不敢不感激我们的"红娘"，他真是你我的恩人——你我还不争气一些！

说也真怪，昨天还是在昏沈地狱里坑着的，这来勇气全回来了，你答应了我的话，你给了我交代，我还不听你话向前做事去，眉，你放心，你的摩也不能不给你一个好"交代"！

今天我对P全讲了，他明白，他说有办法，可不知什么办法！

真厌死人，娘还得跟了来！我本想到南京去接你的，她若来时我连上车站都不便，这多气人，可是我听你话，眉，如今我完全听你话，你要我怎办就怎办，我完全信托你，我耐着——为着你眉。

眉，你几时才能再给我一个甜甜的——我急了！

九月八日

风波,恶风波。

眉,方才听说你在先施吃冰淇淋剪发,我也放心了;昨晚我说——"The absolute way out is the best way out" ①。

我意思是要你死,你既不能死,那你就活;现在情形大概你也活得过去,你也不须我保护;我为你已经在我的灵魂上涂上一大搭的窑煤,我等于说了谎,我想我至少是对得住你的;这也是种气使然,有行动时只是往下爬,永远不能向上争,我只能暂时洒一滴创心的悲泪,拿一块冷笑的毛毡包起我那流鲜血的心,等着再看随后的变化吧。

我此时竟想立刻跑开,远着你们,至少让"你的"几位安安心;我也不写信给你,也没法写信;我也不想报复,虽则你娘的横蛮真叫人发指;我也不要安慰,我自己会骗自己的,罢了,罢了,真罢了!

一切人的生活都是说谎打底的,志摩,你这个痴子妄想拿真去代谎,结果你自己轮着双层的大谎,罢了,罢了,真罢了!

眉,难道这就是你我的下场头?难道老婆婆的一条命就活活的吓倒了我们,真的蛮横压得倒真情吗?

眉,我现在只想在什么时候再有机会抱着你痛哭一场——我此时忍不住悲泪直流,你是弱者眉,我更是弱者的弱者,我还有什么面目见朋友去,还有什么心肠做事情去——

罢了,罢了,真罢了!

眉,留着你半夜惊醒时一颗凄凉的眼泪给我吧,你不幸的爱人!

眉,你镜子里照照,你眼珠里有我的眼水没有?

唉,再见吧!

---

① 最彻底的解决方式就是最好的方式。

九月九日

今晚许见着你,眉,叫我怎样好! Z说我非但近痴,简直已经痴了。方才爸爸进来问我写什么,我说日记,他要看前面的题字,没法给他看了,他指了指"眉"字,笑了笑,用手打了我一下。爸爸真通人情,前夜我没回家他急得什么似的一晚没睡,他说替我"捏着一大把汗",后来问我怎样,我说没事,他说"你额上亮着哪",他又对我说:"像你这样年纪,身边女人是应得有一个的,但可不能胡闹,以后,有夫之妇总以少接近为是。"我当然不能对他细讲,点点头算数。

昨晚我叫梦象缠得真苦,眉你真害苦了我,叫我怎生才是?我真想与你与你们一家人形迹上完全绝交,能躲避处躲避,免不了见面时也只随便敷衍,我恨你的娘刺骨,要不为你爱我,我要叫她认识我的厉害!等着吧,总有一天报复的!

我见人都觉着尴尬,了解的朋友又少,真苦死。前天我急极时忽然想起了LY,她多少是个有侠气的女子,她或能帮忙,比如代通消息,但我现在简直连信都不想给你通了,我这里还记着日记,你那里恐怕连想我都没有时候了,唉,我一想起你那专暴淫蛮的娘!

我来扬子江边买一把莲蓬;
手剥一层层的莲衣,
看江鸥在眼前飞,
忍含着一眼悲泪,——
我想着你,我想着你,啊小龙!

我尝一尝莲瓣,回味曾经的温存——
那阶前不卷的重帘,

掩护着销魂的欢恋,
我又听着你的盟言:
"永远是你的,我的身体,我的灵魂。"

我尝一尝莲心,我的心比莲心苦,
我长夜里怔忡,
挣不开的恶梦;
谁知我的苦痛!
你害了我,爱,这是叫我如何过?

但我不能说你负,更不能猜你变;
我心头只是一片柔
你是我的!我依旧
将你紧紧的抱搂;
除非是天翻,但我不能想象那一天!

九月四日沪宁道上

九月十日

"受罪受大了!"受罪受大了,我也这么说。眉呀,昨晚席间我浑身的肉都颤动了,差一点不曾爆裂,说也怪,我本不想与你说话的,但等到你对我开口时,我闷在心里的话一句都说不上来,我睁着眼看你来,睁着眼看你去,谁知道你我的心!

有一点我却不甚懂,照这情形绝望是定的了,但你的口气还不是那样子,难道你另外又想出了路子来?我真想不出。

九月十一日

眉,你到底是什么回事?你眼看着我流泪晶晶的说话的时候,我似乎懂得你,但转瞬间又模糊了;不说别的,就这现亏我就吃定的了,"总有一天报答你"——那一天不是今天,更有那一天?我心只是放不下,我明天还得对你说话。

事态的变化真是不可逆料,难道真有命的不成?昨晚在 M 外院微光中,你铄亮的眼对着我,你温热的身子亲着我,你说"除非立刻跑"那话就像电火似的照亮了我的心,那一刹那间,我乐极,什么都忘了,因为昨天下午你在慕尔鸣路上那神态真叫我有些诧异,你一边咬得那样定,你心里究竟是什么一回事呢?所以我忍不住(怕你真又糊涂了)写了封信给他,亲自跑去送信,本不想见你的,他昨晚态度倒不错,承他的情,我又占了你至少五分钟,但我昨晚一晚只是睡不着,就惦着怎样"跑"。我想起大连,想叫"先生"下来帮着我们一点,这样那样尽想,连我们在大连租的屋子,相互的生活,都——影片似的翻上心来。今天我一早出门还以为有几分希冀,这冒险的意思把我的心搔得直发痒,可万想不到说谎时是这般田地,说了真话还是这般田地,真是麻维勒斯了!

我心里只是一团谜,我爸我娘直替我着急,悲观得凶,可我又有什么办法?咳眉你不能成心的害我毁我;你今天还说你永远是我的,我没法不信你,况且你又有那封真挚的信,我怎能不怜着你一点,这生活真是太蹊跷了!

九月十三日

"先生"昨晚来信,满是慰我的好意,我不能不听他的话,他懂得比我多,看得比我透,我真想暂时收拾起我的私情,做些正经事业;

也叫爱我如"先生"的宽宽心,咳,我真是太对不起人了。

眉,一见你一口气就哽住了我的咽喉,什么话都说不出来了,他昨晚的态度真怪,许有什么花样,他临上马车过来与我握手的神情也顶怪的,我站着看你,心里难受就不用提了,你到底是谁的?昨晚本想与你最后说几句话,结果还是一句都说不成,只是加添了愤懑。咳,你的思想真混,眉,我不能不说你。

这来我几时再见你,眉?看你吧。我不放心的就是你许有彻悟的时候真要我的时候,我又不在你的身旁,那便怎办?

西湖上见得着我的眉吗?

我本来站在一个光亮的地位,你拿一个黑影子丢上我的身来,我没法摆脱……

The sufferer has no right to pessimism.①

这话里有电,有震醒力!

十日在栈里做了一首诗:

> 今晚天上有半轮的下弦月;
> 我想携着她的手,
> 往明月多处走——
> 一样是清光,我想,圆满或残缺。
>
> 庭前有一树开剩的玉兰花;
> 她有的是爱花癖,
> 我忍看它的怜惜——

---

① 受害者没有悲观的权利。

一样是芬芳,她说,满花与残花。

浓荫里有一只过时的夜莺;

她受了秋凉,

不如从前浏亮——

快死了,她说,但我不悔我的痴情!

但这莺,这一树残花,这半轮月——

我独自沈吟,

对着我的身影——

她在那里呀,为什么伤悲,凋谢,残缺?

九月十六日

  你今晚终究来不来?你不来时我明天走怕不得相见了;你来了又待怎样?我现在至多的想望是与你临行一诀,但看来百分里没有一分机会!你娘不来时许还有法想;她若来时什么都完了。想着真叫人气;但转想即使见面又待怎生,你还是在无情的石壁里嵌着,我没法挖你出来,多见只多尝锐利的痛苦,虽则我不怕痛苦。眉,我这来完全变了个"宿命论者",我信人事会合有命有缘,绝对不容什么自由与意志,我现在只要想你常说那句话早些应验——"我总有一天报答你"。是的我也信,前世不论,今生是你欠我债;你受了我的礼还不曾回答;你的盟言——"完全是你的,我的身体,我的灵魂"——还不曾实践,眉,你决不能随便堕落了,你不能负我,你的惟一的摩!我固然这辈子除了你没有受过女人的爱,同时我也自信我也该觉着我给你的爱也不是平常的,眉,真的到几时才能清账,我不是急,你要我耐我不是不能耐,但怕的是华年不驻,热情难再,到那天彼此都离朽木不远的时候再交抱,岂不是"何苦"?

我怕我的话说不到你耳边,我不知你不见我时心里想的是什么,我不能自由见你,更不能勉强你想我;但你真的能忘我吗?真的能忍心随我去休吗?眉,我真不信为什么我的运蹇如此!

我的心想不论望那一方向走,碰着的总是你,我的甜;你呢?

在家里伴娘睡两晚,可怜,只是在梦阵里颠倒,连白天都是这怔怔的。昨天上车时,怕你在车上,初到打电话时怕你已到,到春润庐时怕你就到——这心头的回折,这无端的狂跳,有谁知道?

方才送花去,踌躇了半晌,不忍不送,却没有附信去,我想你能够懂得。

昨天在楼外楼上微醺时那凄凉味儿,眉呀,你何苦爱我来!

方才在烟霞洞与复之闲谈,他说今年红蓼红蕉都死了,紫薇也叫虫咬了,我听了又有怅触,随诌四句——

红蕉烂死紫薇病
秋雨横斜秋风紧
山前山后乱鸣泉
有人独立怅空溟

九月十七日

爸今天一定很怪我,早上没有回去,他已是不愿意,下午又没有回,他准皱眉!但他也一定有数,我为什么耽着;眉,我的眉,为你,不为你更为谁!可怜我今天去车站盼望你来,又不敢露面,心里双层的难受,结果还是白候,这时候有九时半!王福没电话来,大约又没有到,也许不叫打,我几次三番想写给你可又没法传递,咳,真苦极了,现在我立定主意走了，不管了，以后就看你了，眉呀！想不到这爱眉小札，欢欢喜喜开的篇，会有这样凄惨的结束，这一段公案到那一天才判得清？我成天思前想后的神思越恍惚了，再不赶快找"先生"寻安慰去，我真该疯了。眉，我有些怨你；不怨你别的，怨你在京那一个月，多难得的日子，没多给我一点平安，你想想，北海那晚上！眉，要不是你后来那封信，我真该疑你了。

今天我又发傻，独自去灵隐，直挺挺的躺在壑雷亭下那石条磴上寻梦，我故意把你那小红绢盖在脸上，妄想倩女离魂，把你变到壑雷亭下来会我！眉，你究竟怎样了，我那里舍得下你，我这里还可以现在似的自由的写日记，你那里怕连出神的机会都没有，一个娘，一个丈夫，手挽手的给你造上一座打不破的牢墙，想着怎不叫人恚愤，你说"Some day God will pity us"；but will there be such a day？ ①

昨晚把娘给我那玻璃翠戒指落了，真吓得我！恭喜没有掉了；我盼望有一天把小龙也捡了回来，那才真该恭喜哪。昏昏的度日，诗意尽有，写可写不成，方才凑成了四节：

> 昨天我冒着大雨去烟霞岭下访桂；
> 南高峰在烟霞中不见；
> 在一家松茅铺的屋沿前
> 我停步，问一个村姑今年
> 翁家山的丹桂没有去年时的媚。
>
> 那村姑先对着我身上细细的端详：
> "活像个羽毛浸瘪了的鸟。"

---

① "有一天上帝会可怜我们。"但是真的会有那一天吗？

我心里想,她,定觉得蹊跷,
在这大雨天单身走远道,
倒来没来头的问桂花今年香不香!

"客人,你运气不好,来得太迟又太早:
这里就是有名的满家弄,
往年这时候到处香得凶,
这几天连绵的雨,外加风,
弄得这稀糟,今年的早桂就算完了。"

果然这桂子林也不能给我欢喜:
枝上只见焦烂的细蕊,
看着凄惨,咳,无妄的灾,
我心想,为什么到处憔悴?——
这年头活着不易,这年头活着不易!

又凑成了一首——

再不见雷峰,雷峰坍成了一座大荒冢,
顶上有不少交抱的青葱,
顶上有不少交抱的青葱;
再不见雷峰,雷峰坍成了一座大荒冢。

发什么感慨,对着这光阴应分的摧残?
世上多的是不应分的变态;
世上多的是不应分的变态,

发什么感慨,对着这光阴应分的摧残?

发什么感慨,这塔是镇压,这坟是掩埋——
镇压还不如掩埋来得痛快;
镇压还不如掩埋来得痛快,
发什么感慨,这塔是镇压,这坟是掩埋!

再没有雷峰,雷峰从此掩埋在人的记忆中,
像曾经的梦境,曾经的爱宠;
像曾经的梦境,曾经的爱宠,
再没有雷峰,雷峰从此掩埋在人的记忆中!

致陆小曼

一九二五年三月三日自北京

小曼：

　　这实在是太惨了，怎叫我爱你的不难受？假如你这番深沈的冤曲有人写成了小说故事，一定可使千百个同情的读者滴泪，何况今天我处在这最尴尬最难堪的地位，怎禁得不咬牙切齿的恨，肝肠迸断的痛心呢？真的太惨了，我的乖，你前生作的是什么孽，今生要你来受这样惨酷的报应？无端折断一枝花，尚且是残忍的行为，何况这生生的糟蹋一个最美最纯洁最可爱的灵魂。真是太难了，你的四周全是铜墙铁壁，你便有翅膀也难飞，咳，眼看着一只洁白美丽的稚羊让那满面横肉的屠夫擎着利刀向着她刀刀见血的蹂躏谋杀——旁边站着不少的看客，那羊主人也许在内，不但不动怜惜，反而称赞屠夫的手段，好像他们都挂着馋涎想分尝美味的羊羔哪！咳，这简直的不能想，实有的与想象的悲惨的故事我亦闻见过不少，但我爱，你现在所身受的却是谁都不曾想到过，更有谁有胆量来写？我倒劝你早些看哈代那本 Jude the Obscure 吧，那书里的女子 Sue 你一定很可同情她，哈代写的结果叫人不忍卒读，但你得明白作者的意思，将来有机会我对你细讲。

咳，我真不知道你申冤的日子在那一天！实在是没有一个人能明白你，不明白也算了，一班人还来绝对的冤你，阿呸，狗屁的礼教，狗屁的家庭，狗屁的社会，去你们的，青天里白白的出太阳，这群人血管的水全是冰凉的！我现在可以放怀的对你说，我腔子里一天还有热血，你就一天有我的同情与帮助；我大胆的承受你的爱，珍重你的爱，永葆你的爱，我如其凭爱的恩惠还能从我性灵里放射出一丝一缕的光亮，这光亮全是你的，你尽量用吧！假如你能在我的人格思想里发见有些许的滋养与温暖，这也全是你的，你尽量使吧！最初我听见人家诬蔑你的时候，我就热烈的对他们宣言，我说你们听着，先前我不认识她，我没有权利替她说话，现在我认识了她，我绝对的替她辩护，我敢说如其女人的心曾经有过纯洁的，她的就是一个。Her heart is as pure and unsoiled as any women's heart can be; and her soul as noble.① 现在更进一层了，你听着这分别，先前我自己仿佛站得高些，我的眼是往下望的，那时我怜你惜你疼你的感情是斜着下来到你身上的，渐渐的我觉得我的看法不对，我不应得站得比你高些，我只能平看着你。我站在你的正对面，我的泪丝的光芒与你的泪丝的光芒针对的交换着，你的灵性渐渐的化入了我的，我也与你一样觉悟了一个新来的影响，在我的人格中四布的贯彻；——现在我连平视都不敢了，我从你的苦恼与悲惨的情感里憬悟了你的高洁的灵魂的真际，这是上帝神光的反映，我自己不由的低降了下去，现在我只能仰着头献给你我有限的真情与真爱，声明我的惊讶与赞美。不错，勇敢，胆量，怕什么？前途当然是有光亮的，没有也得叫他有。一个灵魂有时可以到最黑暗的地狱里去游行，但一点神灵的光亮却永远在灵魂本身的中心点着——况且你不是确信你已经找着了你的真归宿，真想望，实现了你的梦？来，

---

① 她的心和其他女人的一样纯洁，她的灵魂也同其他女人的一样纯洁。

让这伟大的灵魂的结合毁灭一切的阻碍，创造一切的价值，往前走吧，再也不必迟疑！

你要告诉我什么，尽量的告诉我，像一条河流似的尽量把他的积聚交给天边的大海，像一朵高爽的葵花，对着和暖的阳光一瓣瓣的展露她的秘密。你要我的安慰，你当然有我的安慰，只要我有我能给；你要什么有什么，我只要你做到你自己说的一句话——"Fight On"——即使运命叫你在得到最后胜利之前碰着了不可躲避的死，我的爱，那时你就死，因为死就是成功，就是胜利。一切有我在，一切有爱在。同时你努力的方向得自己认清，再不容丝毫的含糊，让步牺牲是有的，但什么事都有个限度，有个止境；你这样一朵希有的奇葩，决不是为一对不明白的父母，一个不了解的丈夫牺牲来的。你对上帝负有责任，你对自己负有责任，尤其你对于你新发现的爱负有责任，你已往的牺牲已经足够，你再不能轻易糟蹋一分半分的黄金光阴。人间的关系是相对的，应职也有个道理，灵魂是要救度的，肉体也不能永远让人家侮辱蹂躏，因为就是肉体也是含有灵性的。

总之一句话：时候已经到了，你得 Assert your own personality[①]。你的心肠太软，这是你一辈子吃亏的原因，但以后可再不能过分的含糊了，因为灵与肉实在是不能绝对分家的，要不然 Nora 何必一定得抛弃她的家，永别她的儿女，重新投入渺茫的世界里去？她为的就是她自己人格与性灵的尊严，侮辱与蹂躏是不应得容许的。且不忙，慢慢的来，不必悲观，不必厌世，只要你抱定主意往前走，决不会走过头，前面有人等着你。

以后的信，你得好好的收藏起来，将来或许有用，在你申冤出气时的将来，但暂时决不可泄漏，切切！

摩　一九二五年三月三日

[①] 维护自己的人格。

一九二五年三月十日自北京

龙龙：

　　我的肝肠寸寸的断了，今晚再不好好的给你一封信，再不把我的心给你看，我就不配爱你，就不配受你的爱。我的小龙呀，这实在是太难受了，我现在不愿别的，只愿我伴着你一同吃苦——你方才心头一阵阵的作痛，我在旁边只是咬紧牙关闭着眼替你熬着，龙呀，让你血液里的讨命鬼来找着我吧，叫我眼看你这样生生的受罪，我什么意念都变了灰了！你吃现鲜鲜的苦是真的，叫我怨谁去？

　　离别当然是你今晚纵酒的大原因，我先前只怪我自己不留意，害你吃成这样，但转想你的苦，分明不全是酒醉的苦，假如今晚你不喝酒，我到了相当的时刻得硬着头皮对你说再会，那时你就会舒服了吗？再回头受逼迫的时候，就会比醉酒的病苦强吗？咳，你自己说得对，顶好是醉死了完事，不死也得醉，醉了多少可以自由发泄，不比死闷在心窝里好吗？所以我一想到你横竖是吃苦，我的心就硬了。我只恨你不该留这许多人一起喝，人一多就糟，要是单是你与我对喝，那时要醉就同醉，要死也死在一起，醉也是一体，死也是一体，要哭让眼泪和成一起，要心跳让你我的胸膛贴紧在一起，这不是在极苦里实现了我们想望的极乐，从醉的大门走进了大解脱的境界，只要我们灵魂合成了一体，这不就满足了我们最高的想望吗？

　　啊我的龙，这时候你睡熟了没有？你的呼吸调匀了没有？你的灵魂暂时平安了没有？你知不知道你的爱正在含着两眼热泪在这深夜里和你说话，想你，疼你，安慰你，爱你？我好恨呀，这一层的隔膜，真的全是隔膜，这仿佛是你淹在水里挣扎着要命，他们却掷下瓦片石块来算是救度你，我好恨呀！这酒的力量还不够大，方才我站在旁边我是完全准备了的，我知道我的龙儿的心坎儿只嚷着"我冷呀，我要他的热胸膛偎着我，我痛呀，我要我的他搂着我，我倦呀，我要在他的手臂内得到我最想望的安息与舒服！"——但是实际上我只能在旁边站着看，我稍微的一帮助就受人干涉，意思说："不劳费心，这不关你的事，请你早去休息吧，她不用你管！"

哼，你不用我管！我这难受，你大约也有些觉着吧！

方才你接连了叫着，"我不是醉，我只是难受，只是心里苦"。你那话一声声像是钢铁锥子刺着我的心：愤，慨，恨，急的各种情绪就像潮水似的涌上了胸头；那时我就觉得什么都不怕，勇气像天一般的高，只要你一句话出口什么事我都干！为你我抛弃了一切，只是本分；为你我还顾得什么性命与名誉——真的假如你方才说出了一半句着边际着颜色的话，此刻你我的命运早已变定了方向都难说哩！

你多美呀，我醉后的小龙，你那惨白的颜色与静定的眉目，使我想象起你最后解脱时的形容，使我觉着一种逼迫赞美崇拜的激震，使我觉着一种美满的和谐——龙，我的至爱，将来你永诀尘俗的俄顷，不能没有我在你的最近的边旁，你最后的呼吸一定得明白报告这世间你的心是谁的，你的爱是谁的，你的灵魂是谁的！龙呀，你应当知道我是怎样的爱你，你占有我的爱，我的灵，我的肉，我的"整个儿"。永远在我爱的身旁旋转着，永久的缠绕着，真的龙龙，你已经激动了我的痴情。我说出来你不要怕，我有时真想拉你一同情死去，去到绝对的死的寂灭里去实现完全的爱，去到普遍的黑暗里去寻求惟一的光明——咳，今晚要是你有一杯毒药在近旁，此时你我竟许早已在极乐世界了。说也怪，我真的不沾恋这形式的生命，我只求一个同伴，有了同伴我就情愿欣欣的瞑目；龙龙，你不是已经答应做我永久的同伴了吗？我再不能放松你，我的心肝，你是我的，你是我这一辈子惟一的成就，你是我的生命，我的诗；你完全是我的，一个个细胞都是我的——你要说半个不字叫天雷打死我完事。

我在十几个钟头内就要走了，丢开你走了，你怨我忍心不是？我也自认我这回不得不硬一硬心肠，你也明白我这回去是我精神的与知识的"散拿吐瑾"，我受益就是你受益，我此去加倍的用心，你在这时期内也得加倍的奋斗，我信你的勇气，这回就是你试验，实证你勇气的机会，我人虽走，我的心不离开你，要知道在我与你的中间有的是无形的精神线，彼此的悲欢喜怒此后是会相通的，你信不信？（身无彩凤双飞翼，心有灵犀一点通。）我再也不必嘱咐，你已经有了努力的方向，我预知你一定成功，你这回冲锋上去，死了也是成功！有我在这里，阿龙，放大胆子，上前去吧，彼此不要辜负了，再会！

摩 三月十日早三时

我不愿意替你规定生活，但我要你注意缰子一次拉紧了是松不得的，你得咬紧牙齿暂时对一切的游戏娱乐应酬说一声再会，你干脆的得谢绝一切的朋友。你得彻底的刻苦，你不能纵容你的 Whims，再不能管闲事，管闲事空惹一身骚；也再不能发脾气。记住，只要你耐得住半年，只要你决意等我，回来时一定使你满意欢喜，这都是可能的；天下没有不可能的事——只要你有信心，有勇气，腔子里有热血，灵魂里有真爱。龙呀！我的孤注就押在你的身上了！

再如失望，我的生机也该灭绝了，

最后一句话：只有 S 是惟一有益的真朋友。

三月十日早

一九二六年二月六日自天津

眉眉：

接续报告，车又误点，二时半近三时才到老站。苦了王麻子直等了两个钟头，下车即运行李上船。舱间没你的床位大，得挤四个人，气味当然不佳。这三天想不得舒服，但亦无法。船明早十时开，今晚未有住处。文伯家有客住满，在君不在家，家中仅其夫人，不便投宿。也许住南开，稍远些就是，也许去国民饭店，好好的洗一个澡，睡一觉，明天上路。那还可以打电话给你。盼望你在家；不在，骂你。

奇士林吃饭，买了一大盒好吃糖，就叫他们寄了，想至迟明晚可到。现在在南开中学张伯苓处，问他要纸笔写信，他问写给谁，我说不相干的，仲述在旁解释一句："顶相干的。"方才看见电话机，就想打，但有些不好意思。回头说吧，如住客栈一定打。这半天不见，你觉得怎样？好像今晚还是照样见你似的。眉眉，好好养息吧！我要你听一句话。你爱我，就该听话。晚上早睡，早上至迟十时得起身。好在扰乱的摩走了，你要早睡还不容易？初起一两夜许觉不便，但扭了过来就顺了。还有更要紧的一句话，你得照做。每天太阳好到公园去，叫 Lilia 伴你，至少至少每两天一次！

记住太阳光是健康惟一的来源，比什么药都好。

我愈想愈觉得生活有改样的必要。这一时还是糊涂，非努力想法改革不可。眉眉你一定得听我话；你不听，我不乐！

今晚范静生先生请正昌吃饭，晚上有余叔岩，我可不看了。文伯的新车子漂亮极了，在北方我所见的顶有 taste 的一辆；内外都是暗蓝色，里面是顶厚的蓝绒，窗靠是真柚木，你一定欢喜。只可惜摩不是银行家，眉眉没有福享。但眉眉也有别人享不到的福气对不对？也许是摩的臭美？

眉我临行不曾给你去看，你可以问 Lilia，老金，要书七号拿去。

且看你,你连 Maugham 的 "Rain" 都没有看哪。

你日记写不写？盼望你写,算是你给我的礼,不厌其详,随时涂什么都好。我写了一忽儿,就得去吃饭。此信明日下午四五时可到,那时我已经在大海中了。告诉叔华他们准备灯节热闹,别等到临时。眉眉,给你一把顶香顶醉人的梅花。

你的亲摩
二月六日下午二时

一九二六年二月十七日自上海

眉爱：

  我又在上海了。本与适之约定,今天他由杭州来同车。谁知他又失约,料想是有事绊住了,走不脱,我也懂得。只是我一人凄凄凉凉的在栈房里闷着。遥想我眉此时亦在怀念远人,怎不怅触！南方天时真坏,雪后又雨,屋内又无炉火。我是只不惯冷的猫,这一时只冻得手足常冰。见报北京得雪,我们那快雪同志会,我不在,想也鼓不起兴来。户外雪重,室内衾寒,眉眉我的,你不想念摩摩否？

  昨天整天只寄了封没字梅花信给你,你爱不爱那碧玉香囊？寄到时,想多少还有余甘。前晚在杭州,正当雪天奇冷,旅馆屋内又不生火。下午风雪猛厉,只得困守。晚饭喝了几杯酒,暖是暖些,情景却是百无聊赖,真闷得凶。游灵峰时坐轿,脚冻如冰,手指也直了。下午与适之去肺病院看郁达夫,不见。我一个人去买了点东西,坐车回硖。过年初四,你的第二封信等着我。爸说有信在窗上我好不欢喜。但在此等候张女士,偏偏她又不来,已发两电,亦未得复。咳！"这日子叫我如何过？"我爸前天不舒服,发寒热,咳嗽,今天还不曾全好。

他与妈许后天来沪。新年大家多少有些兴致,只我这孤零零心魂不定,眠食也失了常度,还说什么快活?爸妈看我神情,也觉着关切。其实这也不是一天的事,除了张眼见我眉眉的妙颜,我的愁容就没有开展的希望。眉你一定等急了,我怎不知道?但急也只能耐心等着。现在爸妈要我,到京后自当与我亲亲好好的欢聚。就我自己说,还不想变一只长小毛翅的小鸟,波的飞向最亲爱的妆前。谭宜孙诗人那首燕儿歌,爱,你念过没有?你的脆弱的身体没一刻不在我的念中。你来信说还好,我就放心些。照你上函,又像是不很爽快的样子。爱爱,千万保重要紧!为你摩摩。适之明天回沪,我想与他同车走。爸妈一半天也去,再容通报。动身前有电报去,弗念。前到电谅收悉。要赶快车寄出,此时不多写了。堂上大人安健,为我叩叩。

汝摩　年初五

一九二六年二月十八日自上海

我等北京人来谈过,才许走;这事情又是少不了的关键。我怎敢迷拗呢?眉眉,你耐着些吧,别太心烦了。有好戏就伴爹娘去看看,听听锣鼓响暂时总可忘忧。说实话,我也不要你老在火炉生得太热的屋子里窝着,这其实只有害处,少有好处;而况你的身体就要阳光与鲜空气的滋补,那比什么神仙药都强。我只收了你两回的信,你近来起居情形怎样,我恨不立刻飞来拥着你,一起翻看你的日记。那我想你总是为在远方的摩摩不断的记着。陆医的药你虽怕吃,娘大约是不肯放松你的。据适之说,他的补方倒是吃不坏的。我始终以为你的病只要养得好就可以复原的;绝妙的养法是离开北京到山里去嗅草香吸清鲜空气;要不了三个月,保你变一只小活老虎。你生性本来活泼,我也看出你爱好天然景色，只是你的习惯是城市与暖屋养成的；无怪缺乏了滋养的泉源，你这一时听了摩摩的话否？早上能比先前早起些，晚上能比先前早睡些否？读书写东西，我一点也不期望你；我只想你在日记本上多留下一点你心上的感想。你信来常说有梦，梦有时怪有意思的；你何不闲着没事，描了一些你的梦痕来给你摩摩把玩？

但是我知道我们都是太私心了，你来信只问我这样那样，我去信也只提眉短眉长，你那边二老的起居我也常在念中。娘过年想必格外辛苦，不过劳否？爸爸呢，他近来怎样，兴致好些否？糖还有否？我深恐他们也是深深的关念我远行人，我想起他们这几月来待我的恩情，便不禁泫然欲涕！眉，你我真得知感些，像这样慈爱无所不至的爹娘，真是难得又难得，我这来自己尝着了味道，才明白娘真是了不得，了不得！到我们恋爱成功日，还不该对她磕一万个响头道谢吗？我说"恋爱成功"，这话不免有语病；因为这好像说现在还不曾成功似的。但是亲亲的眉，要知道爱是做不尽的，每天可以登峰，明天还一样可以造极，这不是缝衣，针线有造完工的一天。在事实上呢，当然俗话说的"洞房花烛夜"是一个分明的段落；但你我的爱，眉眉，我期望到海枯石烂日，依旧是与今天一样的风光，鲜艳，热烈。眉眉，我们真得争一口气，努力来为爱做人；也好叫这样疼惜我们的亲人，到晚年落一个心欢的笑容！

我这里事情总算是有结果的。成见的力量真是不小，但我总想凭至情至性的力量去打开他，那怕他铁山般的牢硬。今午与我妈谈，极有进步，现在得等北京人到后，方有明白结束，暂时只得忍耐。老金与L想常在你那里，为我道候，恕不另，梅花香柬到否？

摩祝眉喜　年初六